RED DRESS INK ™

Sola en la ciudad

Wendy Markham

HARLEQUIN®

Mar

Editado por HARLEQUIN IBÉRICA, S.A.
Hermosilla, 21
28001 Madrid

© 2002 Wendy Corsi Staub. Todos los derechos reservados.
SOLA EN LA CIUDAD, Nº 4 - 16.6.03
Título original: Slightly Single
Publicada originalmente por Worldwide Library/Red Dress Ink.
Traducido por Victoria Horrillo Ledesma.

I.S.B.N.: 84-671-0613-1
Depósito legal: B-17197-2003
Editor responsable: M. T. Villar
Fotomecánica: PREIMPRESIÓN 2000
C/. Matilde Hernández, 34. 28011 Madrid
Impresión y encuadernación: LITOGRAFÍA ROSÉS, S.A.
C/. Energía, 11. 08850 Gavá (Barcelona)
Fecha impresion Argentina:1.9.04
Distribuidor exclusivo para España: LOGISTA
Distribuidores para Argentina: interior, BERTRAN, S.A.C. Vélez
Sársfield, 1950. Cap. Fed./ Buenos Aires y Gran Buenos Aires,
VACCARO SÁNCHEZ y Cía, S.A.
Distribuidor para Chile: DISTRIBUIDORA ALFA, S.A.

A mi marido y a nuestros dos preciosos hijos, con amor. Y a Will, con gratitud, porque sin él este libro no habría sido posible... y porque sin él yo he vivido mi «y fueron felices y comieron perdices».

Agradecimientos

Este libro no existiría de no ser por mis antiguas y nuevas amigas de Silhouette, cuyo empuje y entusiasmo convirtió en un placer su escritura y el proceso de su edición. Mi más caluroso agradecimiento a todas ellas, especialmente a Joan, Karen, Cristine, Margaret y Tara. También quisiera dar las gracias a mi agente, Laura Blake Peterson, por su apoyo constante. Y, naturalmente, he de dar las gracias con cariño a todas esas fabulosas chicas de la ciudad que se cruzaron en mi camino durante mi época de *sola en la ciudad*, siempre dispuestas a compartir margaritas, cigarrillos, pistas de baile y taxis de madrugada al extrarradio. Salud a todas, dondequiera que hayáis aterrizado.

Uno

Así va a ser mi vida: me casaré con Will. Él se convertirá en una gran estrella del escenario y yo abandonaré mi carrera de publicista y me quedaré en casa, con los niños. Viviremos en Nueva York, en vez de irnos al sur o el oeste (porque yo necesito desesperadamente cuatro estaciones), y algún día nos convertiremos en dos de esos respetables ciudadanos de edad a·los que se ve compartiendo el mismo lado del asiento en Friendly's. Aunque, la verdad, yo nunca he visto un Friendly's en Manhattan, y Will y yo nunca nos sentamos en el mismo lado del asiento en los restaurantes.

Will, al fin y al cabo, necesita su espacio.

En los restaurantes.

Y en general.

Yo, en cambio, no necesito espacio ninguno.

Que es precisamente lo que le digo a mi amiga Kate en respuesta a su insidiosamente sereno:

–Todo el mundo necesita espacio –mientras se come un enorme helado de caramelo y chocolate en Starbucks.

–Yo no necesito espacio –le digo a Kate, y ella levanta sus pupilas pálidas, de color aguamarina, hacia la raíz de su pelo teñido de rubio. Kate creció en el Profundo Sur, donde, según parece, es preferible ser rubia, flaca y de ojos azules. Bueno, en realidad, y hablando como neoyorquina morena, rellenita y de ojos marrones, seguramente es preferible ser rubia, flaca y de ojos azules en cualquier parte.

–Sí, tú también necesitas espacio, Trace –insiste Kate mostrando ese leve acento preguerra de secesión del que intenta esforzadamente librarse–. Créeme, no te gustaría nada tener a Will delante de las narices todo el santo día.

Bueno, respecto a eso, el caso es que... sí me gustaría.

¿Parezco patética? Sí, ¿no? Mejor será que no le diga la verdad a Kate, que ya está bastante preocupada por mí. Según ella, mi relación con Will es unilateral.

–No, claro –miento–, todo el santo día no. Pero eso no significa que quiera que se largue tres meses a los montes Adirondack sin mí.

–Bueno, no sé, no creo que tengas elección. No vas a pegarte a él como una lapa.

Yo concentro toda mi atención en mi batido, intentando mezclar la dulce espumita de arriba con el líquido más oscuro de abajo. Pero la espuma se niega a obedecerme y se pega al palito de madera en algodonosos montoncillos, igual que los racimos de pulgones del filodendro pocho que tengo en casa.

–Tracey –dice Kate en tono de advertencia, mirándome con sagacidad.

–¿Qué? –yo, toda inocencia, me pongo a jugar con mi mechero de plástico Bic, encendiéndolo y apagándolo, añorando los viejos tiempos en los que se podía fumar donde a uno le venía en gana.

–No estarás pensando en irte con Will este verano, ¿no?

–¿Y por qué no?

–Pues, mira, sobre todo porque, oh sorpresa, tú no eres actriz. Tú tienes tu carrera, ¿recuerdas?

Oh, sí. *Mi carrera.* Un empleo de los de empezar desde abajo en la agencia de publicidad Blaire Barnett, donde, gracias a un sobrevalorado título y a mi osadía aventurera, no me enteré de que era una simple auxiliar administrativa hasta que, a las pocas semanas de estar allí, mi jefe me mandó una planta el Día de la Secretaria: el arriba mencionado filodendro pulgoso. Al igual que mi futuro en la agencia, el filodendro parecía prometedor el primer día, con sus hojitas relucientes, su envoltorio de celofán con lacito y una tarjeta en la que ponía: *Querida Traci* (nótese la falta de ortografía), *gracias por todo lo que haces. Saludos, Jake.* Me llevé la maceta a casa, la puse a sus anchas en mi única ventana con alféizar... y, una semana después, los pulgones se apoderaron de ella con intenciones asesinas.

–Podría dejarlo –le digo a Kate sin dejar de jugar con el mechero.

–¿El qué? ¿El tabaco?

–Cielo santo, no. Mi trabajo –tiro el mechero encima de la mesa.

«Nota mental: pararme a comprar cigarrillos de camino a mi cita con Will».

–Eso me temía –Kate, una no fumadora no militante (qué alivio), tuerce la boca. Sorbe por la pajita. Y dice–: Así que vas a dejar un trabajo en el que no llevas ni dos meses...

–Llevo más de dos meses...

–Está bien, más de dos meses –dice ella–. Y, entonces, ¿qué? ¿Seguirás a Will a dondequiera que vaya? ¿Y qué harás allí?

–Puedo construir decorados. O trabajar de camarera en una cafetería. No sé, Kate. Todavía no lo he pensado. Lo único que sé es que no soporto la idea de pasarme todo el verano en este horno de ciudad y encima sin Will.

–¿Y él lo sabe?

La pregunta no es nada ambigua, pero, a pesar de todo, intento ganar tiempo.

–¿Que si sabe qué?

–Que estás pensando irte con él.

–No –reconozco yo.

–¿Cuándo se va?

–Dentro de un par de semanas.

–Puede que mientras tanto cambie de idea.

–No. Dice que necesita darse un respiro, dejar la ciudad.

Ella levanta una ceja desconfiada: la ciudad no es lo único de lo que Will intenta escapar. Si lo dice, le diré que se equivoca. Aunque no estoy muy segura de ello.

Esa es la verdadera razón por la que quiero irme con él este verano. Porque, desde que empezamos a salir hace tres años, en la universidad, nuestra relación ha sido tan estable como un «dos caballos» a ciento veinte kilómetros por hora en una curva cerrada. Con lluvia. Y viento.

Cuando nos conocimos, estábamos los dos en segundo curso. Will se acababa de trasladar desde una conocida universidad del centro del país a la Universidad Estatal de Nueva York en el interior del estado. Despreciaba profundamente la conservadora mentalidad típicamente americana no solo de la universidad que dejaba, sino también de la familia que le había tocado en suerte.

A mí me pasaba tres cuartos de lo mismo. Tal vez fue eso lo que primero me atrajo de él. La pequeña ciudad del estado de Nueva York en la que me había criado presentaba sorprendentes similitudes con el Medio Oeste del que Will venía huyendo.

Primero está el acento: esa «a» alargada y nasal que hace

que «árbol» parezca tener tres sílabas (a-ár-bol), ya sea en Chicago o en el interior del estado de Nueva York.

Luego está mi catolicismo romano, religión compartida por todas y cada una de las personas que me rodeaban, a excepción de mi amiga Tamar Goldstein, la única chica judía del instituto de Brookside, que en octubre tenía que quedarse en casa a celebrar el misterioso Yom Kippur mientras los demás íbamos a clase.

Y también estaba mi amplia y tentacular familia italiana, con sus recalcitrantes tradiciones en las que todo el mundo tenía que participar: misa de nueve y media los domingos, seguida de café con *cannoli* en casa de mi abuela materna, y espaguetis a mediodía en casa de mi abuela paterna. Así empezaban todos los domingos de mi vida, cuyas secuelas (léase celulitis) guardaré para siempre.

Will es protestante. Su familia procede de Inglaterra y Escocia. No tiene acento. Ni celulitis. En casa de sus padres, la salsa de los espaguetis es de bote. Pero, como yo, deseaba escapar de la asfixiante vida de pueblo y Nueva York fue su objetivo desde siempre. La diferencia estaba en que a él la universidad de Brookside le parecía un paso de gigante hacia su meta. No tuve valor para decirle que, para el caso, Brookside muy bien podía haber estado en Iowa. Con el tiempo lo descubrió él solito y, al final, se saltó la graduación con tal de salir lo antes posible de aquel otro pueblucho de mala muerte.

Cuando nos conocimos aquel primer semestre del segundo curso, él tenía una novia en Des Moines, su pueblo, y yo vivía en casa de mis padres, a seis kilómetros del campus. Nuestro acercamiento fue titubeante, y la culpa de ello recae enteramente en Will. Recuerdo que no sabía si ponerle los cuernos a su novia, pasar de ella (y de mí), o seguir mareando la perdiz.

Solía hablarme de ella con total libertad, con una despreocupación que a mí me ponía enferma y que parecía sugerir que nosotros solo éramos amigos. Si me pasaba por su apartamento sin previo aviso y me lo encontraba hablando con ella por teléfono, ni se molestaba en colgar y luego, cuando por fin acababa, me decía como si tal cosa: «Ah, era Helene». Yo suponía que, si para él hubiéramos sido algo más que *amigos* (en sus palabras) que se enrollaban cada vez que, borrachos, se tropezaban en un bar, habría sido mucho más discreto en lo referente a su novia.

Cuyo nombre era, por cierto, Helene y a la que yo, naturalmente, me imaginaba esbelta y exótica.

Luego Will se fue con su familia a pasar las vacaciones de Navidad y me confió las llaves de su apartamento para que le regara las plantas. Porque tenía plantas. No plantas de marihuana de las que se cultivaban profusamente en las casas de los estudiantes. Ni un cactus testimonial o una de esas robustas sansevieras, esas plantas que se pueden tener guardadas en un armario, sin agua, un año entero, y seguir tan frescas. No, Will tenía plantas caseras de verdad, de esas que necesitan sol, agua y fertilizante.

El caso es que el episodio de la entrega de las llaves sucedió antes de que empezáramos a acostarnos, pero después de que Will hubiera hecho saltar el cierre de mi sujetador las suficientes veces como para hacerme invertir en la compra de un sostén algo menos recio. Los que solía llevar tenían cierres de esos de resistencia industrial, con cuatro corchetes y presillas, y un elástico del ancho de la cinta de embalar.

Me quedé patidifusa porque, con las plantas que se había comprado en el vivero del pueblo en septiembre, me confió también todo lo que contenía el apartamento que compartía con otros dos estudiantes. ¿Acaso no sospechaba que podía pasarme horas registrando las cajas de plástico que guardaba en el armario, leyendo cartas de Helene y buscando fotos de ella?

No sé. Tal vez sí lo sospechara. Tal vez quisiera que me pusiera a fisgar. Las fotos no me fue difícil encontrarlas. Estaban metidas bajo la solapa de un cuaderno forrado de tela, junto con una nota de Helene que decía:

Úsalo como diario mientras estés fuera para que, así, algún día, lo leamos juntos y me sienta como si hubiera estado ahí, contigo.

Pasmada de contento descubrí que estaba en blanco. Pero el pasmo fue mayor cuando puse mis ojos sobre una foto de la enigmática Helene. Ya sabía que era rubia, hecho que Will había mencionado más de una vez. Y sí, tenía el pelo bonito: largo, lustroso y peinado con la raya al medio. Pero, aparte de eso, era normal y corriente: tenía la cara todavía más redonda que yo y llevaba unas bermudas de cuadros rojos que no disimulaban precisamente sus caderas y aún menos sus muslos. Encima, llevaba un polo rojo, remetido por dentro.

Nunca, en toda mi vida, me he metido una camisa por

11

dentro, pero, si me diera por ahí, jamás me la remetería dentro de unas bermudas a cuadros rojos.

Dejé de preocuparme por Helene en cuanto vi aquella foto. Como cabía esperar, cuando Will volvió de vacaciones y vio que sus plantas aún vivían, que sus cajas de plástico parecían intactas y que había un plato de pastelillos caseros de nata y queso colocado expresamente por mí encima de la mesa de la cocina, me informó de que Helene y él habían roto en Nochevieja. Yo, en mi papel de no-solo-amigos-pero-nada-más, no supe cómo reaccionar ante semejante noticia. Recuerdo que al final me hice la compungida con Will, mientras por dentro brincaba de alegría porque había ganado. Había vencido a Helene. Aquella borrosa chica de pueblo había sido eliminada de la competición.

Aquello fue una victoria somera y efímera, porque pronto descubrí que todavía me quedaba mucho camino por recorrer. Incluso ahora, tres años después, la línea de llegada se me escapa.

Kate me pregunta:

—¿No crees que deberías decirle a Will que piensas dejar el trabajo para irte con él?

—No he dicho que fuera a hacerlo. Solo he dicho que me gustaría.

Maldición. Kate me está mirando como si acabara de decirle que tal vez podría o tal vez no cargarme a toda la gente que hay en la cafetería con una escopeta de cañones recortados.

—Tengo que irme —digo de repente, recogiendo mi taza blanca de papel y mi bolso negro tamaño gigante.

—Yo también —dice Kate, recogiendo su taza blanca de papel y su bolso negro tamaño gigante—. Te acompaño hasta el metro.

Genial. Dos manzanas enteras con Kate intentando venderme la moto de las fantásticas ventajas de un verano en Nueva York. Ya he pasado en la ciudad suficientes días de agosto, vaporosos y pestilentes, como para que me duren toda una vida.

El 30 de mayo, Día de los Caídos, hará un año que vivo aquí. Los primeros meses, compartí un piso subarrendado en Queens con una completa desconocida gracias a un anuncio del *Village Voice*. La desconocida se llamaba Mercedes y, las pocas veces que la vi de pasada, me pareció más bien reservada. Se pasaba el día durmiendo mientras yo estaba fuera, buscando trabajo, y las noches por ahí, haciendo Dios sabe qué. Intenté preguntárselo, pero se mostró evasiva. Dejamos el apartamento las dos en septiembre, el Día del Trabajo, cuando el actor que nos lo había subalquilado volvió de su gira de verano. Nunca volví a verla, pero no me extrañaría encontrarla cualquier día en un episodio de *Policías*, negando vigorosamente cualquier cosa.

Gracias a que pasé el verano en un barrio relativamente asequible, conseguí reunir dinero suficiente para alquilar un estudio para mí sola en Manhattan, en el East Village. Muy al este. Tanto, que no se puede ir más al este sin toparse con la autopista Franklin Delano Roosevelt o con el río. El apartamento es de esos que tienen un aire mugriento y deprimente. Es como una de esas casas que aparecen en las reposiciones de las teleseries de los años cincuenta: se diría que solo existe en blanco y negro, con un granulado muy gordo, por más que me esfuerce en darle un poco de alegría. Aunque tampoco es que ponga mucho empeño.

Kate (a la que conocí en mi tercer día en Nueva York trabajando por horas en una oficina y que vive en una casa de ladrillo visto en el corazón del West Village, cortesía de sus adinerados padres, que viven en Mobile) dice que debería comprarme una colcha de colores más alegres para el futón. Yo le digo siempre que estoy en la ruina, lo cual es cierto, pero además es que no quiero gastar ningún dinero en esa casa.

¿Por qué? Porque, si la convirtiera en un hogar, le daría cierto estatus de permanencia, como si fuera a quedarme allí. Y yo no quiero quedarme sola en un piso destartalado del East Village.

Yo quiero vivir con Will.

Pronto.

Y para siempre.

–Piensa en las representaciones de Shakespeare en Central Park –me dice Kate.

Yo me encojo de hombros.

–Puede que Will haga algo de Shakespeare este verano.

–¿Tú crees?

Me encojo de hombros otra vez. Con suerte, en el mejor de los casos, hará algo titulado *Pequeña tienda de horrores*.

–Vendedores ambulantes de helados italianos –dice solemnemente Kate–. Fines de semana en los Hamptons –yo suelto un soplido al oír esto último–. Tengo una casa alquilada allí. Puedes venir a verme.

Ella sigue hablando del verano, aunque resulta difícil

imaginárselo en esta gris mañana de mayo, un sábado frío y lluvioso. Por la parte baja de Broadway pululan universitarios con el cuerpo lleno de piercings, familias andarinas, grupos compactos de adolescentes del extrarradio y los sempiternos repartidores de propaganda.

Kate y yo tiramos las tazas vacías en una papelera rebosante en la esquina de la Octava con Broadway. La dejo admirando un par de sandalias de color fucsia fluorescente de doscientos dólares en el escaparate de una boutique y desciendo a las profundidades del metro.

De pie, lejos de la vía, con la espalda casi apoyada en la pared pero sin tocarla porque nunca se sabe qué clase de porquería aguarda la ocasión de pegarse a tu abrigo, espero a que llegue el tren en dirección a las afueras. Observo a un chico que se pasea arriba y abajo al borde del andén. Primer indicio de que está un poco ido: tiene la mitad del cuerpo inclinada hacia las vías, va descamisado, con pantalones cortos y chanclas de goma rotas. Murmura algo para sí mismo acerca de piojos (o de cojos) y no soy yo la única que lo mira con aprensión.

De vez en cuando, algún inocente neoyorquino cae delante de un tren en marcha. Una vez, mi amigo Raphael estaba en el andén cuando sucedió y el que cayó empujado consiguió apartarse de la vía por los pelos. Según contó Raphael, el que lo empujó parecía el típico hombre de negocios. Llevaba traje y maletín. Cuando la policía lo registró, resultó que el maletín estaba lleno de ratas vivas. El significado de este hecho se me escapa, pero en cualquier caso demuestra que, en la ciudad, en medio del gentío, una nunca sabe a qué atenerse y es mejor quedarse con la espalda pegada a la pared. Que es lo que hago yo.

Por fin, el retumbar delator justo antes de que aparezca una luz al final del túnel. Cuando el tren entra rugiendo en la estación, me muevo hábilmente hacia delante, colocándome exactamente en el lugar donde se abren las puertas, lo cual solo es posible tras llevar varios meses tomando el mismo tren cada día.

El vagón va de bote en bote. Hace demasiado calor y huele a sudor y a comida china. Por los auriculares del chico que va a mi lado se oye un murmullo de hip hop. Me quedo de pie, aferrada al sobado poste central. Cuando nos ponemos en marcha y parpadean las luces, procuro guardar el equilibrio mientras pienso en Will, preguntándome si estará despierto cuando llegue al estudio que comparte con

Nerissa, a la que conoció en una prueba el otoño pasado. Los sábados, le gusta dormir hasta pasado el mediodía.

¿Me molesta acaso que viva con otra mujer?

Me gustaría decir que no, por supuesto.

Pero la verdad es que no me importaría que a Nerissa la empujaran delante de un tren en marcha mañana mismo. Es una bailarina inglesa, delgada y guapísima, que trabaja en una obra fuera de Broadway que se estrenó hace un par de meses. Duerme en un futón detrás de un biombo de Ikea. Will, por su parte, duerme en su cama tamaño matrimonio... y jamás ha habido nada entre ellos.

Sí, eso me lo creo. Me esfuerzo por creérmelo, porque Nerissa tiene novio (un golfista profesional de origen escocés llamado Broderick) y Will me tiene a mí. Sin embargo, he visto cómo la mira cuando se pasea por la casa con unos culotes de algodón encima de su malla de bailarina, con sus irreprochables caderas y sus pechos altos y erguidos, sin sujetador.

Yo soy toda carne comparada con Nerissa. Toda caderas, muslos y nalgas. Como ya he dicho, mis sostenes no son delicadas tiras de encaje, alambrillo y finísimos tirantes. Mis prendas íntimas no son lo que cualquiera llamaría *braguitas*, término que hace pensar en esbeltas muchachas de internado femenino ataviadas con prendas de Neiman Marcus. Para impedir que mi natural traqueteo y retemblor de carnes se agite y retiemble más de la cuenta, hace falta ropa interior recia y sin florituras.

A Will le encanta la lencería de verdad, de esa que sin duda llena el cajón de arriba de la cómoda de Nerissa. Sé que a Will le gusta la lencería porque, una vez, durante el último curso en la universidad, cuando llevábamos varios meses saliendo oficialmente y yo sabía que estábamos a punto de hacernos amantes, me regaló un body de Christian Dior, de encaje y satén, color champán, dos tallas (¡dos!) por debajo de la mía. Lo cual no supe si tomarme como un cumplido o como una indirecta.

Cada vez que me lo ponía, tenía que ponerme un sujetador y unas bragas debajo. El sujetador, porque, con mi cuerpo, no ponérselo habría sido una obscenidad; las bragas, porque, cada vez que me movía, se me desabrochaba el corchete del body, no sé si porque era demasiado alta o demasiado ancha o, por desgracia, por las dos cosas a la vez. Finalmente, cambié el corchete automático por uno de gancho y presilla. Había aprendido a coser en clase de labores del hogar, en el instituto de Brookside, aunque por aquel entonces no se me hubiera ocurrido ni en sueños que acabaría utilizando mis habilidades para algo tan «indecente» como cambiarle los corchetes a una seductora prenda interior que me había regalado un hombre con el cual iba a mantener relaciones prematrimoniales.

En cualquier caso, no sé si a Will lo excitaba de veras verme embutida en aquel corpiño encorchetado, con los tirantes del sujetador, del ancho de la cinta de embalar, asomándome por los hombros y las prácticas bragas de algodón sobresaliéndome por debajo del body, alrededor de los muslos fofos. Me gusta pensar que me encontraba irresistible, pero, ahora que lo pienso, no estoy segura de que fuera así.

En la universidad, la primera vez que hicimos el amor, nos habíamos bebido dos botellas de vino tinto en el apartamento que Will compartía con dos actores de teatro gays que estaban ensayando un montaje universitario de *Chicos y chicas* para el que Will no había sido elegido. Will culpaba de ello a Geoff Jefferson, el profesor de teatro que, según él, era heterófobo. Bebimos vino, Will machacó de boquilla a Geoff Jefferson, seguimos bebiendo vino y al final hicimos el amor en la cama más próxima, a la que conseguimos llegar a trompicones, y que resultó ser de André, su compañero de piso. Allí fue donde perdí mi virginidad, sobre unas sábanas de hilo egipcio importadas de Italia, mirando por encima del hombro sudoroso de Will un póster de Marilyn Monroe de pie sobre una rejilla de metro, con la falda volando a su alrededor.

Hablando del metro, me bajo en Times Square y salgo a esa calle que roza lo chabacano, con su estética de familia cutre, llena de enormes restaurantes de comida rápida y grandes almacenes de electrodomésticos donde antes había puticlubs, bares de topless y cines porno. Codo con codo con inmigrantes de diversos tonos de piel, turistas entrados en carnes con el bolso en bandolera y un grupo de críos de excursión que miran boquiabiertos la sede de la MTV al otro lado de Broadway, camino en dirección noroeste: dos manzanas cortas en horizontal y dos largas en diagonal.

Me compro una cajetilla de Salem Lights y un ejemplar del *Post* en el quiosco de la esquina, cuyo propietario, un paquistaní, a veces me saluda como si me conociera de toda la vida y otras parece que no me ha vista nunca. Lo cual resulta exasperante.

Hoy me dedica una enorme sonrisa. Volvemos a ser viejos amigos.

—¡Hola! —me dice a voces, como tiene por costumbre—. ¿Qué tal?

Yo le devuelvo la sonrisa.

—Tirando. ¿Y tú?

Él sacude la cabeza mirando el cielo nublado.

—Este tiempo... Demasiado frío. Demasiado gris.

Yo asiento con la cabeza. Se me da muy bien charlar de tonterías.

—Parece que no va a llegar nunca el verano, ¿eh?

¿Lo veis?

—Oh, sí que llega —dice con la convicción de un camarero de Smith & Wollensky ponderando las costillas asadas de primera calidad—. Luego, cuando llega, te quejas.

Yo me pregunto si se refiere a un tú colectivo, o si debo tomármelo como una premonición de que este verano voy a pasarlo fatal, no solo porque entre junio y septiembre la ciudad es un horno infecto, sino porque Will no estará conmigo.

Dos

El estudio de Will está en el piso veintiséis de un edificio con portero, vestíbulo de mármol y tres ascensores. Es lo más parecido a una vivienda neoyorquina que mi mentalidad de pueblerina antaño podía imaginar. El edificio, quiero decir. Porque el apartamento es una auténtica birria. Pero ¿no lo son todos?

De pequeña, en Brookside, veía mucho la tele. Sobre todo, teleseries. Y casi todas ellas tenían por escenario la ciudad de Nueva York. Así pues, crecí viendo el amplio apartamento de dos habitaciones de Monica y Rachel, con sus enormes ventanales y su escalera de incendios a modo de terraza, la primorosa casa de los Huxtable en Brooklyn Heights, con su jardincito y todo, y el espacioso estudio de Jerry Seinfeld en el West Side, con vecino chiflado incorporado.

¡Ja!

Mi casa, ya sabéis cómo es. La de Will, puedo describirla como una habitación cuadrada de buen tamaño, con ventanas cuadradas como las de los edificios de oficinas a un lado y, al otro, una cocina empotrada del tamaño del descansillo de la escalera de la casa de mis padres. Su cama está debajo de las ventanas; el futón y la cómoda de Nerissa, detrás del ya mencionado biombo plegable, junto a la cocina. En medio hay un sofá de cuero negro medio ajado que Will le compró al anterior inquilino (cuya novia le prohibió aportarlo al matrimonio), el equipo de música de Will y una estantería llena de compactos, guiones, revistas y unos pocos libros, la mayoría de ellos clásicos en edición de bolsillo que Will no pudo revenderle a la librería de la facultad tras dos semestres de Literatura Americana.

Habiendo llamado yo al portero automático, cualquiera pensaría que Will iba a estar esperándome con la puerta abierta o, por lo menos, cerca de ella. Pero tengo que llamar dos veces y, cuando por fin me abre, está despeinado y bostezando. Evidentemente, acaba de tirarse de la cama.

De todos modos, está guapísimo. O, por lo menos, a mí me lo parece.

Una vez, después de tomarse dos whiskys bien cargados en el Royalton, Kate me anunció solemnemente que en su opinión había en Will algo vagamente amariconado y que no se sentía ni remotamente atraída por él. Aquello me perturbó profundamente por razones que no alcanzo a concretar. Desde entonces, a veces, cuando miro a Will, me descubro buscando en él signos de homosexualidad latente, casi como si esperara que en cualquier momento fuera a ponerse a hacer remilgos, a contonearse o a lanzarle miradas lujuriosas a James, el fornido portero, demasiado guapo y atildado para ser hetero. Hasta ahora nunca lo ha hecho, y aún no sé dónde le ve la pluma Kate. Ella ni siquiera sabe lo de las plantas, las cuales, por cierto, después de tanto tiempo siguen creciendo vigorosas en el alféizar de la ventana.

Puede que solo sea por la cosa del teatro musical. Muchos actores son gays, y Kate no puede sacudirse el estereotipo porque es del Profundo Sur. ¿O le estaré achacando demasiadas borderías suyas a su lugar de origen?

En cualquier caso, por lo que a mí respecta, Will es la virilidad personificada. Imaginaos a Noel, el de *Felicity*, mezclado con Ben, el de *Felicity*, y ese es Will. Mide un metro ochenta y cinco, va perfectamente afeitado, tiene la mandíbula bien definida y un hoyuelo en la barbilla. Tiene el pelo abundante, de color castaño oscuro, y le queda increíblemente bien cuando lleva patillas, o cuando lo lleva largo por debajo de los lóbulos de las orejas, o cuando lo lleva casi rapado, como ahora. Sus ojos ni azules ni grises son exactamente del color de mi jersey favorito de J. Crew, descrito como «color humo» en el catálogo. Hace mucho ejercicio, lo cual significa que está fuerte y musculoso. Se pone con frecuencia jerseys de cuello alto negros, y siempre lleva colonia.

En el lugar de donde yo vengo, la colonia, al igual que las joyas, solo la llevan los hombres italianos (incluidos mi padre y mis hermanos), o Jason Miller, el peluquero del pueblo, de ambigua orientación sexual. Bueno, ambigua, ambigua, solo lo es para mi madre, que más de una vez ha especulado en voz alta sobre lo extraño que es que un hombre tan guapo y tan dulce no se haya casado todavía. Mi madre también se cree a pie juntillas que Lee Harvey Oswald actuó solo, que O. J. Simpson está buscando a los verdaderos asesinos y que yo voy todos los domingos a misa y me confieso los sábados.

En cualquier caso, puede que fuera la colonia lo que disparó el comentario de Kate acerca de la supuesta pluma de Will.

Incluso ahora, a primera hora de la mañana (o, por lo menos, lo que conforme a los horarios de Will puede considerarse primera hora de la mañana, y que podría ser la hora de la comida para cualquier otro), Will huele de maravilla y está increíblemente atractivo a su modo desaliñado y provocativo. Por alguna razón, no le huele el aliento al despertarse. Ni tiene la cara hinchada.

—¿Te he despertado? —le pregunto, poniéndome de puntillas para besarle en la mejilla, apenas cubierta por un principio de barba.

—No importa —bosteza y se acerca arrastrando los pies a la zona de la cocina, donde se sirve un vaso de agua de la maquinita refrigeradora empotrada en una esquina, entre la placa y el frigorífico.

—¿Qué tal la noche?

—Agotadora. Un atajo de marquesonas horteras del East Side y los galanes de sus maridos. Mucho martini y mucho carpaccio de ternera, y eso que hace años que el carpaccio no se lleva.

—¿Y los martinis?

—Con esa gente, nunca pasan de moda.

Debería mencionar que Will trabaja en Come, Bebe o Cásate, una empresa de catering de Manhattan. Gana un buen sueldo como camarero en fiestas privadas como bodas y cenas benéficas. La mayoría de los invitados son de clase alta, y a veces asiste a fiestas íntimas de grandes celebridades, lo cual a mí me parece fascinante.

—Oye, Trace, sé que esta noche íbamos a ir a la fiesta de tu amigo, pero tengo que trabajar.

—¿Qué? —punzada de desilusión—. ¡Pero si llevamos semanas planeándolo! Raphael cumple treinta años.

Tengo que esperar a que Will se trague toda el agua del vaso, operación que ejecuta ocho veces al día, antes de que añada:

—Lo sé, y le pedí a Milos que me diera la noche libre, pero no puede ser. Ayer Jason se cayó patinando y se torció un tobillo.

Da la casualidad de que Jason, uno de los camareros, es Jason Kenyon, ex gloria olímpica del patinaje artístico. Hasta yo he oído hablar de él, y eso que no entiendo nada de deportes. Creo que ganó una medalla de bronce hace unos años, en Japón. Ahora intenta ganarse la vida como actor, aquí, en Nueva York, y debe de andar tan arruinado como todo quisque si es capaz de ponerse una chaqueta tipo Nehru, llevar monstruosas bandejas de acá para allá y recogerle los platos a la gente rica. Aunque la verdad es que vale la pena: pagan veinte pavos por hora, más propinas.

—¿Y Milos no puede buscar a alguien que lo sustituya? —pregunto.

—No quiere a nadie más. Hay una boda en los Hamptons de un tío muy importante, y quiere que vaya alguien de confianza.

—Muy halagüeño para ti, pero ¿yo qué hago?

Will deja el vaso en el fregadero, luego se inclina y me besa en la mejilla.

—Lo siento, Trace.

Yo hago un puchero y luego pregunto:

—¿De quién es la boda?

—No puedo decirlo.

—¿Que no puedes decirlo? —yo lo miro boquiabierta. O, mejor dicho, miro su espalda, porque se ha ido al otro lado de la habitación. Voy tras él—. ¿Ni siquiera a mí?

—Debo guardar el más absoluto secreto —dice tranquilamente, quitándose la camiseta termal de manga larga y tirándola a una cesta de ropa sucia cercana—. Pero te enterarás mañana mismo. Estará en todos los periódicos.

—Pues dímelo ahora. Me muero por saberlo.

—No puedo. Mira, ni siquiera sé exactamente dónde va a celebrarse la boda. No quieren que nadie avise a la prensa. Se supone que tengo que decirle una contraseña al chófer que irá a recogerme a la estación de tren y me llevará hasta allí. Fíjate si es secreta la cosa.

Cabreada por aquella ridícula escenita de agente secreto, le digo:

—Venga, Will, ¿qué crees que voy a hacer, venderle el chivatazo a una revista?

Él se echa a reír y se quita los calzoncillos de franela.

—Lo sabrás mañana.

—Como todo el mundo —gruño yo, mirándole extender el brazo de nuevo hacia el cesto de la ropa sucia.

Will se siente muy a gusto desnudo. No como yo, que soy incapaz de andar en pelotas delante de nadie, ni siquiera de él. O, mejor dicho, sobre todo si se trata de él. Me moriría de vergüenza si viera que mis muslos saben bailar la danza del flan y que las tetas me cuelgan, bamboleantes, por alguna parte alrededor del ombligo. Aunque, por otra parte, creo que ni aunque tuviera un cuerpo perfecto podría pasearme por ahí desnuda.

Sin embargo, todo el mundo dice que eso cambia cuando tienes un niño. Según mi hermana Mary Beth, que tiene dos, dar a luz significa, entre otras cosas, tumbarse despatarrada en una habitación y que unos perfectos desconocidos vengan regularmente a meterte los brazos en la entrepierna hasta el mismísimo codo. Dice que, después de eso, te importa un bledo quién te vea desnuda. Debe de ser verdad, porque Mary Beth se acaba de apuntar a un gimnasio y ha empezado a darse masajes y a tomar saunas. Y eso que, después de quinto curso, mi madre tuvo que firmarle un permiso para que se librara permanentemente de las duchas en clase de gimnasia porque desnudarse en público la dejó completamente traumatizada.

Y a mí también, claro. Pero, para cuando yo llegué a quinto curso, mi madre ya había tenido a mis tres hermanos varones, tan simpáticos ellos que se bajaban los pantalones delante de mí y de mis amigas, se inclinaban hacia delante y se tiraban pedos solo por divertirse. Así que, cuando saqué a relucir el tema del pudor para que me diera permiso para no ducharme en clase de gimnasia, mi madre ya no estaba por la labor. «¿Que no te quieres duchar delante de nadie? ¡Venga! ¡Corta el rollo!», era más o menos su actitud conmigo.

—Además, necesito las pelas —me informa Will—. Me voy dentro de unas semanas y no creo que gane mucho este verano.

—Pensaba que iban a pagarte.

—Sí, pero muy poco comparado con lo que me paga Milos. Voy a darme una ducha —Will se dirige al cuarto de baño—, y nos vamos por ahí a desayunar.

—Será a comer —lo corrijo yo, sacando un cigarro y el mechero.

—Lo que sea. Eh, oye, aquí no puedes fumar.

Yo me paro con el cigarro a medio camino de la boca.

—¿Por qué no?

–Porque a Nerissa la molesta. Dice que le huele la ropa a tabaco cada vez que vienes.

–Ah –yo vuelvo a meter el pitillo en el paquete, pensando qué responder.

Y no se me ocurre nada. Él cierra la puerta a su espalda. ¿Ya no puedo fumar en casa de Will?

Desanimada por aquel giro de los acontecimientos, me acerco al sofá, agarro una revista del montón que hay en el suelo y me siento. *Entertainment Weekly.* Will está suscrito. Paso las páginas distraídamente, rumiando para mis adentros. Naturalmente, Nerissa tiene derecho a que la ropa no le huela a humo de segunda mano. Es comprensible. Pero me siento vagamente inquieta y creo que también avergonzada. Como si este sucio y asqueroso hábito mío estuviera violando los derechos de los demás.

Lo cual, supongo, es cierto. Pero a Will antes no parecía importarle que fumara en su casa. A veces hasta me gorronea algún cigarro cuando salimos, y suele decir que, si no tuviera que cantar, seguramente sería un fumador empedernido.

Una parte de mí (irracional, por supuesto) se pregunta por qué Will no me defiende delante de su compañera de piso. Podía haberle dicho a Nerissa que yo si quiero fumo en su apartamento, y que se vaya haciendo a la idea. Al fin y al cabo, él estaba allí antes. En el contrato de alquiler figura su nombre, no el de ella. Cuanto más lo pienso, más ultrajada me siento, y más ganas me dan de fumarme un cigarro.

Yo no soy de esas chicas que empezaron a fumar detrás de las gradas en el colegio, ni crecí en una casa donde se fumara. En mi familia, los únicos que fuman son Vinnie, el inminente ex marido de mi hermana, y mi abuelo, y mi abuelo tiene cáncer de pulmón desde hace casi un año.

Cualquiera pensaría que, con ese precedente, iba a asustarme y a dejarlo, pero resulta que el hombre tiene casi noventa tacos. Supongo que lo dejaré dentro de unos años, cuando me case y quiera quedarme embarazada, porque entiendo que es injusto exponer al feto a los riegos potenciales de la nicotina y el alquitrán. Pero, hasta que llegue ese momento, mi fumeteo no le hace daño a nadie.

Salvo a Nerissa, claro.

Me fumé mi primer cigarro en segundo de carrera. Mi amiga Sofía había empezado a fumar hacía poco para perder peso, y decía que funcionaba. Naturalmente, al curso siguiente acabó en la Clínica Cleveland con un severo trastorno alimentario, así que el fumeteo era el menor de sus pro-

23

blemas. Sofía no era el mejor ejemplo en el que fijarse, pero me pareció que fumar le daba un aire molón y yo, como siempre, estaba dispuesta a probar cualquier cosa (salvo comer menos y hacer más ejercicio) con tal de adelgazar.

Qué no daría yo por ser delgada, pienso mientras miro un reportaje a toda página de estrellas de cine en el Festival de Cannes. Grandes tetas, cinturilla de avispa, cero caderas, cero muslos. No lo comprendo. Quiero decir que en mi casa sabemos mucho de tetas. Provengo de una larga línea de mujeres con pesebres en vez de tetas. Si yo os parezco tetuda, tendríais que ver a mi abuela por parte de madre. Todavía lleva uno de esos sujetadores de los años cuarenta tipo torpedo. Se la ve venir a kilómetros de distancia. Y se ufana de lo que ella llama coquetamente su *figura*.

Yo no. Yo con mi figura no puedo. De buena gana cambiaría todo lo que tengo entre las costillas y la clavícula por un pecho plano si viniera con uno de esos cuerpos de niño de diez años que tanto me gustan: uno de esos cuerpos que, supuestamente, pasaron de moda hace años, junto con los modelos andróginos. Sí, ya. Como si la belleza rubensiana fuera a volver a ponerse de moda.

Oigo a Will en la ducha. Está cantando una canción de esas tipo Rogers y Hammerstein. En mi opinión, tiene una voz fantástica. A veces, me gustaría que se olvidara de Broadway y grabara un disco pop. Pero no quiere. Su sueño es triunfar en el escenario.

Hasta ahora, solo ha hecho un par de musicales fuera de Broadway. Uno, una reposición de un espectáculo un tanto oscuro. El otro, una obra original escrita por un tío al que conoció en clase de interpretación. Los dos cerraron a las pocas semanas.

Por eso le va a venir tan bien la gira de verano. Pero a mí me gustaría que le diera un poco más de pena dejarme sola. O que me pidiera que fuera con él, en vez de hacerme esperar el momento oportuno para sugerírselo yo misma.

La verdad es que aún no he pensado despacio qué haría si me fuera con él. Sé que no podría quedarme con él, porque va a compartir casa con la gente de la compañía. Pero ¿tan difícil sería encontrar un cuartito en alquiler para pasar el verano en algún pueblecito al norte de Albany? Y, además, seguro que habrá trabajo, porque en verano por esa zona hay mucho turismo. A mí no se me caen los anillos. Podría trabajar de camarera, o cuidando niños.

Sé lo que estáis pensando, pero, mirad, me encanta la idea

de no tener que tomar el metro para ir a un trabajo de nueve a cinco en una ciudad ardiente y apestosa para pasarme el día contestando las llamadas de otro y haciendo fotocopias. Sería tan liberador hacer otra cosa una temporada...

En cuanto a mi carrera como publicista... Bueno, siempre puedo buscarme trabajo en otra agencia cuando llegue el otoño. O buscarme otra cosa. Después de todo, convertirme en una gran publicista no es el sueño de mi vida. Solo me parecía algo que podía hacer con mi licenciatura en inglés.

Aparte de dedicarme a la enseñanza, claro.

Mis padres creen que debería enseñar. Les parece el trabajo ideal para una mujer. Mi madre fue maestra antes de casarse con mi padre. Mi tía Tanya todavía da clases en el colegio del pueblo. Mi hermana Mary Beth ha sido maestra antes, durante y después de su matrimonio con mi ex cuñado, Vinnie, el cual llegó un buen día a casa el año pasado y le dijo que ya no la quería. Ella lo pasó fatal (tienen un par de críos, así que sé que es un mal trago), pero la verdad es que, en mi opinión, está mejor sin él. Vinnie siempre estaba flirteando con otras. Sobre todo, después de que Mary Beth ganara diez kilos permanentes con cada embarazo.

Bueno, quizá no del todo permanentes. Porque ahora está intentando quitárselos de encima. De ahí lo del gimnasio. Ya no se dedica a la enseñanza. Perdió su trabajo más o menos una semana antes de que Vinnie la plantara. Estaba hecha polvo por lo del trabajo, pero eso no le impidió al bueno de Vinnie darle la patada cuando estaba en su momento más bajo. Para que veáis lo majo que es.

El ruido del agua y la canción se paran de repente y, un momento después, Will abre la puerta del baño y sale envuelto en remolinos de vapor, con una toalla a la cintura.

Yo me pregunto si hace lo mismo cuando Nerissa está en casa. La verdad es que no me extrañaría, porque se toma con mucha naturalidad su desnudez. Además, como he dicho antes, ella tiene novio y él me tiene a mí, así que no puede ocurrir nada entre ellos. Solo son compañeros de piso. ¿No?

¿No?

—¿Qué haces? —me pregunta él.

—Estoy leyendo el *Entertainment Weekly*.

—No, quiero decir que por qué me miras con esa cara. Como si estuvieras cabreada.

—¿Te estaba mirando así?

Maldición, me ha pillado.

Me encojo de hombros. Él hace lo mismo y se quita la toalla. Yo me finjo fascinada por un artículo de la revista que cuenta las peripecias de los antiguos actores de *Las normas de la carretera*.

No es momento de sacar el asunto de la gira de verano. Quizá durante la comida.

O tal vez debería pasar del tema.

Porque, a fin de cuentas, seguir a Will durante una gira de verano parece una medida un tanto... desesperada, ¿no? Como si me diera miedo perderlo si se va de Nueva York. Como si tuviera que ir con él a todas partes para vigilarlo y asegurarme de que no me pone los cuernos.

Pero el caso es que hay muchas probabilidades de que sea así.

Porque tal vez, en el fondo de mi mente, sospecho que Will me ha puesto los cuernos. No es nada que haya dicho o hecho. Es solo una sensación que tengo a veces. Viene y se va, así que puede que sea solo una paranoia mía. Como Raphael dice siempre, no soy precisamente la reina de la autoestima.

Miro a Will ponerse los vaqueros, una gruesa sudadera azul marino y unos deportivos. Después, se peina hacia atrás y se vuelve hacia mí.

—¿Nos vamos?

Yo asiento, tiro a un lado la revista y recojo de nuevo mi chaqueta de lana y mi bolso negro. Cuando nos acercamos a la puerta del apartamento, agarro a Will de la mano. Él no es muy cariñoso. Dice que su familia es más bien fría. Pero como mis padres van por ahí abrazando a cualquiera que se les cruza por el camino, yo seguramente tiendo a ponerme más pegajosa de lo que debiera. Pero Will ya está acostumbrado, y me aprieta rápidamente los dedos antes de soltarme para pulsar el botón del ascensor. Cosa que podía haber hecho con la mano libre. Pero puede que yo hoy esté un poco suspicaz.

La verdad es que quiero que Will esté tan loco por mí como yo estoy por él. Y a veces pienso que lo está, solo que no sabe demostrarlo. Como, por ejemplo, cuando hace un par de años le dio por llamarme *querida*.

Puaj.

Ya sabéis a qué me refiero. En vez de llamarme *cari*, o *gordi*, o *nena*, o uno de esos nombrecitos cariñosos que usan los novios, él me llamaba *querida*. Puede que su intención fuera buena, pero a mí me sacaba de quicio porque me recordaba a una vieja maestra solterona llamando a su alumna predilecta. «Sí, querida, puedes ir al aseo de las niñas, pero por favor vuelve enseguida para que podamos empezar el examen de ciencias sociales».

No sonaba nada afectuoso, ni romántico, y parecía forzado. A mí me rechinaban los dientes cada vez que me lo llamaba, sobre todo en público, y estaba deseando decirle que no lo hiciera más. Por fin dejó de hacerlo por propia iniciativa. Puede que se diera cuenta de que yo nunca lo llamaba a él *querido*, o que a él le sonara tan poco natural como a mí.

Por supuesto, en cuanto dejó de hacerlo empecé a añorarlo. Por lo menos era algo.

Ojalá se le ocurriera otro nombre cariñoso con que llamarme, pero no sé cómo decírselo. No puedo ir y decirle así, sin más: «¿Sabes qué me haría feliz? Que me llamaras *terroncito de azúcar* o *pastelito mío*». Cosa que, en realidad, tampoco me haría feliz. De hecho, me haría vomitar.

Pero ya sabéis lo que quiero decir. Supongo que, simplemente, deseo más de lo que tengo. Y ahora que Will está a punto de irse, siento una urgencia, una necesidad de fijar nuestra relación más sólidamente. Supongo que, después de tres años saliendo, está bastante asentada. Pero yo quiero más. No puedo remediarlo.

Cuando Will necesitó un compañero de piso y puso un anuncio en el *Voice*, me quedé muerta. Esperaba que tal vez considerara la posibilidad de que nos fuéramos a vivir juntos. De hecho, una noche, después de que Kate y Raphael me echaran la charla, conseguí por fin reunir valor para decírselo. Pero antes de que pudiera abrir la boca, Will me dijo que había encontrado a Nerissa.

De modo que demos un paso atrás y contemplemos la situación actual.

Por un lado, tenemos a un tío bueno, actor, aquejado de una seria fobia al compromiso, que se va de la ciudad.

Por otro, a una secretaria fondona, insegura y obsesionada por el compromiso, que se queda atrás.

La cosa no tiene buena pinta.

Pero ello no me impide pedir una hamburguesa con queso y beicon y unos aros de cebolla en el bar que hay a la vuelta de la esquina del edificio de Will.

Y tampoco me hace capaz de preguntarle si puedo irme con él.

Tres

Raphael monta todos los años una fiesta de cumpleaños desparramante.

Siempre la prepara él solo, y siempre la celebra en su apartamento del distrito de las industrias cárnicas. Un agente inmobiliario de Manhattan, un optimista o un ciego sin dos dedos de frente describiría el piso de Raphael como un *loft* situado en una nave industrial reconvertida. Pero, de reconvertida, nada. Todavía parece una nave industrial: un lugar cavernoso, húmedo, prácticamente sin ventanas y sin muebles, que ni siquiera Martha Stewart, armada con una pistola de pegamento, metros y metros de tela de algodón estampado y rollos y rollos de alfombra persa, podría transformar en algo remotamente parecido a un hogar.

Pero es grande y, en Manhattan, los pisos grandes son notablemente difíciles de encontrar. Raphael le saca buen partido; siempre invita a su cumpleaños a toda la gente que conoce, animándolos a que lleven a todos sus conocidos.

Según Kate, que conoció a Raphael un año antes que yo y que, por lo tanto, ya ha asistido a sus fiestas de cumpleaños, el grueso de los invitados se compone básicamente de tíos increíblemente guapos, enrollados y modernos y de sus novias increíblemente guapas, enrolladas y modernas.

Este año, dado que se trata de un hito entre los cumpleaños de Raphael, se espera que el gentío sea aún mayor de lo habitual y, por lo tanto, también más guapo, más enrollado y más moderno de lo normal.

Raphael me ha dicho que siempre hay un tema. El año pasado, el tema fue la selva. Tíos buenos con taparrabos y caretas de animales. El año anterior, fue una fiesta playera. Tíos buenos en bañador.

Este año, el tema es una isla.

¿Lo pilláis? El tema de las fiestas de Raphael está pensado expresamente para permitir un mínimo de ropa y un máximo de alcohol consumido en forma de exóticas bebidas afrutadas.

Este año, ha alquilado palmeras de mentira. Quería poner antorchas de verdad, pero lo convencí de que no lo hiciera. Su amigo Thomas, que diseña decorados para los espectáculos de Broadway, ha fabricado una reluciente cascada azul y una laguna con una especie de tela resbaladiza. Los cócteles helados se sirven en falsas cáscaras de coco.

Yo llego casi dos horas tarde, con Kate a remolque. La culpa de que lleguemos tarde es suya. Se le ocurrió ir a la peluquería a que le hicieran la cera en el bigote justo antes de que empezara la fiesta, y hemos tenido que esperar hasta que se le bajara la hinchazón colorada del labio.

Al entrar en la abarrotada fiesta de Raphael, me tira del brazo y dice:

–¿Seguro que estoy bien?

La verdad es que no. A propósito del tema de la isla, lleva lo que parece un mostacho de color coral sobre el labio superior, pese a su intento de disimular el verdugón con una plasta de maquillaje. En su apartamento había tan poca luz que no me he dado cuenta de lo mucho que se le notaba hasta que estábamos en el metro.

–Estás bien –miento.

Ella se lleva una mano a la oreja.

–¿Qué has dicho?

–Que estás bien –grito para que me oiga por encima de la atronadora canción de Jimmy Buffet y del estruendo de voces–. Pero no puedo creer que esperaras hasta justo antes de la fiesta para depilarte el bigote. ¿Por qué no lo hiciste ayer, o esta mañana? Sabes que la cera siempre te da alergia.

–Fue anoche cuando me di cuenta de que me había salido otra vez el bigote –grita Kate–. ¿Qué querías que hiciera, presentarme con toda la barba? No puedo creer que no me dijeras que se me notaba el bigote esta mañana, cuando nos vimos.

–No me di cuenta, Kate. Supongo que estaba demasiado enfrascada en mis propios traumas.

—¿Estoy muy mal? —da un par de pasos hacia el televisor e intenta verse reflejada en la pantalla a oscuras.

—¡Tracey! —Raphael se materializa con un chillido y un daiquiri escarchado con sombrillita en la mano, y me da un enorme beso.

Es un hombre guapísimo, con su pelo negro azabache, su piel tostada y las pestañas más largas que he visto nunca. A veces la gente lo confunde con Ricky Martin, y él invariablemente les sigue la corriente, firma autógrafos y se pone nostálgico hablando de los buenos tiempos que pasó con *Menudo*.

—¡Feliz cumpleaños, corazón! —digo, dándole un achuchón.

—¡Tracey! ¡No te has vestido!

—¿Qué? —fingiéndome horrorizada, miro hacia abajo como si esperara encontrarme desnuda—. No me des esos sustos, Raphael.

Él me da un puñetazo en el brazo.

—Digo que no te has disfrazado a tono con el tema.

—¿Y qué querías que me pusiera? ¿Un bikini? Créeme, Raphael, estoy mejor así —digo, señalando mi jersey de cuello vuelto negro, mi chaqueta negra y los pantalones negros, supermodernos, que me compré en French Connection. Con un poco de suerte, el efecto monocromático resultará más adelgazante que funerario—. Pero tu traje es genial.

—¿Te gusta? —hace un giro, mostrándome su camisa de estampado tropical, sus pantalones cortísimos y sus botas italianas de cuero—. ¿No te parece demasiado gay, Tracey?

Por si no lo habéis notado, a Raphael le gusta llamar a la gente por su nombre. Le gusta pensar que es la marca personal de su forma de hablar.

—¿Y desde cuándo te preocupa ser demasiado gay, Raphael?

—Desde que he visto al tío que han traído Alexander y Joseph. Tracey, es delicioso, y además increíblemente discreto. Nadie diría que es homo, como el resto —hace un gesto hacia atrás, señalando al hombre razonablemente guapo y de aspecto formal enfrascado en una conversación con Alexander y Joseph, que esta noche llevan sarongs dorados, a juego con sus anillos de boda.

—¿Cómo que como el resto? Habla por ti, rico —le digo a Raphael, y añado, mirando al tío vestido con vaqueros y un suéter azul de cuello náutico—: Puede que no sea homo.

—¡Oh, por favor! ¡Kate! —chilla Raphael cuando Kate se

une a nosotros. La agarra y le planta un gran beso (su saludo característico), luego retrocede, ladea la cabeza, frunce el ceño y se limpia el labio superior con el pulgar–. Perdona, te he manchado de daiquiri.

–Oh, mierda –mascula Kate–. No es daiquiri, Raphael. ¡Tracey! –se vuelve hacia mí y me pregunta con cara de pocos amigos–: Todavía se me nota, ¿a que sí? ¿A que todavía lo tengo rojo y levantado?

Yo me acobardo.

–No está tan mal.

–¿Que no está tan mal? ¡Pero si Raphael creía que me había pringado con el daiquiri! –Kate sale despedida hacia el cuarto de baño.

En respuesta a la mirada inquisitiva de Raphael, le digo:

–Se ha quitado el bigote con cera.

Él asiente, comprensivo, y dice con su acento levemente latino:

–Pobrecilla. Y con su cutis... De melocotón con nata, a melocotón con sangre. Hacerse el bigote con cera es un asco, Tracey.

–No sé. Yo uso decolorante.

–Créeme. Un asco.

–¿Que te crea a ti?

–Lo digo en serio, Tracey –sus ojos enormes tienen una expresión solemne.

Raphael tiene básicamente dos estados de ánimo: Entusiasmo Atolondrado y Preocupación Formal. Rara vez abandona las expresiones faciales que acompañan a Entusiasmo Atolondrado.

–¿Tú te haces el bigote con cera? –pregunto, incrédula.

–No, Tracey, yo no me lo hago –hace una mueca y se estremece–. Me lo hace Cristóforo.

Cristóforo, su estilista y antiguo amante, sale con un famoso actor de seriales radiofónicos, supuestamente heterosexual, cuyo nombre debe permanecer en el anonimato.

–Cristóforo te hace el bigote con cera –repito yo, no sabiendo si reír o mantenerme muy seria.

–No solo el bigote. Toda la cara. Créeme, Tracey, es mejor que afeitarse todos los días.

–Te creo, Raphael. Así que es así como mantienes esa cara de niño.

–Tú lo has dicho. Ven, vamos a ver a Alexander y a Joseph –sugiere, saltando de repente al Entusiasmo Atolondrado y enganchándome del brazo.

Nos abrimos paso hasta el otro lado de la habitación. Por el camino, agarro un daiquiri de la bandeja que lleva un camarero, todo músculos y abdominales, prácticamente desnudo si no fuera porque lleva un tanga minúsculo.

–¿Has alquilado camareros? –le pregunto a Raphael, que sacude la cabeza.

–¡Pero Tracey! Ese es Jones –dice–. Ya lo conoces.

–¿Jones? ¿Solo Jones?

–Solo Jones.

–No lo recuerdo.

–Pues claro que sí.

–Que no, te digo.

–Pues claro que sí, Tracey. Es bailarín. El de Long Island, ¿te acuerdas? El que colecciona tutús.

Raphael tiene la exasperante costumbre de insistir en que conoces a gente o has estado en sitios cuando en realidad no tienes ni idea de qué esta hablando. Lo hace constantemente. Yo antes le llevaba la contraria. Ahora me limito a encogerme de hombros, fingiendo que conozco a Jones.

Nótese que las fiestas de Raphael, como la industria de la música pop, tienen su buena ración de misterios insondables. Jones y Cristóforo. Cher y Madonna. No sé a qué atribuirlo, pero me parece significativo. Estoy a punto de decírselo a Raphael, pero él sigue con sus explicaciones.

–Jones va a hacer un papel de reparto en una producción de verano de *Hello, Dolly*, nada menos que en Texas, así que le he dicho que agarre una bandeja y haga como que ensaya para el espectáculo. Pensaba que iba a ponerse un delantal, algo clásico, con lazos y todo, pero ya conoces a Jones, Tracey: tiene esa manía infernal de mostrar su físico.

Como iba diciendo, yo no conozco a Jones ni a sus manías, pero hago como si lo conociera de toda la vida y alzo los ojos al cielo, imitando a Raphael. Sin embargo, como no veo la relación, tengo que preguntarle:

–¿*Hello, Dolly*?

–Sí, sí, ya sabes: la escena de los Jardines Armonía, esa en la que bailan los camareros –sí, ya me acuerdo. Pero antes de que pueda decírselo a Raphael, añade apresuradamente como si yo no tuviera ni idea de lo que me está hablando–: Ya sabes, el concurso de baile y la escalinata y «qué bien que hayas vuelto a donde perteneces». Chist, calla, ya casi hemos llegado –dice Raphael con impaciencia, agitando alocadamente la mano hacia mí como si fuera yo la que no cierra el pico.

«Casi hemos llegado» significa que estamos casi delante de Alexander, Joseph y el objeto del último enamoramiento de Raphael. Puede que sea porque está entre dos de los hombres más exuberantes de la habitación, pero a primera vista parece terriblemente insulso y... Bueno, normal. Demasiado normal para el gusto de Raphael.

–Aruba... Jamaica... Ay, lo quiero todo para mí... Tracey, ¿no es adorable? –me canturrea Raphael en la oreja mientras por los altavoces empiezan a sonar a toda tralla las primeras notas de la canción *Kokomo*.

–Es bastante majo –digo. Pero adorable, no.

Él me mira horrorizado.

–¡Tracey! ¿Cómo puedes decir eso? Es definitivamente adorable.

Yo reconsidero mi opinión.

El tipo tiene el pelo corto y castaño: el pelo castaño y corto de toda la vida, no una de las estrambóticas *creaciones* de Cristóforo, ni uno de esos pelos teñidos tan populares entre aquella panda. Tiene los ojos marrones, la nariz bonita y la boca bonita. Es el tipo de tío que una espera encontrarse dando clase a chicos de sexto grado, o empujando un carrito de bebé en un centro comercial, o cortando el césped en un chalecito del extrarradio. La clase de tío que una esperaría encontrarse en cualquier parte, menos allí.

Pero allí está: un Joe cualquiera entre una multitud de Josephs, Alexanders y Jones. Y sospecho que esa es precisamente la razón de que a Raphael le guste tanto.

–¡Joseph! –chilla Raphael, echándose para delante–. ¡Me encanta tu sarong! El tuyo también, Alexander. Y tú... quienquiera que seas, me encanta tu jersey. ¿Es de Banana Republic?

–No estoy seguro –dice el tipo, arrugando un poco la nariz.

Sí, la verdad es que es bastante guapo. Y veo que sus ojos, que desde lejos me habían parecido marrones, son en realidad verdosos. Parece irlandés.

Raphael se queda momentáneamente pasmado antes la ignorancia de su ídolo en cuestión de marcas, pero se recupera enseguida.

–No nos conocemos –dice, tendiéndole la mano–. Soy Raphael Santiago, el del cumpleaños. Y esta es mi amiga Tracey Spadolini.

–Yo soy Buckley O'Hanlon. Encantado de conocerte, Raphael. Hola, Tracey.

–Hola –digo, fijándome en un bol de patatas fritas que hay encima de una caja de cartón dada la vuelta que hace las veces de mesa. Estoy muerta de hambre. No he cenado porque me sentía culpable por el enorme almuerzo que me he comido con Will.

Me acerco un paso y me lanzo, agarrando un par de patatas mientras Raphael consigue dejar caer en sus dos frases siguientes que ahora mismo está disponible porque acaba de romper con Anthony, su amante; que va al gimnasio por lo menos cinco días por semana y que hace poco fue a París por negocios. Hasta agosto pasado, era un simple administrativo. Ahora es ayudante de estilismo en la revista *Ella*.

Pero su trabajo no es tan glamouroso como pudiera pensarse. Además, lo del viaje a París fue en septiembre pasado. Pero Raphael se las arregla para que parezca que acaba de bajarse del Concorde.

–¿Tú a qué te dedicas, Buckley? –pregunta Raphael.

–Trabajo por mi cuenta. Soy escritor de anuncios.

–¡Escritor! ¡Eres escritor! ¿Y qué escribes, Buckley?

–Anuncios –dice Buckley con una débil sonrisa–. Pero no es nada excitante, créeme.

–Buckley se está encargando de escribir nuestro próximo folleto. Así es como nos conocimos –dice Alexander, sacando un paquete de cigarrillos. Le da uno a Joseph antes de ponerse uno entre los labios. Raphael, conocido gorrón de tabaco, saca uno del paquete antes de que Alexander consiga guardarlo.

Yo meto la mano en el bolsillo de mi chaqueta y saco mis Salem *lights*. Alexander enciende el mechero cuatro veces, y todos echamos el humo al mismo tiempo.

Buckley sacude la cabeza.

–Creo que soy el único no fumador que queda en Nueva York.

–Oh, yo voy a dejarlo mañana –anuncia Raphael.

–¿Y eso por qué? –pregunta Joseph.

–Porque he cumplido treinta años. Quiero vivir hasta los cuarenta, Joseph. Cosa que no ocurrirá si sigo fumando tres paquetes al día.

–Oh, por favor –dice Alexander, y Joseph y él sacuden la cabeza y hacen girar los ojos. Lo mismo que yo, conocen a Raphael lo suficiente como para saber que se está tirando el pegote. Está intentando impresionar a Buckley, y creo que debemos seguirle la corriente. O, por lo menos, cambiar de tema. Que es lo que hago yo.

–¿Y cómo va vuestro folleto nuevo? –les pregunto a Alexander y a Joseph.

Naturalmente, se lanzan en barrena al oír mi pregunta. Les encanta hablar de su negocio: una boutique del gourmet en la calle Bleeker, especializada en conservas biológicas. Últimamente han decidido diseñar una página web y aceptar pedidos por e-mail.

–Si todo sale como esperamos –dice Joseph, juntando las manos por encima de las costillas, lleno de emoción–, este otoño empezaremos a buscar casa en el condado de Bucks.

–Eso es estupendo –le lanzo una mirada a Raphael.

Parece muerto de envidia. No me extraña. Eso es lo más entre su panda: comprarse con el novio de muchos años una casa en la Pennsylvania rural y luego pasarse años renovándola, decorándola y amueblándola.

Tengo que admitir que hasta a mí me da envidia de Alexander y Joseph cuando los veo intercambiar miradas de emoción, con una expresión asombrosamente parecida a la que tenían mi hermana Mary Beth y Vinnie cuando acababan de casarse y nos anunciaron que estaban esperando su primer hijo.

Ya me gustaría a mí tener una relación así.

No como la de Mary Beth, que ha acabado en divorcio y malos rollos, sino como la de Alexander y Joseph, porque cualquiera (salvo, quizás, el reverendo Jerry Falwell) podría ver que son dos almas gemelas.

Según Raphael, Alexander y Joseph, que deben de tener unos treinta y cinco años, comparten desde hace años un estudio de renta antigua en Chelsea, desde antes de que Chelsea se convirtiera en un barrio pijo, lleno de celebridades y supermercados de estilo suburbano. Alexander es un afroamericano alto, con barba, educado en una de las mejores universidades del país y procedente de una familia bien de Westchester, y Joseph es un italiano bajito, educado en colegios públicos y procedente de una familia humilde de Staten Island, pero han llegado a compartir tantos gestos, ademanes y expresiones que a veces tengo la impresión de que se parecen.

Jones pasa a nuestro lado, repartiendo daiquiris a diestro y siniestro. Esta ronda lleva aún más ron que la anterior, pero entra bien, y empiezo a sentirme ligeramente mareada. Tan mareada que no sé si fumarme el paquete entero, o comerme todo el bol de patatas fritas.

Opto por fumar y enciendo otro pitillo con la colilla del anterior.

–¿Y qué escribes además de folletos, Buckley? –pregunta Raphael en tono coqueto.

Normalmente se le da muy bien el ligoteo, pero esta noche no le está funcionando. Por lo menos, con este tío, que no parece interesado en Raphael. O puede que sea un poquitín despistado. Aunque a mí se me escapa cómo es posible que no se entere de los jadeantes coqueteos de Raphael.

También cabe la posibilidad de que sea hetero. Pero, no sé por qué, lo dudo. ¿Qué iba a hacer un tío hetero y razonablemente guapo en una fiesta como esta, y en Nueva York?, me pregunto mientras pasa por mi lado un trío de drag queens recién llegadas, ataviadas con faldas de juncos y sostenes hechos con cocos.

Pues nada.

–Escribo textos para contraportadas de libros –dice Buckley encogiéndose de hombros.

–¡Bromeas! ¡Buckley, eso es maravilloso! –grita Raphael, como si Buckley hubiera dicho que acababa de aterrizar procedente de la luna.

–No creas, no es muy interesante –dice Buckley, un poco avergonzado.

–¿Qué clase de libros? –pregunto yo.

–De todo. De suspense, románticos, de autoayuda, de ficción gay, de cocina... de todo.

–¿Ficción gay? ¡Habré leído algo escrito por ti, Buckley? –pregunta Raphael, chispeante como una jefa de animadoras de Brookside dando brincos en el descanso de un partido.

–Yo solo escribo las contraportadas –dice Buckley otra vez, balbuciendo ligeramente.

–Siempre me acuerdo de las contraportadas. Por eso compro los libros –dice Raphael.

Kate se nos une, jugueteando con un mechón de pelo largo y rubio. Lo lleva estirado por encima del labio superior, intentando en vano ocultar el enrojecimiento. Después de que Raphael se la presente a Buckley, ella me lleva a un lado y me dice que tiene que irse.

–No me extraña –miro la franja de piel roja que tiene encima del carmín cuidadosamente aplicado, a juego con su vestido playero rosa tropical–. Parece que está empeorando.

–¿No me digas? –dice sarcásticamente–. Parece que me han dado un puñetazo en la boca. No puedo creer que me hayas dejado salir así de casa, Tracey.

Yo tampoco. Pero no quería aparecer sola en la fiesta

después del plantón de Will. Siempre me ha dado vergüenza ir a los sitios sola. No lo he superado todavía, a pesar del tiempo que llevo viviendo en Nueva York. Una cosa es vivir sola y montarse en el metro sola y comprar sola, y otra ir sola al cine, o a un restaurante, o una fiesta, cosa que, me temo, nunca seré capaz de hacer. La chica pueblerina que llevo dentro sigue encontrándolo vagamente patético.

Qué asco de amiga, ¿no? No me extraña que Kate esté cabreada.

—¿Quieres que me vaya contigo? —me ofrezco voluntariosamente.

—No, gracias —dice Kate.

—¿Estás enfadada conmigo?

—No, qué va —intenta sonreír, y hace una mueca cuando su labio superior, inflamado, se le arruga dolorosamente—. Tú no tienes la culpa de que haya heredado una piel tan sensible. Son los genes de los Delacroix. Eso dice siempre mi madre.

—Buena suerte, Kate —digo compasivamente, dándole un abrazo—. Te llamo mañana.

Cuando regreso al grupo, el grupo se ha disipado. Joseph y Alexander han desaparecido, y Raphael está siendo aerotransportado por la habitación a hombros de las drag queens, que, al mismo tiempo, cantan a coro *Porque es un chico excelente*. Solo queda Buckley O'Hanlon, que sigue allí de pie.

—¿Te han abandonado? —le pregunto. Me bebo el resto fangoso de mi daiquiri de un solo trago y me deja la garganta dolorida por el hielo.

—Raphael está... —señala con la cabeza.

—Sí, ya lo veo —digo yo, mirando a Raphael, que acaba de bajarse de su elevado sitial justo a tiempo para echarse al coleto un lingotazo flambeado que alguien le alcanza. Flambeado, sí. O sea, en llamas. La gente da palmas rítmicamente, cantando: «Vamos, vamos, vamos...».

¿He mencionado ya que las fiestas de Raphael son algo salvajes?

—Y Alexander y Joseph se han ido a la cocina a darle los últimos toques a la tarta. Dicen que tiene la forma de Puerto Rico, y al parecer hay algún problemilla con Mayagüez.

—¿Qué es Mayagüez?

—Por lo que he entendido, o es una ciudad portorriqueña, o un criado díscolo.

Yo me río.

Buckley se ríe.

Lástima que sea gay.

Pero, bueno, yo ya tengo novio. Will. Will, el que debería estar aquí ahora mismo.

¿Acaso no le importa que cada vez nos queden menos días para estar juntos? ¿Es que no sabe que deberíamos pasar juntos estos últimos y preciosos momentos antes de que se largue a hacer bolos de verano sin mí?

Si no me voy con él, claro.

Cosa que todavía puedo hacer.

Me hago con otro daiquiri de la bandeja itinerante de Jones y le pregunto a Buckley:

—¿Has ido alguna vez a los montes Adirondack?

—Pues no. ¿Por qué?

Se lo cuento. Le digo que voy a pasar el verano allí, en algún pueblecito turístico, y que no sé si resultará difícil encontrar trabajo y alojamiento.

—¿No deberías haberte informado antes de hacer planes? —pregunta él muy razonablemente.

—¿Sabes, Buckley?, eso es lo que siempre me ha molestado de ti —digo, clavándole un dedo en el pecho—. Eres demasiado práctico.

Él parece sorprendido, pero luego se da cuenta de que estoy bromeando y se echa a reír.

—Perdona, pero sigo pensando que tienes que sentar la cabeza, Trace. No puedes seguir lanzándote a tumba abierta indefinidamente. Ya eres mayorcita.

Yo lanzo un suspiro burlón.

—Buckley, Buckley, Buckley, ¿qué voy a hacer contigo? ¿Cuándo vas a dejar de tomarte las cosas tan a pecho y a aprender a vivir un poco?

—No eres la primera persona que me pregunta eso —dice él de mala gana, y tengo la impresión de que ya no está bromeando.

—¿De veras?

Él sacude la cabeza.

—Acabo de salir de una relación en la que a mi pareja no le parecía suficientemente impulsivo. Pero déjame decirte que yo soy muy impulsivo. Esta noche mismamente, cuando me estaba vistiendo para venir a la fiesta, he estado a punto de ponerme un jersey beige. Pero en el último minuto, así como te lo digo, en el último segundo antes de salir por la puerta, me he puesto el azul.

Yo doy un paso atrás, presa de estupor.

—¡Cielo santo! ¡Qué temerario!

Los dos nos echamos a reír. Me encanta la cara de palo con que dice las cosas. Y, además, es realmente guapo. Sería fantástico para Raphael, que normalmente tiende a salir con niños bonitos obsesionados consigo mismos o con artistas excéntricos.

Mientras charlamos, me aseguro de sacar a relucir las mejores cualidades de Raphael: que es generoso, y divertido, y que, además, sabe más de cultura pop que cualquier ser humano viviente. Le digo a Buckley que Raphael oye todos los discos nuevos antes de que los singles lleguen a las ondas radiofónicas; que asiste a todos los preestrenos de los espectáculos de Broadway; y que va a ver todas las películas que salen, aunque los críticos las tiren a la basura.

—Vio *Vuelo de fantasía* casi en cuanto se estrenó, antes que nadie —le digo a Buckley.

Vuelo de Fantasía es, por supuesto, el mayor bombazo que han dado las pantallas en los últimos años y, según parece, tiene un final inesperado parecido al de *El Sexto Sentido*. A mí con saber eso me basta. No soporto el suspense. Por más que intento contenerme, siempre acabo leyendo las últimas páginas de las novelas de Mary Higgins Clark cuando todavía voy por la mitad del libro. Sencillamente, tengo que saber quién es el culpable.

—¿Raphael te contó el final antes de que la vieras? —pregunta Buckley.

—No, hombre, cómo iba a hacer eso. Además, todavía no la he visto.

—¿Me tomas el pelo? Pensaba que la había visto todo el mundo.

—Yo no. No me quedaba nadie con quien ir.

Lo cierto es que Raphael fue sin mí, lo mismo que Kate (que fue a verla con una cita a ciegas) y que todos mis amigos del trabajo. Pero lo que de verdad me repatea es que Will fue a verla hace un par de semanas con un par de tíos que trabajan en la empresa de catering, una noche que el sarao acabó antes de lo que esperaban. Me enfadé mucho con él cuando me dijo que había ido a ver la película sin mí. Él sabía que yo quería verla.

—¿Y ahora qué? ¿Vas a esperar a que salga en vídeo? —pregunta Buckley.

—Sí y, además, no soporto el suspense. Estoy intentando convencer a alguien para que vaya conmigo. Pero todo el mundo al que se lo pido me dice que no se puede ver dos veces, porque, cuando ya sabes el secreto, no tiene gracia.

–Sí, eso he oído.

Yo lo miro boquiabierta.

–¿Tú tampoco la has visto? –él sacude la cabeza–. Entonces tienes que venir conmigo –digo, agarrándolo del brazo–. No puedo creer que haya encontrado a alguien que aún no la ha visto. ¡Estoy pasmada! Tenemos que ir, ¿de acuerdo?

Él se encoge de hombros.

–Claro. ¿Cuándo?

–Mañana –digo con decisión–. Llevo casi un mes esperando saber cuál es ese famoso final, y no pienso posponerlo ni un día más. Esto es genial.

De pronto, se para la canción de Bob Marley que sonaba a toda pastilla. Nos damos la vuelta y veo a Raphael de pie junto al estéreo, balanceándose ligeramente. Me pregunto cuántos lingotazos flambeados ha ingerido.

–¡Atención todo el mundo! –junta las manos–. Ha llegado la hora de la tarta. Este año, Alexander y Joseph se han superado a sí mismos. Así que, por favor, haced un corro y preparaos para cantar con todo vuestro corazón.

–Está un poco volado, ¿no? –pregunta Buckley mientras nos acercamos a la mesa de la tarta.

–Es el mejor tío que conozco –digo con determinación, deseando que eso baste para hacer que Buckley se enamore perdidamente de Raphael. Pero no tengo más remedio que admitir que realmente no parece muy interesado en él.

Después de cantar el *Cumpleaños feliz* (tres veces, obligados por Raphael), de cortar la tarta y devorarla, Buckley se va a hablar con Alexander y Joseph y a mí Raphael me pilla por banda.

–Tienes nata en el pelo –le digo, limpiándolo con una servilleta.

–Bueno, no es el único lugar del cuerpo donde he tenido nata, Tracey –me dice con un guiño. Raphael es la única persona que puede guiñar un ojo sin parecer el abuelo de alguien–. Oye, ¿qué tal con mi chico nuevo? ¿Le has hablado de mí?

–Por supuesto. Le he dicho que eres la persona más increíble que he conocido nunca.

–¿Qué has averiguado de él?

Yo le doy un sorbo a mi daiquiri recién estrenado. Van teniendo menos azúcar y más ron a medida que avanza la noche, pero, llegados a este punto, a nadie le importa.

–Ha dicho algo de que acababa de salir de una relación con un tío que pensaba que no era suficientemente impulsivo.

–Tracey, yo de impulsivo valgo por los dos –Raphael le lanza una mirada lujuriosa a Buckley–. ¿Qué más te ha dicho?

–No mucho. Pero mañana por la tarde voy a ir a ver *Vuelo de Fantasía* con él. Intentaré sonsacarle algo más.

–¿Por fin has encontrado con quien ir? ¡Cuánto me alegro, Tracey! –Raphael me pasa un brazo por los hombros–. ¿Will no se pondrá celoso?

–¿Por qué iba a ponerse celoso de un gay? Además, Will nunca se pone celoso. Él confía en mí –le digo yo.

Silencio.

–¿Qué? –pregunto, notando una expresión dubitativa en el rostro de Raphael–. Nunca se pone celoso, de verdad.

–Te creo, Tracey. Y creo que deberías preguntarte por qué –dice Raphael crípticamente.

–¿Qué quieres decir con eso? –pregunto, pero alguien se lo lleva para que se una a la fila de la conga.

De pronto, no estoy de humor para la conga.

Me descubro preguntándome qué estará haciendo Will. Miro el reloj y pienso que ya debe de estar en casa. Tal vez pueda tomar un taxi hasta allí y pasar la noche con él.

Pero cuando llamo a su apartamento, salta el contestador.

No dejo ningún mensaje.

Cuatro

Domingo por la mañana.
Will está de mal humor.
Llueve.

Seguramente, está de mal humor porque llueve y porque es domingo por la mañana, pero, naturalmente, siendo como soy, no puedo evitar sentirme culpable. Llevo media hora (desde que nos hemos visto para desayunar en una cafetería a unas manzanas de su casa) intentando charlar con él. Pero no hace más que refunfuñar.

El caso es que tiene muy mal carácter. Siempre lo he sabido. En parte, me atrae ese artista temperamental que hay en él. En parte, quiero que sea un poquito más alegre, maldita sea.

Mientras la camarera nos sirve más café, le pregunto qué tal la boda de anoche. Resulta que el asunto supersecreto era la boda entre dos grandes estrellas de cine que el año pasado dejaron a sus respectivos cónyuges, causando un gran escándalo que salió en todas las revistas. Me muero por saber los detalles, pero hasta ahora Will no parece por la labor.

–¿Y qué tal era la comida? –le pregunto y, tomando tres pequeños recipientes de crema del cuenco blanco que hay en medio de la mesa, los abro y me los echo uno a uno en el café. Rasgo dos sobrecitos de azúcar después y también me los echo. Luego, lo agito todo.

–Pastel de gambas, salmón a la parrilla, chuletones, patatas a la panadera... Nada del otro mundo –Will sorbe su café. Él lo toma solo. Sin azúcar.

–¿Y la tarta?

–De chocolate blanco con frambuesas.

–Mmm, qué buena –engullo un pedazo correoso de tortilla francesa embadurnada en ketchup y tabasco, pensando que ojalá fuera un pastel de chocolate blanco con frambuesas.

Y ojalá fuera yo la novia comiéndose su pastel de bodas de chocolate blanco con frambuesas.

Bueno, no.

Yo quiero casarme, sí, pero cuando Will y yo nos casemos (si es que no casamos), me encantaría que la boda se celebrara en otoño y que la tarta fuera de calabaza y crema de queso. Me pregunto qué pensara él al respecto, pero no me atrevo a preguntárselo.

–Will, entonces ¿quieres que vaya a tu casa después del cine?

Ya le he hablado de Buckley y de *Vuelo de Fantasía*, y le he dicho que estoy deseando hacer de celestina entre Buckley y Raphael.

También le he descrito la fiesta con pelos y señales, incluyendo la parte en la que Raphael, desoyendo mis consejos, encendió una antorcha que tenía escondida en el armario y la llevó por toda la casa hasta que, accidentalmente, le prendió fuego a la peluca sintética de una drag queen. Jones intentó apagarlo arrojando encima de la drag queen la tela azul brillante que hacía las veces de cascada, pero resultó que era más inflamable aún que la peluca y también echó a arder. Por suerte, a un invitado ingenioso se le ocurrió rociar las llamas con el agua de un sifón que había en el fregadero. Yo me fui poco después de eso, diciéndole a Buckley que nos veríamos enfrente de los Multicines Odeón de la Octava Avenida, a unas manzanas del apartamento de Will.

Después de la película pensaba pasarme por casa de Will y que encargáramos comida china o algo así.

Bueno, está bien, lo que de verdad pensaba es que podíamos hacer el amor. Hace casi una semana que no dormimos juntos, y la última vez (las últimas veces) han sido más bien flojillas.

Pero Will arruina mis esperanzas sacudiendo la cabeza.

–No, tengo mucho que hacer cuando vuelva del gimnasio. Tengo que empezar a guardar mis cosas en cajas para enviarlas a la residencia. Así no tendré que cargar con ellas en el tren.

Yo podría ayudarlo a llenar las cajas. Pero puede que fuera demasiado deprimente.

A menos que me fuera con él...

Pero aún no tengo valor para pedírselo.

Intento pensar en otro tema de conversación.

Estamos en una mesa junto a la ventana. Will lleva una sudadera marrón con capucha que me gusta un montón. Es de L. L. Bean y la tiene desde que lo conozco, pero no está tan ajada como mi ropa de diario.

Por encima de su hombro, a través del cristal salpicado de lluvia, veo a la gente que camina apresuradamente, paraguas en mano. Es un paisaje completamente gris, moteado de pinceladas de amarillo brillante: impermeables y taxis. Me apetece decírselo a Will, pero con ese humor no está para apreciaciones estéticas.

Agarro el salero y me echo un poco de sal en las patatas fritas antes de comerme unas cuantas.

—Deberías tener cuidado con la sal, Trace —dice Will.

—Si están sosas, no puedo comérmelas —le digo encogiéndome de hombros.

No hay nada peor que la comida sosa e insípida. Mis abuelos deberían llevar una dieta baja en sal, y hace un par de años, un domingo, intentaron que nos comiéramos una salsa de tomate sin sal. Nunca he probado una cosa más repugnante. Todos convinimos en que estaba asquerosa, y mi abuela volvió de inmediato a su salsa de siempre. Los médicos siguen regañándolos por la tensión o lo que sea que tienen que vigilarse, pero no me extraña que ellos no les hagan ni caso. Yo tampoco se lo haría.

—Con el tiempo, te acostumbrarías a comer con poca sal —dice Will.

—Puede ser, pero no quiero acostumbrarme. Además, tampoco es que me esté jugando la salud.

Siempre me siento incómoda hablando de mis hábitos alimenticios con Will. Supongo que me da miedo que saque a relucir el tema de mi peso. Hasta ahora no lo ha hecho, pero estoy segura de que piensa que me vendría bien perder un par de kilitos.

Bueno, está bien, tal vez diez o quince.

Pero, por suerte, nunca me ha dicho nada.

Y, si mi suerte continúa, nunca lo hará.

—Hay vicios peores que la sal —comento yo, todavía a la defensiva—. Como por ejemplo...

—¿El tabaco?

Yo sonrío.

—Exactamente. Está bien, sal y tabaco. Así que tengo dos

vicios. Pero míralo por el lado bueno. Por lo menos, no soy una yonqui –él sonríe–. Y tú ¿por qué no tienes vicios? –pregunto, viéndole comerse un pedacito de su tostada. Integral. Sin mantequilla. Sin mermelada.

Casi espero que diga indignado que él sí tienes vicios (aunque no se me ocurre ninguno).

Pero no lo hace. Se limita a encogerse de hombros, a sonreír y a masticar su insulsa tostada, libre de toda culpa.

–Oye... ¿y si me fuera contigo, Will?

¿Quién ha dicho eso?

Dios mío, ¿he sido yo?

Parece que sí, porque Will ha dejado de masticar y me está mirando con cara de pasmo.

–¿Ir conmigo adónde?

¿En qué demonios estaba yo pensando?

No estaba pensando. Se me ha escapado, no sé por qué, y ahora no puedo retirarlo.

Intento pensar frenéticamente en algo que decir. Algo que añadir, algo que tenga sentido...

¿Y si me fuera contigo...?

¿Y si me fuera contigo...?

¿Y si me fuera contigo...?

¿...al cuarto de baño la próxima vez que vayas?

No, la cosa no tiene remedio.

Ya que he empezado, tengo que acabar.

Dejo el tenedor, respiro hondo, vuelvo a empuñar el tenedor dándome cuenta de que dejarlo ha parecido demasiado ceremonioso, como si estuviera a punto de hacer una declaración de vital importancia. Y así es, pero no quiero que a Will se lo parezca. Solo conseguiría asustarlo antes de que tuviera tiempo de pensarlo despacio.

Corto un pedazo de tortilla salpicado de pimienta y me lo meto en la boca. Siempre es más fácil aparentar naturalidad teniendo la boca llena.

–¿Y si me fuera contigo este verano?

Menuda naturalidad. Me sale la voz como si me estuvieran estrangulando, y él parece horrorizado.

–¿Venirte conmigo? –repite–. ¡No puedes venirte conmigo!

Yo intento tragar y casi me ahogo.

–No me refiero a contigo, contigo –digo rápidamente para tranquilizarlo–. Quiero decir que podría buscarme un sitio para vivir en North Mannfield y conseguir trabajo como camarera o algo así para el verano. Así no tendríamos que pasar tres meses separados.

–Tracey, ¡este verano no podemos estar juntos! Voy a hacer una función diferente cada semana. No tendré tiempo de estar contigo, ni aunque vivieras a dos minutos del teatro.

Noto un nudo en la garganta que colisiona con el bolo de tortilla y pimienta que intenta abrirse camino hacia mi estómago. No puedo hablar.

Pero es una suerte, porque Will no ha acabado aún. Deja su tenedor y sacude la cabeza.

–No puedo creer que ahora me vengas con estas. Pensaba que estábamos de acuerdo en que esta gira de verano era una gran oportunidad para mí. Tengo que hacerlo por mi carrera. Lo sabías desde el principio, Tracey. ¿Cuál es el problema ahora?

Yo consigo finalmente tragarme la tortilla y el nudo.

–Yo no he dicho que haya ningún problema, Will. Solo he dicho que me apetece ir contigo.

–Pero sabes que no puedes, ¿verdad? Mira, yo sé lo que te pasa. Estás intentando hacerme sentir culpable para que cambie de idea y me quede aquí. Y yo...

–¡Eso no es verdad!

Hay un silencio desagradable.

–¿De veras quieres venir conmigo?

–¡Sí! Bueno, no es que quiera ir contigo... Solo quiero estar cerca de ti.

Noto una patética sensación de pánico y abandono. Me siento como una niña a la que su papá intenta abandonar en el parvulario contra su voluntad.

–Pero Trace... –él está sin palabras. He de reconocerle que, por lo menos, no se ríe de mí. Y tampoco parece enfadado.

Parece... preocupado.

De pronto, sintiendo un ardor nauseabundo en el estómago, me doy cuenta de que he sobrepasado una línea que siempre he procurado no cruzar.

Estoy agobiando a Will, el Hombre Que Necesita Espacio.

–Bueno, da igual, solo quería comentártelo –digo, intentando quitarle hierro al asunto.

Agarro el café y noto que la crema se ha separado en dos grumos sobre la superficie. Aj. Debía de estar agria. Vuelvo a dejar la taza en el platillo y procuro distraerme con alguna cosa, deseando que quede algo en mi plato de postre aparte del rabillo de una fresa y los huesos de una naranja que ya he devorado.

No tengo nada que comer.

Nada que hacer.

Will no dice nada.

No hace nada.

Esto es horrible. No debería habérselo soltado así, de sopetón.

Debería haberlo planeado cuidadosamente.

Debería haber ensayado lo que iba a decirle, para no pillarlo desprevenido. Para no parecer una lapa desesperada.

Pero, en el fondo, sé que no importa cuándo o cómo se lo hubiera dicho. A él de todos modos le habría parecido una mala idea.

Así que qué más da.

Se acabó.

Voy a pasar el verano aquí, en Nueva York, sin Will.

Cinco

—¿Nos vamos? —pregunta Buckley, volviéndose hacia mí.

—Espera, todavía están los créditos —digo yo, con los ojos clavados en la pantalla.

—¿Quieres ver los créditos?

Will y yo siempre nos quedamos a ver los créditos. Pero Buckley no es Will. Y, además, estoy deseando hablar de la película con Buckley, así que le digo:

—Da igual.

—Podemos quedarnos, si quieres.

—No, no importa —me levanto y agarro mi caja gigante de palomitas, casi vacía.

—¿Quieres más palomitas? —pregunta Buckley cuando salimos al pasillo—. ¿O tiro la caja?

—No, no la tires —digo, metiendo la mano en el envase y agarrando un puñado. Me encantan las palomitas del cine, sobre todo con mantequilla. Will nunca las pide con mantequilla, porque dice que no es mantequilla de verdad, que es una especie de engrudo químico de color amarillo. Aunque, de todos modos, no las pediría con mantequilla ni aunque fuera mantequilla de verdad, porque la mantequilla tiene mucha grasa y muchas calorías.

Buckley las ha pedido con doble de mantequilla. Ni siquiera me ha preguntado. Quizá haya dado por sentado que soy el tipo de chica doble-de-engrudo-industrial.

Qué más da.

Es un alivio estar con alguien como él después del desastroso desayuno con Will. Al despedirnos delante del gimnasio, ha sido casi violento. Él ha dicho que me llamaría esta noche, pero casi deseo que no lo haga. Me temo que volverá a recordarme que quería irme con él. O quizá lo que temo es que no diga nada y que este asunto sea siempre esa *cosa* enorme, inefable, que se interpone entre nosotros.

–Bueno, ¿qué te ha parecido? –pregunta Buckley, agarrando otro puñado de palomitas–. ¿El final estaba a la altura de tus expectativas?

–No sé –digo yo, recordándolo–. Es que no me ha impresionado tanto como el de *El sexto sentido,* o el de *Juego de lágrimas.* Supongo que esperaba demasiado.

–Por eso no me apetecía mucho ver esta película.

–¿No te apetecía verla? –pregunto yo, parándome en el pasillo–. ¿Y por qué has venido conmigo? No tenías por qué hacerlo. Oh, Dios mío, claro. Mira, no quería obligarte a venir...

–No lo has hecho.

–Oh, vamos, Buckley. Casi te ordené que vinieras conmigo. Supongo que di por sentado que...

–No importa –dice él rápidamente–. Da igual. Todo la gente que conozco la había visto, así que pensé que esta era mi única oportunidad.

–Lástima que no haya sido para tanto. Bueno, sí, me ha sorprendido que todo resulte ser un sueño, pero ¿no te ha parecido en parte un fiasco?

–No sé. Se parece a ese relato, *Suceso en el puente del río Búho.* ¿Lo has leído?

–¿Bromeas? ¿El de Ambrose Bierce? Yo estudié filología inglesa. Debo de haberlo leído una docena de veces entre clases de literatura y cursos de escritura.

–Yo también –dice Buckley–. Recuerdo que me encantó la primera vez que lo leí en el instituto. El giro del final me pareció asombroso. Ya sabes, que toda esa corriente torrencial de conciencia ocurra en el momento previo a la muerte. Esto me lo ha recordado. A mí sí me ha gustado.

–Pero no especialmente.

Él se encoge de hombros.

–¿Y a ti?

–Yo quería que me encantara. Hace tanto tiempo que no veo una buena película... La última que de verdad me encantó fue esa con Gwyneth Paltrow que salió en Navidad.

Naturalmente, a Will a esa película le pareció horrorosa. Mal interpretada, espantosamente escrita y poco realista.

–Ah, a mí esa también me encantó –dice Buckley, poniéndose su impermeable con capucha caqui cuando nos

detenemos junto a las puertas–. Vaya, hombre. Sigue lloviendo.

–Qué asco de día. Nunca conseguiré parar un taxi –suspiro, buscando en los bolsillos de mis vaqueros un bono de
metro que creía tener.

–¿Quieres tomar una cerveza?

–¿Una cerveza? ¿Ahora? –sorprendida, levanto la mirada
hacia él. Luego miro el reloj. Como si importara algo. Como
si en Manhattan, un domingo lluvioso por la tarde, hubiera
algún problema para tomarse una cerveza.

–¿O... tienes que ir a alguna parte?

–¡No! –digo demasiado deprisa. Porque realmente me
apetece esa cerveza. Me da grima montarme en el metro
para volver sola a mi apartamento pensando que Will está
en su casa, haciendo cajas.

–Estupendo. Entonces, vamos a tomar una cerveza.

Yo me pongo mi chubasquero. Es uno de esos chubas-
queros de plástico amarillo y tieso que llevan los turistas, y
por detrás me hace parecer tan ancha como un autobús escolar. Cosa que me preocuparía si estuviera con Will (de hecho, me preocupaba cuando salimos de la cafetería después
del desayuno). Pero, naturalmente, con Buckley no tengo de
qué preocuparme. Eso es lo mejor de tener amigos gays:
que una tiene compañía masculina sin la cosa de la competición femenina, el síndrome premenstrual y sin el lío de la
atracción sexual que lo embarulla todo.

–¿Adónde vamos? –pregunta Buckley.

–Conozco un buen pub a una manzana de aquí –le digo
yo–. Paso mucho tiempo en este barrio.

–Yo también.

–¿Ah, sí?

–La verdad es que vivo aquí.

–¿De veras? ¿Dónde?

–En la Cincuenta y cuatro con Broadway.

–¿Bromeas?

–¿Tú también vives por aquí?

–No, vivo en el East Village.

–¿Ah, sí? Entonces, ¿por qué querías que quedáramos
aquí?

No quiero contarle todo el rollo de Will, así que le digo
simplemente:

–Tenía que hacer una cosa por aquí esta tarde, y se me
ocurrió que estaría bien. Entonces, ¿quieres ir a algún sitio
en especial? Como este es tu barrio...

—No, vamos a ese sitio que tú dices. Siempre estoy abierto a la novedad. Soy muy impulsivo, ¿recuerdas?

Yo sonrío y noto que lleva otro jersey de cuello redondo con los pantalones.

—Veo que hoy te has decidido por el beige.

—Sí, hoy es un día para el beige. Aunque, al parecer, tú no estás de acuerdo. ¿Siempre te vistes de negro? –pregunta, observando mi atuendo..

Vaqueros negros y camisa tipo túnica, negra, de manga larga, que camufla mis muslos. O eso me gusta pensar.

—Siempre –le digo.

—¿Por alguna razón en particular?

—Porque hace más delgada –digo sin pensármelo dos veces, y él sonríe.

—Y yo que pensaba que intentabas hacer una especie de afirmación política, artística o espiritual.

—¿Yo? Qué va. Yo solo soy una chica rellenita que intenta pasar por una sílfide.

Salimos chapoteando a la lluvia y cruzamos la calle a pesar de que el semáforo está en verde. Dos minutos después, estamos sentados en los taburetes de la barra del Frieda's, un bar modernito al que Will y yo vamos a veces. Hacen unas patatas asadas con chedar y beicon de chuparse los dedos, cosa que le menciono a Buckley en el momento en que nos sentamos.

—¿Quieres que las pidamos? –pregunta él.

—¿Después de todas esas palomitas?

—¿Estás llena?

—Mira, Buckley, el caso es que yo nunca estoy llena. Podría comer el día entero. A mí las patatas asadas siempre me apetecen. De ahí los michelines.

—No seas tan dura contigo misma, Tracey. Tampoco estás obesa.

—Eres un encanto –lástima que sea gay–. Bueno, cuéntame lo de tu relación fallida.

—¿Tengo que hacerlo?

—No, qué va. Si no quieres, no. Podemos hablar de algo más alegre. Por ejemplo... ¿de dónde eres?

—De Long Island.

—¿Eres de Long Island?

Él asiente.

—¿Por qué te extraña tanto?

—Porque no tienes acento.

—Tú sí –dice él con una sonrisa–. Eres del interior del estado, ¿no?

—¿Cómo lo sabes?

—Por la «a» larga, que te delata. Has dicho «a-a-acento». ¿De dónde eres?

—No lo conocerás. De Brookside.

—Sí que lo conozco. Hay una universidad pública, ¿verdad?

—Sí.

—Estuve pensando en ir allí.

—¿De veras? ¿Y eso por qué?

—Porque era la universidad pública más alejada de Long Island a la que podía ir. Mis padres no podían permitirse pagar una universidad privada, y no me dieron ninguna beca.

—¿De veras?

—¿Por qué te extraña?

—Pues... no sé. Porque tienes pinta de estudioso.

Él sonríe.

—Pues te aseguro que no lo era. Con las notas que tenía, casi no entro en la universidad.

No sé por qué, pero me parece sorprendente. Buckley parece de esas personas que lo hacen todo bien. Pero me gusta saber que fue un estudiante del montón, igual que yo. Lo cual no significa que sea tonto, porque me consta que no lo es.

—¿Y a qué universidad fuiste al final? —le pregunto.

—A la de Stony Brook. Acabé quedándome en la isla y viviendo en casa.

—¿Por qué?

Creo percibir un fugaz asomo de emoción inesperada en su expresión. Cuando habla, entiendo por qué, pero su semblante se muestra deliberadamente neutro.

—Mi padre murió durante mi último verano en el instituto. No podía marcharme y dejar a mi madre y a mis hermanos solos. Así que me quedé en casa —lo dice como si no fuera gran cosa, pero estoy segura de que lo es. O lo fue.

—Siento mucho lo de tu padre.

—Fue hace mucho tiempo —se inclina hacia delante para atarse el zapato, apoyando el pie en la barra del taburete. Me pregunto si de verdad se le había desatado el cordón o si más bien buscaba una distracción.

—Sí —digo—, pero esas cosas no se olvidan, ¿no?

Se incorpora y me mira a los ojos.

—No, la verdad es que no. A veces todavía me resulta duro cuando me paro a pensar en ello. Cosa que no suelo hacer.

—Perdona, no quería recordártelo.

—Tú no lo sabías. Y, además, da igual. No me importa hablar de ello.

Yo no sé qué más decir, así que pregunto:

—¿Qué ocurrió? Con tu padre, quiero decir.

—Llevaba algún tiempo con dolores de estómago y, cuando finalmente fue al médico, descubrieron que era cáncer de páncreas. Pero ya era demasiado tarde. Se había extendido por todas partes. Le dieron seis semanas. Murió cinco semanas y cinco días después.

—Cielos —veo lágrimas en sus ojos y de pronto noto un nudo que me sube por la garganta. Aquí estoy, con ganas de echarme a llorar por la muerte de alguien a quien nunca conocí: el padre de un tipo al que apenas conozco.

—Sí. Fue horrible —dice Buckley. Toma aire profundamente y luego suspira—. Pero, como te decía, fue hace mucho tiempo. Mi madre por fin lo está superando. Hasta tuvo una cita hace un par de semanas.

—¿Su primera cita?

—Sí.

Yo intento imaginarme que mi madre tiene una cita, y me entran escalofríos. Pero, claro, la madre de Buckley no es una italiana de metro cincuenta, gorda, beaturrona, terca como una mula, vestida con mallas de punto y que no se tiñe el bigote con la suficiente frecuencia.

—¿Y a ti te molestó? —le pregunto a Buckley—. Que tu madre tuviera una cita, quiero decir.

—No, qué va. Odio que esté sola. Mi hermana acaba de casarse y mi hermano está en la mili, así que estaría bien que conociera a alguien. Así no me preocuparía tanto por ella.

Qué tío. Empiezo a pensar que tal vez sea demasiado majo para Raphael. No es que Raphael no sea maravilloso, pero, cuando se trata de amor, puede ser un tanto veleidoso. Ha roto más de un corazón, y no soporto la idea de que le rompan el corazón a Buckley, que es tan amable, tan dulce y tan noble él.

Lo cual me recuerda a su ex. Me pregunto qué habrá pasado, pero no quiero preguntarle por los detalles porque acaba de decirme que prefiere no hablar de ello. Justo en ese momento, aparece el camarero, un tío exuberante y afeminado, que se pone prácticamente a babear encima de Buckley mientras le pedimos un par de cervezas y unas patatas rellenas. El caso es que Buckley no es un guapo tipo estrella de cine. Es bastante guapo, pero hay algo en su aspecto que resulta aún más atractivo. Quizá sea la expresión cálida de sus ojos irlandeses, o su rápida sonrisa, o su actitud natural de buen chico. Sea lo que sea, al camarero gay no le pasa desapercibido. Ni a mí tampoco.

Lástima que no sea hetero.

De pronto me doy cuenta de que esto se está convirtiendo en un mantra. Si Buckley no fuera gay y yo no tuviera a Will...

Pero, si Buckley no fuera gay y yo no tuviera a Will, seguramente no estaríamos aquí juntos, y yo sin duda no habría pedido patatas rellenas de chedar y beicon, ni estaría parloteando sobre mis michelines, que es lo que hago cuando estoy con Raphael o con Kate.

Y, de todos modos, creo que no sería el tipo de Buckley.

Aunque, claro, después de tres años todavía me sorprende ser el tipo de Will. Por suerte, las relaciones no son solo cuestión de físico. Por lo menos, la nuestra. La atracción física fue una de las principales razones por las que me acerqué a Will, pero creo que, en su caso, lo que lo atrajo de mí fue que yo era una de las pocas personas que entendía su sueño de salir de una pequeña ciudad del medio oeste para triunfar en Nueva York. Ese ardiente anhelo de escapar del mundo prosaico en el que habíamos nacido era lo que teníamos en común, lo que nos unió desde el principio.

Ahora, parece estar separándonos. Dios mío, Will va a dejarme. Puede que no para siempre, pero sí por ahora. Y me duele. Me duele tanto que, cuando el camarero se va y Buckley vuelve a mirarme, enseguida me pregunta:

—¿Qué pasa, Tracey?

Yo intento parecer alegre.

—Nada. ¿Por qué?

—Hay algo que te preocupa. Lo noto.

—No me sorprende. A ti nunca puedo ocultarte nada, Buckley. Me conoces mejor que yo misma —digo con burlona seriedad.

Él se ríe.

Luego dice:

—¿Sabes?, la verdad es que parece que nos conocemos desde hace mucho tiempo.

Me doy cuenta de que ya no está bromeando. Y también de que tiene razón. Parece que somos viejos amigos. Y sería fantástico tener un amigo como Buckley. Una mujer que viva sola en Nueva York nunca tiene suficientes amigos.

–Sí, deberíamos hacer esto más veces –le digo cuando el camarero nos trae las cervezas–. Me encanta ir al cine las tardes de lluvia.

–A mí también. Me gusta casi tanto como una cerveza y una patata asada con chedar y beicon.

–Brindo por eso.

–Salud –alza su botella y la hace chocar contra la mía.

Nos sonreímos el uno al otro.

¿Lo veis venir? Bueno, pues yo no.

De pronto, se inclina hacia delante y me besa.

Sí.

Buckley (el dulce, noble, simpático y homosexual Buckley) se inclina hacia mí y pone su boca sobre la mía de una manera completamente heterosexual.

Yo me quedo tan aturdida que no se me ocurre hacer otra cosa que lo que me sale naturalmente. O sea, devolverle el beso.

Solo dura unos segundos, el tiempo suficiente para que lo que podía haber sido un beso de amigos, después de un brindis de amigos, se transforme en un beso romántico. Un beso tierno y apasionado, pero no húmedo, ni viscoso. Uno de esos besos que se sienten en la boca del estómago, en ese lugar tembloroso donde siempre se agita el primer asomo de la excitación.

Sí, este beso me excita. Me excita, me sorprende y me aturde.

Buckley deja de besarme, pero no porque note nada raro. Simplemente, deja de besarme porque ha acabado. Se echa hacia atrás y me mira con una leve sonrisa.

–Pero... –yo lo miro boquiabierta.

La sonrisa se desvanece.

–Lo siento –mira a su alrededor.

En el bar no hay nadie más, aparte del barman, que está viendo un partido de los Yanquis en la tele, y el camarero, que se ha retirado a la cocina.

–¿Te ha molestado? –pregunta Buckley–. Porque lo he hecho sin pensar. Me apetecía hacerlo y lo he hecho –parece un poco preocupado, pero no espantado.

La espantada soy yo.

–Pero...

–Lo siento –dice otra vez, un poco menos seguro–. No quería que...

–¡Pero si tú eres gay! –le digo, extrayendo las palabras adecuadas de una riada de pensamientos.

Él pone cara de pasmo.

–¿Soy gay?

Por lo menos, yo pensaba que eran las palabras adecuadas.

–Sí, eres gay –digo con el tono estridente y chillón que se utiliza para discutir con una morena que intenta convencerla a una de que es rubia.

–La primera noticia que tengo –dice él, claramente divertido.

Ya está otra vez con su cara de palo. Pero ahora no me hace gracia.

–Corta el rollo, Buckley –le digo–. Esto es serio.

–Por supuesto que lo es. Porque yo siempre he pensado que era heterosexual. Puede que por eso no funcionara la relación con mi novia.

Está bromeando otra vez. Por lo menos, esto último es una broma. Pero puede que el resto, no.

Confundida, digo:

–Pensaba que era un novio.

–Era una novia –gira un poco su taburete y apoya los codos hacia atrás en la barra. Parece relajado. Y divertido. Yo necesito relajarme. Necesito una copa. Bebo un trago de cerveza–. Tracey, te prometo que no soy gay –yo engullo más cerveza–. ¿Por qué iba a tener una cita contigo si fuera gay? –pregunta él.

Yo escupo la cerveza. Me limpio la barbilla con la manga y repito:

–¿Una cita?

–Espera un momento. ¿Para ti esto no era una cita? –pregunta, frunciendo el ceño–. Pensaba que me habías pedido salir.

–¿Pero quién te crees que soy? ¿Una vampiresa? Te pedí que vinieras al cine conmigo, no una cita. Yo quería que salieras con Raphael.

–¿Con quién? –mira a su alrededor y luego dice–: Ah, Raphael. El de la fiesta. ¿Querías que saliera con él?

–¡Sí! Sois perfectos el uno para el otro –digo con verdadero ardor, aunque sospecho que ya es un poco tarde para eso.

–Perfectos el uno para el otro –Buckley asiente–. Salvo por el hecho de que yo no soy gay.

–Exacto.

La noticia me deja muerta cuando por fin me convenzo de que no se está burlando de mí.

Bebo otro enorme trago de cerveza, intentando digerir semejante granada de mano.

Físicamente, el beso me ha dejado con las piernas temblando. Quiero decir que Buckley besa muy bien. Muy pero que muy bien. De pronto me doy cuenta de que hace mucho tiempo que no me besan así. Will y yo en realidad ya no nos besamos. Simplemente, follamos. Y, como decía, eso ocurre bastante poco últimamente y, cuando ocurre, ni hay besos ni es como para tirar cohetes.

Oh, Dios mío. Will.

—Tengo novio —le digo a Buckley, dejando de golpe la botella de cerveza encima del posavasos de papel.

—¿Sí? ¿Y por qué no me lo habías dicho?

—Porque pensaba que no hacía falta. No se me ocurrió que fueras a pensar que esto era una cita.

Una cita.

Es increíble cómo me ha estallado la situación delante de las narices. Supongo que estaba tan distraída por lo que me está pasando con Will que no prestaba atención a lo que me estaba pasando con Buckley. O, mejor dicho, a lo que Buckley pensaba que estaba pasando.

He engañado a Will. Por accidente, es cierto, pero, aun así, lo he engañado. Y allí mismo, en su barrio, en un bar al que a veces vamos juntos. ¿Y si alguien me ha visto con Buckley? ¿Besando a Buckley?

Miro otra vez a mi alrededor para cerciorarme de que no hay nadie aparte del barman, que no nos hace ni caso. El sitio está definitivamente desierto.

Así que nadie me ha visto poniéndole los cuernos a Will. Will no tiene por qué enterarse.

Sin embargo, me siento fatal.

Miro a Buckley. Él no parece sentirse fatal. Parece divertido. Y tal vez un poco desilusionado.

—Así que, ¿tienes novio? —dice—. ¿Desde cuándo?

Al principio, no entiendo la pregunta. Por un momento creo que me está preguntando desde cuándo me creo que Will es de verdad mi novio. Doy un respingo, creyendo que piensa que, si vamos a pasar todo el verano separados, mi relación con Will no tiene ningún futuro.

Entonces recuerdo que no sabe nada de ese asunto. Por fin entiendo lo que quiere decir y le digo:

—Llevo tres años con Will.

—¿Tanto? Entonces, va en serio.

Yo, por supuesto, digo con rotundidad:

—Sí, absolutamente. Muy en serio.

Bueno, y así es. ¿No?

—¿Sabes qué? —digo, saltando del taburete—. Acabo de recordar que tengo que hacer una cosa.

—¿De veras?

No. Pero me siento tan humillada que no puedo quedarme ni un momento más con él. Además, el beso me ha dejado temblando.

La verdad es que me ha puesto a cien, y no puedo andar por ahí dejando que otros hombres me pongan a cien. Se supone que estoy con Will y solo con Will. Me pongo el chubasquero y busco atropelladamente dinero en el bolsillo. Dejo un billete de veinte en la barra.

—¿De veras vas a irte? ¿Así, sin más?

—Es que... tengo que salir corriendo. No sé cómo he podido olvidar la...

La existencia de Will.

—Bueno, por lo menos dame tu teléfono. Podemos volver a vernos. Siempre viene bien tener una amiga más —agarra una servilleta de papel y saca un bolígrafo del bolsillo.

Sí, lleva un bolígrafo en el bolsillo. Maldita sea. Qué oportuno.

—¿Cuál es tu número? —pregunta. Yo se lo digo precipitadamente—. Ya lo tengo —dice, garabateándolo en la servilleta.

No, no lo tiene. Acabo de darle el número de mis abuelos con un prefijo de Manhattan.

—Toma, guárdate esto —dice, dándome los veinte pavos—. Pago yo. Ni siquiera has probado las patatas.

—No importa. No tengo tanta hambre, después de todo.

Todavía tiene el billete en la mano extendida. Yo lo miro como si fuera una especie de bicho.

—Tómalo —dice.

—No, da igual, de verdad. No puedo dejar que pagues.

—¿Por qué no? Por pagar no voy a pensar que esto es una cita —dice con una sonrisa.

Basta. Tengo que salir de aquí.

Él me mete el billete de veinte en el bolsillo y yo corro hacia la puerta y salgo a toda prisa a la lluvia con el chubasquero desabrochado y sin la capucha puesta. Antes de doblar la esquina, estoy como una sopa.

Lo primero que se me pasa por la cabeza es correr a casa de Will.

Si estuviera en mi sano juicio, me pararía, reconsideraría

la situación y seguiría mi segundo impulso. Es decir, irme a casa en metro, darme una ducha caliente y acurrucarme en la cama. O, mejor dicho, en el futón.

Pero, en vez de hacerlo, sigo mi primer impulso.

En el vestíbulo del edificio de Will, llamo a su apartamento por el portero automático.

La voz hueca de Nerissa surge del intercomunicador.

—Soy yo —digo—. Tracey.

—Hola, Tracey —dice ella con su impoluto acento británico—. Will no está.

¿Que no está?

Pero si tenía que estar en casa. Haciendo cajas.

Bueno, puede que Nerissa esté mintiendo.

No, eso no tiene sentido.

Puede que Will haya tenido que salir corriendo a comprar cinta de embalar o un rotulador nuevo.

—¿Sabes dónde está? —le pregunto.

—No, no lo sé. Acabo de volver del ensayo. Le diré que te has pasado por aquí.

Noto que no me invita a subir a esperarlo. Bueno, la verdad es que el apartamento es más bien minúsculo, y seguramente no le apetece que ande rondando por allí hasta que Will vuelva de dondequiera que esté.

Pero, aun así, tengo derecho a subir si me apetece. Más derecho que ella, porque el contrato de alquiler está a nombre de Will, pienso irracionalmente.

—Hasta luego, Tracey —dice ella, cantarina.

—Sí, bueno. Adiós.

Y vuelvo a echar a andar bajo la lluvia.

Seis

—¿Te vienes a comer, Tracey? —me pregunta Brenda con su fuerte acento de Jersey, asomando su pelo largo, rizado y voluminoso como un casco por encima de la mampara de mi cubículo.

—Si esperáis dos segundos a que le mande a un cliente un fax de Jake —le digo, sin levantar la vista de la carátula de fax que estoy rellenando—. Si no, idos sin mí. Yo pediré algo por teléfono.

—Te esperamos, corazón —dice Yvonne con su voz rasposa de fumadora desde el otro lado. Al instante oigo el soplo delator del aerosol Binaca con que se rocía la boca. Mi abuela y ella son las dos únicas personas a las que he visto usar uno de esos cacharros. Pero, claro, seguramente son más o menos de la misma edad, aunque Yvonne parezca mucho más joven que mi abuela. Es alta y superflaca, lleva el pelo corto y teñido de color grosella y un carmín a juego que se repasa religiosamente después de cada rociada poscigarrillo de Binaca. Yvonne presume (aparte de ser la secretaria del mandamás, el director general Adrian Smedly) de haber sido corista en el Radio City Music Hall. Le gusta contar historias sobre los viejos tiempos, salpicadas de nombres de celebridades que a mí casi nunca me suenan, gente que fue famosa en los años cincuenta y sesenta. Es lo que mi padre llamaría todo un personaje, cosa que ella se tomaría como un cumplido.

Lo que debería haber sido el simple envío de un fax, se convierte de pronto en un calvario. Lo único que tengo que hacer es mandarle el informe de Jake al cliente, McMurray-White, la famosa empresa que fabrica el desodorante Blossom y los laxantes Abate, entre otros productos indispensables. Pero, por alguna razón, la máquina de fax empieza a emitir el irritante pitido que indica un error de transmisión.

Odio el equipamiento de oficina. Cada vez que me acerco al fax, a la fotocopiadora, o a la impresora láser, los malditos cacharros parecen percibir mi inquietud y se atascan.

Hoy no está siendo un buen día. Esta mañana, me escaldé la mano con la cafetera de la cocinita contigua al despacho de las secretarias. Y hace un momento, cuando salía del aseo de señoras, he pisado una baldosa mojada y me he caído de culo. Podría pensarse que el exceso de relleno de esa parte de mi cuerpo amortiguaría el golpe, pero la verdad es que el dolor me está matando.

Jake aparece detrás de mí mientras intento meter a la fuerza por quinta vez su informe por la ranura del fax.

—¿Algún problema, Tracey?

Me doy la vuelta y veo que me está mirando con su sonrisita de hipócrita. A estas alturas, ya sé que no es nada personal. Es la expresión habitual de Jake, a menos que el cliente esté cerca. De veras. Sean cuales sean las circunstancias, Jake encuentra motivos para sonreír. Si le digo que lo llama su mujer, sonríe. Si le digo que el representante de la NBC ha cancelado la presentación de mañana, sonríe. Si le digo que su agente de bolsa va a enviarle un documento por mensajero, sonríe.

Afrontémoslo: Jake es la clase de tío que me parecería un gilipollas si no fuera mi jefe. Mira con lascivia a las mujeres a sus espaldas, se ríe cada vez que alguien comete una torpeza y (empiezo a sospecharlo) engaña a su mujer, Laurie. Esto último me pone enferma. Llevan casados poco más de un año y yo en realidad aún no la he visto, pero siempre que hablo con ella por teléfono me parece un encanto. A veces, cuando llama, Jake hace una mueca, levanta los ojos al cielo y me dice que le diga que está en una reunión. Yo siempre me siento culpable cuando lo hago, porque Laurie se disgusta y parece no sospechar siquiera que le estoy mintiendo.

Además, últimamente, por muy ocupado que esté, Jake siempre atiende las llamadas de una tal Monique. Supuestamente, es una amiga suya. Pero en mi opinión los hombres casados no deberían tener amigas llamadas Monique. Y algo me dice que Laurie no sabe que Monique existe.

—¿Puedes venir a mi despacho cuando acabes con eso?

—me dice Jake cuando el fax empieza a pitar otra vez y clava sus dientes en la primera página del informe.

—¿Puedes esperar hasta que vuelva de comer? —pregunto, tirando del papel en un vano intento de sacarlo de la máquina.

—Solo será un segundo —contesta Jake. Y, antes de volverse hacia el pasillo que lleva a su espacioso despacho, añade—: Eh, ten cuidado. No lo rompas, o tendrás que imprimirlo otra vez.

Un momento después, oigo el ruido delator de una pequeña pelota de baloncesto golpeando la pared por encima del aro, frente a su mesa. Me lo imagino allí sentado, con sus relucientes mocasines negros encima de la mesa, tirando lánguidamente la pelota.

No me malinterpretéis. Jake es un tipo muy ocupado con un puesto importante, y es realmente bueno en lo que hace. Pero, cuando no está en una reunión de alto nivel o trabajando en una campaña o en una presentación, le gusta darse la gran vida. Come en los mejores restaurantes de la ciudad. Encarga cosas de los catálogos más caros y lujosos. Le encantan el golf y el tenis, deportes de caballeros. El otro día, le oí encargar por teléfono un equipo de pesca que cuesta más de lo que yo cobro en un mes. Últimamente está buscando una casa de campo en Westchester. Dice que tiene que tener un lago privado o un río para que pueda pescar.

—Eh, ¿necesitas ayuda con eso? —pregunta Latisha a mi espalda.

Yo me doy la vuelta, exasperada.

—No, gracias. Deberíais iros a comer sin mí, porque Jake quiere verme cuando acabe con esto. Dice que solo será un segundo, pero...

—No importa, te esperamos —dice Latisha, apretando un par de botones del fax. El papel sale como la seda. Enseguida, la máquina empieza a zumbar y mi fax pasa sin ningún problema.

—¿Cómo has hecho eso? —le pregunto.

Ella se encoge de hombros.

—Soy secretaria desde mucho antes que tú, Tracey.

Secretaria. Odio esa palabra.

Sí, es lo que soy. Pero no es lo que quería ser, y no pienso serlo por mucho tiempo. Aunque en parte sé que es preferible ser secretaria en Manhattan que cualquier cosa en Brookside, sigo diciéndome a mí misma que solo es cuestión de tiempo que encuentre algo mejor. Pero, de momento, estoy atrapada en Blaire Barnett Advertising, trabajando para Jake.

Le sonrío a Latisha.

—Gracias por ayudarme.

—De nada —me señala con el dedo y dice poniendo su cara de no-me-toques-las-narices—: Ahora, vete al despacho de Jake a ver qué quiere ese grano en el culo para que podamos irnos a comer de una vez. Hoy vamos a un mexicano. Tacos. Guacamole. Margaritas.

Yo empiezo a animarme.

—¿Margaritas? ¿En la comida?

—Mujer, es viernes.

Sí, es viernes. Will se irá dentro de menos de cuarenta y ocho horas. El domingo a estas horas, estará en un tren en alguna parte al norte de Albany.

—Necesito una copa —le digo a Latisha—. Una bien cargada.

—Dímelo a mí. Por si no te has enterado, mis chicos están atravesando una crisis.

Sus chicos son los Yanquis de Nueva York. Latisha es una fan obsesiva. Tiene recuerdos del equipo desplegados por todo su cubículo. El momento culminante de su vida, según Latisha y todos los que la conocen, sucedió hace unos años, cuando su jefa, Rita Sellers, le regaló un par de entradas de palco para un partido de los mundiales. Conozco a Rita, que es la segunda al mando en nuestro departamento, y es imposible que lo hiciera por generosidad. Según Brenda, esa noche había prácticamente un huracán, los asientos estaban al descubierto y Rita había pillado una especie de virus intestinal. De no ser así, Latisha jamás habría conseguido esas entradas.

Al final, acabó compartiendo el palco con el alcalde y con dos de los Backstreet Boys. Consiguió su autógrafo para su hija Keera, que en aquel entonces tenía diez años. El autógrafo de los Backstreet Boys, no el del alcalde.

—¿Vas al partido esta noche? —le pregunto a Latisha—. Puede que le traigas buena suerte al equipo.

—Ojalá pudiera ir. Juegan en Seattle.

—Ah.

¡Maldita sea! Acabo de cortarme con el filo de una hoja del informe de Jake. Me meto el dedo en la boca y sabe a sangre. Genial.

Ajena a mi último accidente laboral, Latisha sigue diciendo:

—Pero Anton y yo estaremos en las gradas el domingo, cuando vuelvan a casa.

Anton es el novio de Latisha. Yo solo lo he visto una vez y me pareció bastante majo, pero por lo que me han contado Brenda e Yvonne, lleva la palabra *capullo* escrita en la frente. Es evidente que la relación está en punto muerto, pero a Latisha no parece importarle. Dice que dejará a Antón cuando encuentre algo mejor, cosa que hasta ahora no ha sucedido.

—Yo también sé dónde estaré el domingo por la tarde —le digo—. En la cama, llorando a moco tendido.

—¿Porque Will se va? —ella sacude la cabeza—. Pero vuelve dentro de un par de meses, ¿no?

—Sí —estiro las hojas del informe que ya he mandado y recojo el resguardo de confirmación que la máquina acaba de escupir—. Pero en un par de meses pueden pasar muchas cosas, Latisha.

—Pues chica, si estás tan preocupada, mete el culo en ese tren y vete con él.

No le he contado que intenté proponérselo a Will y que lo molestó tanto que después de eso me esquivó durante un par de días. Decía que estaba muy ocupado haciendo el equipaje, pero ¿tan complicado es meter unas cuantas camisetas y unos pantalones en un par de cajas y mandarlas por correo al interior del estado?

—No puedo irme con él, Latisha —le digo, como si fuera la cosa más absurda que he oído nunca—. ¿Qué quieres que haga? ¿Dejarlo todo y pasarme con él todo el verano?

—Yo lo haría, si Anton intentara largarse de la ciudad sin mí.

—¿Y Keera?

—Me la llevaría conmigo —dice Latisha—. Le vendría bien alejarse una temporada de sus amigos del barrio. No me gustan nada las cosas que les oigo decir últimamente. No me fío de ellos, y no quiero que a mi hija le pase lo que le pasó a mi hermana Je'Naye.

Está bien, mis problemas palidecen al lado de los de Latisha. Ella es madre soltera e intenta sacar adelante a una hija en la edad del pavo en un barrio marginal donde, hace un par de años, mataron a su hermana adolescente durante un tiroteo relacionado con un asunto de drogas.

Yo suspiro.

—Las dos necesitamos una margarita, Latisha. O puede que un par de margaritas. Voy a ver qué quiere Jake. Esperadme abajo.

64

–Vale –ella se dirige hacia el vestíbulo con su paso característico, meneando el trasero.

Por como viste, cualquiera diría que tiene el cuerpo de Jennifer López. Es más baja y más gorda que yo, pero ella no se pone túnicas negras. Hoy lleva un jersey ajustado de color rojo, con un gran escote de pico, y una falda beige que le marca las caderas y los muslos.

Sorprendo a Myron, el ordenanza encargado del correo, mirándola con lascivia cuando pasa delante de él.

–Mmmm –masculla, sacudiendo la cabeza. Deja de empujar el carrito en el que lleva los paquetes y se vuelve para seguir mirándola–. ¡Madre mía!

–Cálmate, Myron –le dice ella por encima del hombro, pero se le nota que está encantada.

–Es que está muy buena, niña.

–Sí, ya lo sé –dice Latisha, seductora.

Ojalá tuviera yo su confianza. Pero, no sé por qué, creo que si me pusiera la ropa que ella lleva, Myron me echaría un vistazo y saldría corriendo a esconderse, dando gritos de pavor.

Doblo la esquina y entro en el despacho de Jake. Como era de esperar, está despatarrado detrás de la mesa, apuntando con la pelota hacia la canasta. El despacho es tan grande que caben un sofá, un par de sillas y cuatro grandes ventanales que dan a la calle Cuarenta y dos. En mi cubículo apenas hay sitio para la mesa, la silla, el ordenador y una foto enmarcada de Will de veinte por veinticinco.

–¿Qué pasa, Tracey? ¡¡¡¡¡Siiií!!!!! –Jake alza los brazos triunfalmente cuando la pelota entra por el aro.

–Querías verme –le recuerdo.

–Sí. Dos cosas.

–¿Hace falta que las anote?

–No –se estira en el asiento y me indica que me siente en una silla, frente a él.

Yo lo hago, mirando la foto enmarcada de su boda con Laurie. A decir verdad, ella es mucho más guapa que él. Es una morena preciosa, delgada y de aspecto sofisticado. Él es pelirrojo, tiene la cara redonda y expresión de pillo, y sus mejillas todavía conservan los vestigios de lo que hace unas décadas debió de ser un caso severo de acné. El físico no lo es todo, por supuesto, pero no puedo evitar preguntarme por qué se habrá casado Laurie con él.

Pero, claro, Jake puede ser encantador cuando quiere. Y,

además, es rico. Muy rico. Al parecer, hace un par de años le dieron un buen soplo en la bolsa, se jugó hasta el último centavo que tenía y la jugada le salió a pedir de boca. Ahora Laurie y él viven en un apartamento enorme en uno de esos edificios con portero de la acera izquierda de Sutton Place y, como he dicho antes, están buscando una casa de fin de semana en Westchester.

Me pregunto si es feliz. Laurie, quiero decir.

Me pregunto cuánto durará su matrimonio.

Empiezan a sonarme las tripas y me pregunto si debo pedir con las quesadillas crema agria desnatada y queso chedar bajo en calorías, o con toda su grasa.

—Primero, necesito que averigües qué tengo que hacer para no pagar esta multa de aparcamiento —dice Jake, pasándome la multa por encima de la mesa.

—¿Por qué? —pregunto, mirándola—. ¿Es un error? ¿No estabas mal aparcado?

—Sí, sí que lo estaba —dice él—. Pero no había sitio por ningún lado. Y, además, nadie paga esas cosas. Haz algunas llamadas, infórmate, averigua qué tengo que hacer para declararme inocente o lo que sea, y házmelo saber.

—Claro.

En fin, supongo que Jake no va a ganar el premio al Ciudadano Ejemplar del año en un futuro cercano.

—La otra cosa es... —se aclara la garganta como si fuera a decir algo muy importante.

Ay, mierda, ¿en qué lío va a meterme ahora? A poco que me descuide, acabaré en el programa de protección de testigos y Will nunca podrá encontrarme.

—¿Qué tal se te da el pensamiento creativo, Tracey?

—¿El pensamiento creativo? —yo lo miro con recelo, preguntándome por qué quiere saberlo. ¿Querrá que le sugiera un modo inventivo de deshacerse de un cadáver?

—Depende de lo que quieras decir con creativo —digo yo.

—Bueno, está bien, por si te interesa, puede que tenga un pequeño proyecto para ti. McMurray-White va a sacar un producto nuevo, y hay que ponerle un nombre. Hasta ahora, no han dado con ninguno que los convenza, así que quieren que nuestro equipo creativo se encargue de ello. Nos han pedido que los ayudemos con una tormenta de ideas. Pero, antes de que continúe, esto es confidencial.

—Por supuesto —digo yo, aturullada. Esto es mucho más interesante que mis deberes habituales, como luchar a brazo partido con máquinas contestatarias y fijar citas con el entrenador personal de Jake. Y, además, es perfectamente legal.

–Estamos hablando de un desodorante roll-on revolucionario que dura una semana entera –dice Jake, inclinándose hacia delante.

–¿Una semana entera? ¿Y funciona?

–Eso dicen. Mira a ver qué se te ocurre, ¿de acuerdo? Y recuerda: es confidencial.

–Claro.

Esto casi compensa lo de la multa de aparcamiento. Espera a que se enteren en casa. Bueno, sí, puede que bautizar un nuevo desodorante roll-on no sea como para pasar a la posteridad, pero sin duda es mucho más glamouroso que cualquier cosa que pudiera hacer en Brookside.

–Ya está –dice Jake, agarrando la pelota y apuntando otra vez.

–¿Puedo irme?

–Sí, hasta luego –me dice, lanzando la pelota–. ¡Siiiií! –exclama cuando vuelve a encestar.

Yo ya he salido por la puerta.

Latisha, Brenda e Yvonne me están esperando delante del edificio, fumando. No son las únicas: la acera está abarrotada de fumadores trajeados expulsados de las oficinas libres de humo de los pisos superiores. Yvonne se pasa la vida hablando de los buenos tiempos, antes de la invasión de los no fumadores militantes, cuando podías tener el cenicero encima de la mesa y soltar humo a diestro y siniestro, a mayor contento del corazón.

–Ya era hora –dice Brenda, tirando la colilla del cigarro y pisándola con la afiladísima puntera de su altísimo zapato de cuero blanco.

–Lo siento. Estaba con Jake –enciendo un Salem e inhalo profundamente mientras echamos a andar calle abajo.

–¿Qué quería ese pelma? –pregunta Latisha–. ¿Que fueras a recogerle la ropa a la tintorería otra vez?

–No, esta vez no –me pregunto si debo decirles lo de la multa de aparcamiento y, al final, decido que no.

Latisha e Yvonne siempre me están diciendo que tengo que pararle los pies a Jake cuando sobrepasa los límites de la relación jefe-empleada. Brenda, que es más bien guerrera, normalmente tampoco se queda a la zaga.

Pero la verdad es que a mí no suele importarme hacerle recados personales a Jake.

Bueno, sí que me importa. Pero no tanto como para enfrentarme con él.

–Así que, Will se va este fin de semana, ¿eh? –pregunta Brenda en un tono que deja claro que estaban hablando del asunto antes de que yo llegara.

–Sí, se marcha –digo yo con ligereza, teniendo cuidado de no quemar con el cigarro a una niñera que pasa a nuestro lado por la acera atestada, empujando un carrito.

Dios mío, qué calor hace en la calle. Y, además, aunque junio apenas acaba de empezar, todo está abarrotado de turistas empapados de sudor. Pienso en los largos meses que me esperan y preferiría pasar el verano en cualquier otra parte. Hasta Brookside me parece atractivo en este momento.

–¿Vas a salir con otros mientras estéis separados? –pregunta Latisha.

–¡Cielos, no!

Sin embargo, debo reconocer que de pronto aparece en mi cabeza una imagen de Buckley.

–Y Will ¿va a salir con otras?

–¡No!

–¿Estás segura?

–¡Pues claro!

Latisha se queda callada, pero noto la mirada que les lanza a las otras. Achico los ojos y la miro fijamente cuando nos paramos en una esquina, delante de un semáforo en verde.

–¿Por qué lo dices? ¿Es que crees que no va a serme fiel?

–Enséñame un hombre fiel y yo te enseñaré un eunuco –canturrea la tres veces divorciada Yvonne.

–Eso es ridículo –le digo yo–. No todos los hombres son infieles. Mi padre no le pone los cuernos a mi madre.

–¿Cómo lo sabes, corazón?

–Lo sé, y punto.

Y, creedme, lo sé con absoluta certeza. Mi padre todavía está loco por mi madre, a pesar de que hace treinta y tantos años que se casaron. No me preguntéis por qué. A veces, parece que lo único que hace mi madre es pincharlo. Y, como decía antes, mi madre es más bien rolliza, bigotuda y aficionada a las mallas elásticas. Sin embargo, mi padre la llama *Bella*, en italiano. Lo cual demuestra que el amor es ciego. Lo cual, a su vez, explica muchísimas cosas. Por ejemplo, el hecho de que Will siga conmigo.

–Tiene razón –dice Brenda–. A mí Paulie tampoco me engaña.

Paulie es su novio. Salen juntos desde el segundo año de instituto. Llevan prometidos desde el verano anterior a su marcha a la universidad, a la que fueron juntos. Y, por fin, tres años después, el gran acontecimiento va a tener lugar en julio. Se celebrará en un gran salón de banquetes en Jersey, y estamos todas invitadas, con nuestros respectivos novios.

Cuando recibí la invitación hace un par de semanas, lo primero que pensé es que Brenda era un encanto por invitarme a la boda a pesar de que solo hace unos meses que nos conocemos.

Lo segundo que pensé (una estupidez, por supuesto) fue que Will podría volver para acompañarme. Pero, naturalmente, me dijo que no podía dejar las funciones, y menos aún un fin de semana.

En su lugar, voy a ir con Raphael. Podría ir sola, pero Latisha va a ir con Antón e Yvonne con Thor, un amigo suyo sueco con el que mantiene una relación epistolar. Se escriben desde hace años y por fin se conocerán en persona cuando él venga a Nueva York de vacaciones el mes que viene.

Anton, el capullo; Thor, el guiri que, según parece, habla cinco idiomas, ninguno de ellos inglés; y Raphael, la loca. Habrá que ver al trío dinámico.

—Claro que Paulie no te pone los cuernos —le dice Latisha a Brenda en un tono casi sincero y tranquilizador—. No todos los hombres son infieles. Aunque yo no pondría la mano en el fuego por Anton. Pero Yvonne tiene razón: de muchos hombres no se puede fiar una. Y puede que Tracey no deba quedarse de brazos cruzados, comiéndose las uñas, mientras Will está por ahí.

—Yo no voy a comerme las uñas —protesto yo.

—¿No? Y, entonces, ¿qué vas a hacer? —pregunta Yvonne.

—Mejorar.

Confieso que, hasta ese momento, no había pensado mucho en ello. Pero en cuanto lo digo, decido que es la mejor idea que he tenido nunca. Me pasaré el verano poniendo en práctica un plan de automejora.

—¿Mejorar? —repite Yvonne—. ¿En qué sentido, tesoro?

—En todos los sentidos. Voy a perder peso. Mucho peso. Tengo que ponerme en forma. Y voy a ahorrar. Tal vez pueda encontrar un trabajo a tiempo parcial. Tendré más tiempo cuando Will se vaya.

—¿Un trabajo a tiempo parcial? ¿De qué?

–No sé. Paseando perros. O cuidando niños. Y por fin voy a organizarme. Y... y voy a leer los clásicos de la literatura... –digo de carrerilla y con absoluta convicción.

–Eso está muy bien, guapa –dice Latisha, dándome una palmada en la mano con la que no sujeto el cigarrillo.

–Sí. Voy a hacer todo lo que siempre digo que debería hacer. Salvo dejar de fumar –añado apresuradamente. Si dejo de fumar, me pondré el doble de gorda la primera semana. Pero en cuanto a lo demás...

Puedo hacerlo.

Sé que puedo.

Por primera vez desde hace semanas, casi deseo que lleguen los meses que tengo por delante. Voy a reinventarme a mí misma. Cuando vuelva Will, ni siquiera reconocerá a mi nuevo yo. Estaré más flaca que una de las chicas de *Friends*. Más flaca aún que Lara Flynn Boyle.

Bueno, vale, puede que no tan flaca. Pero estaré guapa. Muy guapa. Hasta me compraré ropa nueva y me haré un corte de pelo moderno y glamouroso.

Will, por supuesto se volverá loco por la nueva Tracey. En cuanto me descuide, estaremos viviendo juntos. Y luego nos casaremos.

Pero no voy a hacerlo solo por Will, me digo mientras entramos en el restaurante mexicano, en el que hay poca luz y aire acondicionado. Voy a hacerlo por mí. Para sentirme bien conmigo misma, para variar.

Si además me vuelvo irresistible a ojos de Will –le digo a mi lado obsesionado por Will–, mejor que mejor.

Al fin y al cabo, una nunca debe cambiar únicamente por un tío, consejo que le debo a los innumerables artículos de revistas que he leído a lo largo de los años y a Andrea Antonowski, mi mejor amiga del pueblo, cuya palabra todavía tiendo a considerar sagrada dado que, desde que estábamos en sexto curso, nunca le ha faltado novio, y ahora está prometida y va a casarse.

En una relación sana, se ama y se acepta al otro tal y como es.

Que es lo que hacemos Will y yo, me digo a mí misma.

Si no, no seguiríamos juntos. Él, naturalmente, me acepta tal y como soy. Supongo que lo que pasa es que yo no me acepto a mí misma. Quiero ser mejor en todos los sentidos.

Bueno, sí, sobre todo quiero mejorar físicamente. Si además puedo ahorrar un poco, ordenar mi armario y leer a los clásicos, estupendo. Pero mi meta este verano es adelgazar de una vez por todas.

¿Qué hay de malo en ello?

—Deberías probar la dieta del repollo —me dice Brenda—. Una de mis damas de honor va a mandarme una copia para que pierda cinco kilos antes de la boda.

—Yo tengo que perder tres veces eso —le digo, metiéndome entre el atril del maître y un grupo de hombres de negocios japoneses que espera una mesa.

Brenda no dice nada, pero me descubro deseando que lo haga. Ya sabéis, que ella, o Latisha, o Yvonne, diga: «Oh, no seas ridícula, no estás tan gorda, Tracey».

Aunque no sea verdad.

Procuro no sentirme dolida. Al fin y al cabo, no quiero que mis amigas me cuenten mentiras piadosas, ¿no?

Puede ser.

—Deberías hacer una dieta proteínica —dice Latisha—. A ti te gusta el beicon y la carne, ¿no?

—¿Y a quién no?

—Esas dietas no sirven de nada —interviene Yvonne, agitando sus manos perfectamente cuidadas con desdén—. Lo que tienes que hacer es ejercicio. Esa es la clave. Debes entrenarte todos los días. Apúntate a un gimnasio. Búscate un entrenador personal.

—O afíliate a Los Vigilantes del Peso —me recomienda Latisha.

—¿Un entrenador personal? ¿Los Vigilantes del Peso? Pero ¿quién os creéis que soy, la duquesa de York? Estoy en la ruina, chicas, ¿recordáis? No puedo permitirme pagar para perder peso.

—Los Vigilantes del Peso son baratos.

—Pero no gratis. Y yo necesito algo gratis.

—Bueno, morirse de hambre no cuesta nada —dice Brenda—. Hasta que acabas en la planta de anoréxicos de un hospital, claro.

Pienso en Sofía, mi amiga de la facultad, la que me enseñó a fumar para adelgazar. Está claro que a ella le funcionó, porque la ingresaron en la Clínica Cleveland un par de veces. Mientras que yo aquí estoy, tres años después, fumándome un paquete al día y con más michelines que nunca.

—No te rías. Yo sé de una que acabó así —le dice Latisha a Brenda—. Una amiga de Je'Naye, de antes de que empezara con las malas compañías. Me parece increíble haberme preocupado alguna vez porque esa chica y todas sus dietas pudieran ser una mala influencia para mi hermana. Eso no era nada comparado con... En fin, lo último que supe de Charmaine es que estaba en el hospital otra vez –sacude la cabeza, pero su cara adquiere esa expresión ausente que se le pone cuando piensa en su hermana muerta.

Ninguna de nosotras sabe qué decir, y hay un largo silencio. Luego Brenda continúa diciendo:

–De todos modos, Tracey, el repollo es barato. Voy a conseguirte una copia de la dieta. ¿Cuándo vas a empezar?

–En cuanto Will se suba al tren –digo yo–. El lunes, cuando nos veamos, ya habré empezado a transformarme en mi nuevo yo.

–¿Cuántas son? –dice de repente la camarera, materializándose delante de nosotras tras colocar a los japoneses.

–Cuatro –decimos al unísono.

Mientras nos conduce a la mesa, decido pedir crema agria y chedar con toda su grasa. Un último atracón antes de liberar a la Calista Flockhart que llevo dentro.

Sé lo que estáis pensando.

Reconozco que no es la primera vez que hago grandes planes para adelgazar. Pero en esta ocasión va en serio. Lo conseguiré aunque sea lo último que haga.

Y no me refiero solo a la dieta, sino a todo. Voy a dar un giro radical a mi vida. Desde el domingo mismo.

Lo único que tengo que hacer entre hoy y ese día es concienciarme de ello.

Ah, sí.

Y decirle adiós a Will.

Siete

Habría sido más fácil si nuestro último día juntos hubiera sido un asco.

Ya sabéis, si nos hubiéramos pasado el día discutiendo, o crispándonos los nervios, o aburriéndonos como ostras.

Pero no ha sido así.

Este fin de semana, Will y yo hemos estado mejor que nunca. O, por lo menos, mejor que en mucho tiempo.

Es una suerte que Nerissa se haya ido de la ciudad con Broderick, porque hace un calor pegajoso y mi apartamento no tiene aire acondicionado. Hemos tenido la casa de Will para nosotros solos.

Aunque no hemos estado allí todo el tiempo.

El viernes por la noche, Will me sorprendió con unas entradas para ver *Inquilinos* en Broadway. Él ya la había visto un par de veces, pero yo no. Me sé todas las canciones porque Will tiene el disco. Siempre había querido ir, seguramente porque me identifico con las letras y con los personajes principales, una panda de neoyorquinos de adopción que intentan buscarse la vida y viven de alquiler en un destartalado edificio de apartamentos en la parte baja de Manhattan.

Pero por lo menos yo no soy seropositiva, como la mayoría de los personajes. Lástima que pueda identificarme con casi todas sus demás desdichas, si bien yo no soy muy dada a desgañitarme cantando en cuanto las cosas se ponen difíciles.

Después del espectáculo, Will me llevó a cenar a un cabaré donde actúan unos amigos suyos. Esa noche no cantaba nadie que conociera, pero nos dio igual. Casi no le prestamos atención a la música. Estuvimos casi todo el tiempo hablando.

No sé de qué hablamos, pero nos reímos un montón y bebimos mucho vino.

Luego volvimos a su casa y echamos un polvo bestial por primera vez desde hacía meses. Puede que fuera por el vino, o tal vez porque sabíamos que no íbamos a vernos en unas cuantas semanas.

Esta mañana, al despertarnos, hemos salido a comprar bollos y nos hemos pasado todo el día dando vueltas por el Soho. Will me ha comprado unos pendientes y yo le he regalado a él un marco para fotos de madera labrada. En broma, le he dicho que ponga una foto mía y la meta en la maleta para llevársela en el tren, pero cuando hemos vuelto a casa eso ha sido justamente lo que ha hecho. Ha buscado una foto en la que no estoy demasiado horrible (foto que ha recibido mi aprobación) y ha guardado el marco en la mochila.

Ahora, mientras estamos sentados tomándonos un licorcito después de comer comida china servida a domicilio, me pregunto por qué me preocupaba tanto que se fuera. La verdad es que Will no parece querer que nos separemos, y me ha dicho más de una vez que va a echarme de menos.

—Bueno, seguramente se pasará volando —digo esperanzada, apoyando la espalda contra su cama. Estamos sentados en el suelo. Los recipientes blancos de cartón de la comida siguen esparcidos a nuestro alrededor. Un disco de jazz suena de fondo.

—Son tres meses —dice él, y no sé si me está dando la razón o no.

—Pero piensa que tres meses no son nada —digo yo—. Quiero decir que, hace tres meses, yo todavía andaba buscándome la vida. Y ahora trabajo en Blaire Barnett... No, creo que ese ejemplo no sirve, porque tengo la sensación de que llevo trabajando allí toda la vida.

Will sonríe.

—A ver qué te parece este —dice—. Hace tres meses, yo tuve esa gastroenteritis espantosa y tú viniste a verme con limonada y yogures. De eso no parece hacer tanto tiempo, ¿no?

La verdad es que parece que hace un siglo. Y yo no debí hacerme la enfermera abnegada, porque pillé el virus y vomité en el metro, experiencia que no le deseo a nadie. Nadie me ayudó, y encima un grupo de chicas adolescentes se rio de mí.

74

–Tengo uno mejor –digo, apartando a un lado ese recuerdo desagradable–. Hace unos tres meses, hizo un día muy bueno y, como ninguno de los dos tenía que trabajar, nos fuimos al zoo de Central Park. ¿Te acuerdas?

–¿Eso fue hace tres meses? –pregunta él, echándose hacia atrás de modo que su hombro queda pegado al mío y sus piernas extendidas junto a las mías–. Creía que había sido en mayo.

–No, fue en marzo. ¿Te acuerdas? –deslizo una de mis piernas primorosamente depiladas encima de las suyas. Como ya hace tiempo para ponerse pantalones cortos, me afeité esta mañana. Llevo unos vaqueros negros cortados, lo bastante largos como para ocultar la parte más flácida y temblorosa de mis muslos. Tengo la piel blanca como la leche, y en las pantorrillas se me ven los puntos negros de los folículos pilosos, a pesar de que el afeitado es reciente. También tengo algunos en la espinilla. Estupendo.

Juro que, cuando Will vuelva, no solo habré perdido diez o quince kilos, sino que además estaré morena. No me preguntéis cómo. Tal vez pueda despanzurrarme al sol en la azotea de mi edificio. Y puede que hasta me haga la cera en las piernas para que estén más suaves.

Will está intentando recordar ese día en el zoo.

–Puede que fuera en abril...

–Créeme, fue en marzo. Eso fue lo mejor de todo: que era la semana anterior a San Patricio y hacía casi treinta grados y un sol radiante. Le compramos un par de gafas de sol a un tío que las vendía en la calle y que nos juró que eran Ray-Ban auténticas.

–Sí, ya. Las mías se rompieron una hora después –dice Will, sacudiendo la cabeza.

–Ese sí que fue un día divertido, Will.

–Mmm.

Parece distraído y me pregunto si estará pensando en aquel día o en su futuro inmediato sin mí.

Vuelvo a sentirme deprimida porque se vaya. Porque, lo mires como lo mires, tres meses es mucho tiempo.

Una estación entera.

Un cuarto de año.

En tres meses pueden pasar muchas cosas. Y no necesariamente buenas.

–Ojalá no tuvieras que irte –le digo, mirándolo a los ojos. Su cara está muy cerca de la mía y puedo oler su colonia.

–Pero tengo que irme –me aparta suavemente un par de

mechones de la mejilla–. Estaré de vuelta a principios de septiembre.

–Sí. Y yo iré a visitarte.

–Sí.

Pero no parece muy entusiasmado.

Siento una punzada de pánico. Hemos hablado de pasada de que voy a ir a visitarlo, pero no hemos quedado en nada concreto. De pronto me doy cuenta de que siempre soy yo quien saca el tema. Intento recordar alguna vez que él me haya dicho que quiere que vaya a verlo, y creo que no ha habido ninguna.

–No iré a verte hasta que estés instalado –le digo, preguntándome si creerá que voy a plantarme allí el próximo fin de semana.

–Sí.

–Will, no te molesta que vaya a verte, ¿no? –digo, mirándolo fijamente–. Porque me encantaría ir a alguna de tus funciones...

Y tengo que vigilarte y asegurarme de que todavía me quieres.

–No, no me importa –dice él–. Pero es que, ¿sabes?... El otro día me mandaron las normas de la residencia donde vamos a alojarnos, y resulta que no se permiten visitas nocturnas.

–¿Que no se permiten visitas nocturnas? –repito yo, incrédula, pensando que aquello suena a internado de los años cuarenta–. Pero pensaba que la residencia era mixta.

–Y lo es. Pero es que está muy llena. No hay sitio para invitados. Además, creo que quieren que nos concentremos en las funciones, y las visitas nocturnas pueden ser una distracción.

–Ah.

–Así que puedes venir a verme un fin de semana, pero... Mira, por esa zona hay sitios preciosos. Hoteles y pensiones y...

–Eso estaría muy bien –yo me animo de repente, imaginándonos a Will y a mí pasando juntos un romántico fin de semana en una casa rural–. A lo mejor, si tienes tiempo, puedes buscar un sitio para que nos quedemos cuando vaya a verte.

–Bueno, no sé...

Vaya, otra vez esa mirada dubitativa. ¿Y ahora qué pasa?

–Yo tengo que quedarme en la residencia, Trace. Esa es otra norma. Durante la temporada, los actores no pueden pasar la noche fuera a menos que sea por una emergencia.

–Vaya. ¿También van a leeros cuentos y a arroparos antes de dormir, o qué?

Él esboza una sonrisa.

Pero yo no estoy de broma.

–Parece un campo de prisioneros en vez de un trabajo de verano, Will.

–Para triunfar en este mundillo, hay que ser autodisciplinado, Tracey. Voy a aprender mucho con esta experiencia. Entre otras cosas, me ayudará a saber si de verdad tengo lo que hay que tener. Para mí, esto es muy serio. Quiero triunfar. Lo deseo más que nada en la vida.

Lo que no dice (porque no hace falta) es que lo desea más que a mí.

Esa revelación tácita no debería sorprenderme, pero por alguna razón lo hace. No sé por qué, pero creo que estaba convencida de que, si Will tuviera que elegir, me elegiría a mí.

El caso es que no debería tener por qué elegir. No tiene por qué hacerlo.

Pero creo que ya lo ha hecho.

–No pasa nada, Will –digo, intentando mantener a raya el dolor para no arruinar nuestra última noche juntos–. Iré a verte y me buscaré un sitio bonito donde alojarme. Puede que incluso te permitan visitas conyugales –digo en broma.

Él se inclina y me besa.

–Que yo recuerde, sobre eso no dicen nada las normas.

Es un beso rápido y dulce. No apasionado. No de esos que llevan indefectiblemente a otra cosa.

No como el beso de Buckley.

Con solo pensarlo, empiezo a sentirme culpable. Han pasado unas semanas, pero todavía recuerdo cómo me sentí al ser besada de manera tan inesperada (y apasionada) por casi un desconocido.

No se lo he contado a nadie. Ni siquiera a Raphael. A Raphael menos que a nadie.

Lo único que le dije, cuando me llamó el domingo por la noche con un expectante «¿Y bien?», fue que los dos estábamos equivocados y que Buckley es heterosexual.

Naturalmente, Raphael no me creyó. Para él, cualquier hombre medianamente guapo, bien vestido y con un buen trabajo en Nueva York es gay.

–Puede que Buckley crea que es hetero –me dijo–, pero cualquier día ese despertará, se dará cuenta de que el armario empieza a darle claustrofobia y al fin saldrá de él. Y, cuando lo haga, yo estaré esperándolo con los brazos abiertos.

Así es Raphael: siempre optimista.

A mí, en cambio, en este momento me reconcome el pesimismo (que es, por cierto, uno de los rasgos más notorios de la familia Spadolini), y deseo que Will me tire sobre la cama y me viole.

Él parece contentarse con pasarme cariñosamente un brazo por encima del hombro y me dice:

—Por cierto, antes de que se me olvide, le he dicho a Milos que te llame si necesita a alguien estos meses. No soy el único que va a dejar el trabajo para irse a hacer funciones de verano.

—¿Ah, sí? ¿Se lo has dicho? Gracias. Estaba pensando en buscarme un trabajo a tiempo parcial. Necesito ganar un poco de dinero extra.

—Pues estás de suerte, porque Milos paga bien y las propinas son fantásticas. Además, le he dicho que tienes experiencia como camarera.

—Sí, bueno, como si fuera lo mismo pasarse un verano sirviendo mesas en un campamento escolar en el pueblo que servir a ricos y famosos para una empresa de catering de Manhattan.

—No te dejes intimidar. No todos los clientes de Milos son ricos y famosos, Trace.

—Oh, vamos, Will. Puede que no sean famosos, pero no son precisamente de clase media. Milos cobra más por una docena de aperitivos de lo que gano yo en un día.

—Cierto. Por eso deberías decirle que sí, si te llama.

—Lo haré.

Estaría bien ganar un poco de dinero, aparte de mi sueldo roñoso. Todavía no le he hablado a Will de mi plan de automejora. He decidido sorprenderlo con mi nuevo yo cuando vuelva en septiembre.

Will bosteza.

—¿Qué hora es?

Yo miro mi reloj.

—Casi las once.

—Deberíamos acostarnos. Mañana tengo que levantarme a las cinco y media.

Ya lo estoy temiendo: decirle adiós a la luz cruda y fría del amanecer. Nos quedan menos de ocho horas juntos, y al parecer piensa pasárselas durmiendo.

—Oye, no quiero que te levantes tan temprano —dice—.

Quédate en la cama cuando me vaya. Puedes cerrar y dejarle la llave a James.

Esto me pilla desprevenida.

¿Quiere que le deje su llave al portero... todo el verano?

–¿Te parece buena idea? –pregunto–. ¿No debería quedarme yo con la llave? Me parece más seguro...

–No, James se la dará a Nerissa mañana, cuando vuelva –dice él, sacando las piernas de debajo de las mías y levantándose.

Yo me he quedado helada por dentro (*¿no va a dejarme la llave?*), pero me sale una voz extrañamente serena.

–Pero Nerissa no necesita dos llaves, ¿no? Quiero decir que, si alguna vez se deja su llave dentro, puede pedirle a James que le abra...

Will deja de sacudirse el polvo invisible de los pantalones y me mira fijamente.

–¿Qué pasa, Trace?

–Nada –me encojo de hombros–. Es que pensaba que ibas a dejarme la llave. Como yo puedo regarte las plantas y...

–Nerissa se encargará de eso.

–Ah. Bueno, el caso es que, como no tengo aire acondicionado y aquí en la ciudad hace tanto calor... había pensado que, si hace demasiado bochorno, podría venir aquí y refrescarme un poco.

Él no da un respingo ni aparta la mirada, cosa que me tomo como una buena señal hasta que dice:

–Verás, pensaba dejarte la llave, pero creo que no es buena idea. Sería injusto para Nerissa que aparecieras inesperadamente. Quiero decir que cuenta con tener la casa para ella sola este verano...

–Ah. Sí, bueno, no importa, Will, yo solo... Lo entiendo. Da igual.

Pero no es verdad. Will no va a dejarme su llave, y eso me duele. De pronto me entran ganas de llorar.

Necesito una distracción, algo que le demuestre que estoy bien. Miro a mi alrededor, y mis ojos se posan en el bloc de notitas y el bolígrafo que siempre tiene junto al teléfono. Me acerco, tomo el boli y digo:

–Antes de que se me olvide, ¿me das el número de teléfono de la residencia? Por si acaso no puedo localizarte en el móvil. Lo anotaré en mi agenda cuando llegue a casa, porque se me ha olvidado traerla...

Noto que una sombra cruza su cara y que cambia de

postura, descargando su peso en un pie y en el otro sucesivamente.

Mala señal.

—Verás, Trace, el caso es que...

No puedo creerlo.

—¿Qué? ¿Tampoco te permiten hablar por teléfono?

—Es que no hay teléfono. Bueno, sí, hay un teléfono público para hacer llamadas al exterior...

—¿Y no admite llamadas?

—Puede que sí. No lo sé. Me enteraré cuando llegue allí, pero ahora mismo no tengo el número. Es que en la residencia vamos a estar más de veinticuatro personas, solo hay un teléfono, y además estaremos ensayando o actuando casi todo el tiempo... Así que supongo que lo que intento decirte es que el teléfono no va a ser la mejor manera de mantenernos en contacto.

—¿Y tu móvil?

—No sé. Puedes intentar llamarme allí, pero no sé si lo tendré encendido. No quiero que empiece a sonar durante los ensayos...

Vale, ya me estoy cabreando. No puedo evitarlo.

—Supongo que el e-mail también está descartado.

—Si tuviera un portátil... Pero no lo tengo.

—Así que, ¿vamos a escribirnos cartas, al viejo estilo? —procuro parecer alegre y enmascarar el sarcasmo que pretende infiltrarse en mi tono—. Genial. Podemos mantener una relación epistolar, como Yvonne y Thor. Será muy romántico.

—¿Como quién?

—Da igual —le digo, dirigiéndome al cuarto de baño—. ¿Te importa que entre yo primero?

—No, qué va. Quiero revisar la mochila para asegurarme de que no se me olvida nada. Mañana tendré que salir corriendo.

Sí. Corriendo para escapar de aquí, de mí...

Bueno, puede que esto último sea injusto. Al fin y al cabo, Will no se marcha de Nueva York para escapar de mí. Aunque, ahora mismo, ¿qué más da cuál sea la razón?

Apenas he cerrado la puerta del baño cuando se me saltan las lágrimas. Abro el grifo y tiro de la cadena un par de veces para sofocar los sollozos que ya no puedo contener.

Cuando salgo, él está cerrando la cremallera de la mochila. Parece encantado de la vida.

—Ya está todo —me informa.

Yo mantengo la cara apartada para que no vea que tengo los ojos hinchados.

–Qué bien.

–Enseguida salgo.

Mientras está en el baño, apago las luces y me meto en la cama.

Ojalá pudiera decir que Will sale, me toma en sus brazos, me hace el amor tiernamente... y todo se arregla entre nosotros.

Pero no sucede así.

Hacemos el amor, pero soy yo quien toma la iniciativa... casi por desesperación, para demostrar que todo va bien.

Él me sigue la corriente. Pero todo resulta torpe, mecánico y... no sé. Tal vez *frío* sea una palabra demasiado fuerte.

O tal vez no.

Lo único que sé es que Will se queda dormido inmediatamente después, enroscado en su lado de la cama.

Y yo sigo despierta, escuchando su respiración acompasada, el zumbido del aire acondicionado y los ruidos distantes de la calle, allá abajo.

Ocho

La alarma salta al amanecer.

Will se levanta de un brinco.

Yo me doy la vuelta, fingiendo que me quedo dormida otra vez... Como si hubiera pegado ojo en toda la noche.

Como si no estuviera a punto de derrumbarme, de echarme a llorar, o, peor aún, de suplicarle que se quede.

Con los ojos entrecerrados, lo veo moverse sigilosamente por la habitación en medio de una luz gris lechosa. Oigo el ruido del agua mientras se ducha y el tintineo de los cacharros de la cocina mientras se prepara un zumo de naranja y un cuenco de cereales.

Cree que estoy dormida y anda de puntillas, abriendo y cerrando cuidadosamente los cajones, los armarios, el frigorífico...

Yo lo oigo masticar los cereales, tragar el zumo.

Abrocharse los vaqueros, rociarse de colonia.

Abrir el grifo del lavabo, lavarse los dientes por segunda vez.

Recoger la mochila, agarrar las llaves tintineantes.

Se inclina sobre mí y el perfume de su colonia inunda mis fosas nasales, su aliento cálido me roza la mejilla.

–Tengo que irme, Trace.

–¿Mmm? –yo finjo despertar lentamente.

–Tengo que irme. A tomar el tren. La llave está en la encimera de la cocina.

Sí, claro.

Tengo que dársela a James, el portero.

–Desayuna lo que quieras, pero no dejes cacharros en el fregadero, ¿vale?

Yo doy un respingo.

¿De veras cree que soy tan zoqueta como para dejar la pila llena de platos sucios para que Nerissa tenga que fregarlos cuando vuelva?

Abro la boca para insultarlo, pero en ese momento se agacha y me da un beso.

Yo me apresuro a cerrar la boca contra sus labios, consciente de mi aliento de dragón y del suyo, sabor a menta.

–Te echaré de menos, Trace –dice, y entonces se aleja hacia la puerta y me dice mirando hacia atrás–. Te llamaré cuando esté instalado.

Sí, ya.

Cuando se ha ido, me echo a llorar sobre la almohada hasta que me escuecen los ojos, me duelen los conductos nasales y tengo el nacimiento del pelo mojado y pegajoso.

Entonces me levanto, hago la cama y me doy una larga ducha. Después de vestirme, me fumo unos cuantos cigarrillos y tiro las colillas al váter. Pero no me molesto en utilizar el spray de ambientador floral que Will guarda debajo del fregadero. ¿Para qué? Total, él no volverá hasta septiembre. ¿Y a quién le importa que Nerissa vuelva y huela a tabaco rancio?

En la cocina lleno la cafetera a medias y, mientras se hace el café, me hago unos huevos revueltos con mantequilla, pensando que el café me despejará y los huevos me asentarán el estómago revuelto.

Pero no sirve de nada.

Tras beberme el café y comerme los huevos, sigo sintiéndome exhausta y mareada. Tan mareada que lavo los platos con cierta negligencia. Y que me demande Nerissa, si quiere.

Después de guardar la ropa de los últimos días en el bolso (y de dejar aposta mi cepillo de dientes en el vaso encima del lavabo, donde siempre lo dejo, aunque Will se haya ido), salgo por la puerta y echo la llave.

James está en el vestíbulo, tan guapo y fornido como siempre con su uniforme azulón.

–¿Qué tal? –pregunta. No sabe mi nombre. Hasta ahora, nunca me había importado. Pero lo que más deseo en el mundo es tener un sitio allí, en el edificio de Will. En la vida de Will.

–He estado mejor –contesto, dándole la llave–. Esto es para la compañera de piso de Will.

–Nerissa –dice él, asintiendo.

Naturalmente, su nombre sí que lo sabe. Ella vive allí.

Y, en este instante, yo la odio más que nunca.

Tal vez sea ilógico. Al fin y al cabo, ella solo es su compañera de piso, y yo su novia.

Salir a la calle es como meterse en una secadora que acaba de centrifugar. Un muro de aire caliente me golpea en toda la cara.

No hay sol, solo un capote de cielo gris por encima de los altísimos edificios. Pero el calor ya resulta opresivo, y ni siquiera son las nueve.

Ni siquiera estamos en julio.

Para julio, todavía falta una semana.

Y, después de todo el mes de julio, tendrá que pasar todo agosto antes de que Will vuelva a casa y mi vida vuelva a la normalidad.

Enciendo un cigarrillo y doy una profunda calada.

Por alguna razón, a pesar del malestar de estómago y de la jaqueca, eso hace que me sienta mejor. En cambio, que me empujen y espachurren en el metro, no.

Cuando salgo a Broadway, en el East Village, miro el reloj y me doy cuenta de que Will lleva largo rato en el tren. En este momento, seguramente estará a más de una hora al norte de Nueva York.

Me lo imagino allí sentado, mirando por la ventanilla el paisaje veloz, y me preguntó si estará pensando en mí.

No sé por qué, pero tengo la sensación de que no.

No, sin duda estará pensando en lo que tiene por delante.

Y yo debería hacer lo mismo.

Entonces recuerdo que este iba a ser el primer día de camino hacia mi nuevo yo. Hacia un nuevo yo mucho más flaco.

Huevos revueltos con mantequilla... Vaya forma de empezar una dieta.

Aunque, por otra parte, ¿no es eso lo que se supone que se come en una de esas dietas altas en proteínas?

Eso voy a hacer, decido acelerando el paso al ver un supermercado en la otra esquina. Almacenaré proteínas y haré una dieta baja en hidratos de carbono.

En el supermercado, agarro una cesta.

Esto es lo que compro:

Perritos calientes.

Huevos.

Beicon.

Hamburguesas de ternera.

Queso (Münster y Monterey Jack, aunque la única diferencia que veo son las pintitas anaranjadas. ¿Y qué demonios serán las pintitas anaranjadas, ahora que lo pienso?).

En mi frenesí rapiñador de proteínas, estoy a punto de comprar un paquete de pollo frito congelado, hasta que me doy cuenta de que lo impide el empanado. Maldita sea.

Bueno, ninguna dieta es perfecta.

Pago la compra con la Visa, porque los quince dólares que tengo me tienen que durar tres días, hasta que me paguen.

Cuando llego, compruebo que mi destartalado apartamento ha adquirido un olor extraño en mi ausencia. En realidad, no es tan raro, porque ya olía así la primera vez que entré en él. A una mezcla de limpiador Ajax y meados de gatos con un ligero toque de curry. Ahora, además, huele a tabaco rancio.

Qué asco.

Necesitada de aire fresco, abro la ventana que da a la calle. Al fin puedo respirar, pero mis oídos se ven asaltados por los gritos de una chica que discute con su novio cuatro pisos más abajo. Le lanza acusaciones como una ametralladora y él de vez en cuando la interrumpe con protestas ininteligibles, puntuadas casi siempre con frecuentes *Yos*. A veces hay dobles *Yos*, como «¡Yo, yo nunca he dicho eso!» o «Yo, yo, déjame en paz, tía».

Imagino que ella es a la que llama *tía*, pero llegados a ese punto miro hacia abajo para cerciorarme de que no hay nadie más implicado. Solo me faltaba eso: una bronca bajo mi ventana.

Por fin se hace el silencio. Bueno, no del todo. Sigue oyéndose el ruido habitual de la ciudad, pero la discusión parece haber acabado.

Miro abajo y veo a la feliz pareja abrazada, prácticamente echando un polvo encima de las escaleras de alguien. Qué enternecedor.

¿Y ahora qué?

El apartamento está lleno de libros, revistas y periódicos, y de pronto me doy cuenta de que hace mucho que no tengo tiempo de leer nada.

Recordando mi voto de leer a los clásicos este verano, pongo en un montón los libros de bolsillo que tengo por ahí, esperando a ser leídos. Luego meto los de Mary Higgins Clark y James Patterson debajo del futón y el último de Joyce

Carol Oates encima de la almohada. Puede que no sea un clásico, pero es lo más literario que hay actualmente en mi biblioteca.

Luego saco la compra en la zona de la cocina y me doy cuenta de que ya tengo hambre. Así que pongo un par (bueno, está bien, cuatro) perritos calientes en una sartén con una pequeña cantidad de mantequilla.

Mientras se hacen, escucho los mensajes del contestador automático.

Hay tres.

Puede que Will me haya llamado desde el tren, pienso mientras aprieto el botón y oigo rebobinarse la cinta.

Un pitido y empieza el primer mensaje.

—Hola, Tracey, soy yo —anuncia la voz de Raphael—. Kate y yo queremos llevarte a comer por ahí el domingo. Sabemos que Will se va. Llámame para quedar.

Otro pitido, y el segundo mensaje.

—Tracey, ¿estás bien? Mamá dice que no la llamas desde hace más de una semana. Está preocupada. Llámame, o llámala a ella, para que sepamos que estás bien. Besos.

Yo suspiro.

Cualquiera pensaría que mi madre puede levantar el teléfono y llamarme ella misma, en vez de esperar a que lo haga Mary Beth. Pues no. Resulta que a mi madre (y juro que es cierto) le da cosa hacer una llamada de larga distancia. Puede que en parte sea por el gasto, pero yo creo más bien que lo que intenta es dejar bien claro, con su cabezonería habitual, que le parece fatal que me haya ido a vivir tan lejos. Es como si creyera que, si no me llama, me daré cuenta de lo mucho que la añoro y me volveré otra vez al pueblo.

Suelo llamar a casa una par de veces por semana para ver qué tal están, pero la semana pasada tuve mucho lío en el trabajo y, además, pasé todos mis ratos libres con Will.

Agarro el teléfono y marco el número de mi hermana en vez del de mis padres. De todos modos, a estas horas estarán en misa.

Mary Beth contesta al segundo timbrazo.

—¡Vaya, pero si estás viva! —exclama.

—¿Cómo sabías que era yo?

—Por el identificador de llamadas. Me lo acaban de poner. Así sé cuándo llama Vinnie y no contesto.

—Bien hecho.

Me deja un poco sorprendida. Pensaba que todavía es-

86

taba loca por su ex marido y que pegaba un brinco cada vez que sonaba el teléfono, esperando que llamara para reconciliarse.

—Lo hago porque me lo ha mandado el terapeuta. Dice que tengo que dejar de hablar con Vinnie, a no ser que sea sobre los niños, porque lo único que consigo es sentirme peor y pensar que hay esperanza cuando no la hay.

—¿Es que Vinnie te ha estado llamando y dándote esperanzas?

Vaya, sí que han cambiado las cosas.

—Sí, ha estado llamándome —dice Mary Beth de mala gana—. Pero para hablarme de las mujeres con las que sale y de las cosas que se está comprando para su casa nueva. Y me cabrea, porque con el acuerdo de divorcio se ha portado como un auténtico roñoso. Creo que intenta hacerme daño, restregándomelo por la cara. Y George dice...

—¿Quién es George?

—Mi terapeuta. Dice que tengo que dejar de escucharlo y de hablar con él...

—¿Con Vinnie?

—¿Con quién si no?

—No sé... Con George.

—No —dice ella, exasperada—. George dice que tengo que dejar de hablar con Vinnie porque me hace pensar que hay esperanzas.

Por qué pensará que hay esperanzas en semejante situación, es algo que se me escapa. Pero el caso es que, seguramente, Mary Beth estará siempre enamorada de Vinnie y se dará con un canto en los dientes por cualquier contacto que pueda mantener con él. Así ha sido desde que empezaron a salir, allá en el instituto.

—Oye, Mary Beth, ¿todavía sigues apuntada a ese gimnasio? —pregunto, paseándome inquieta por el apartamento. Lleno un vaso de agua en el fregadero, dándome cuenta de que estoy prácticamente deshidratada por culpa de todo el vino y la salsa de soja que tomé anoche y del café de esta mañana.

—Sí, sigo apuntada. Pero últimamente no he tenido mucho tiempo para ir. ¿Por qué?

—¿Has perdido peso? —doy un sorbo de agua. Aj, está caliente. Vuelvo a abrir el grifo para que corra y se enfríe, echo la que me queda en el vaso en el filodendro y me pregunto cuándo fue la última vez que lo regué.

—Sí, algo he perdido —dice Mary Beth—. Pero los músculos pesan más que la grasa, ¿sabes?

Lo cual significa que no ha perdido peso.

Quién sabe, tal vez estemos condenadas por nuestra herencia genética.

No.

No puedo aceptar que tendré siempre este cuerpo, decido con determinación, llenando otra vez el vaso y cruzando la habitación con él. Me paro delante del espejo de la puerta del baño.

Mierda.

Mi reflejo de cuerpo entero es repugnante. Llevo los mismos vaqueros negros, cortos, de ayer, con una camiseta blanca sudada que me cuelga hasta los muslos. Aunque los pantalones tapan la parte celulítica más blanda y gelatinosa, la tela no puede ocultar el hecho de que mis muslos son gordos y flácidos.

Me imagino el cuerpo fibroso de Nerissa, la bailarina.

Siento un renovado entusiasmo por mi plan de adelgazamiento.

Yo también voy a hacer ejercicio. Todos los días.

Y beberé ocho vasos de agua al día.

Le doy un sorbito al vaso que tengo en la mano. Buen comienzo.

—Bueno, ¿y tú qué tal? —pregunta mi hermana.

Me dan ganas de hablarle de mi plan de automejora, pero antes de decidirme ella dice como si acabara de acordarse:

—Ah, Will se marcha pronto, ¿no?

—Se ha ido esta mañana.

—Estarás hecha polvo.

Eso es lo que tiene mi hermana. Que es como mi madre. O sea, pesimista. Yo tengo que luchar continuamente contra mi tendencia natural a ser del mismo modo.

Es que, con mamá y Mary Beth, el vaso está siempre medio vacío.

No es que este vaso en particular pueda estar medio lleno. La marcha de Will, quiero decir.

Pero en multitud de ocasiones mi hermana ha reaccionado negativamente a algo que me pasaba en vez de intentar animarme. Como cuando encontré este apartamento y se lo conté a Mary Beth. Su reacción no fue decirme que era genial que hubiera encontrado un piso que podía pagarme. Fue decirme que cómo se me ocurría pagar esa absurda cantidad de dinero por un piso que ni siquiera tiene una habitación separada.

Cualquiera pensaría que a estas alturas ya me habría acostumbrado a ella, pero la verdad es que me saca de quicio.

–Mira, tengo que colgar. He quedado con unos amigos para comer.

–¿Con qué amigos?

–Con Kate y Raphael.

Como si tuviera importancia. Ella no conoce a ninguno de mis amigos de Nueva York...

–¿Raphael no es el homosexual?

Yo estoy a punto de soltar una carcajada, no solo por la palabra, sino por la forma penosa, a lo Brookside, en que la dice, y por el modo en que pronuncia la «x» del final. Como si se le retorciera la lengua al pronunciarla.

–Sí –le digo–, ese es.

Noto que intenta hacerse la liberal.

–Bueno, pues que te diviertas, Trace. Ah, y tal vez deberías venir a casa el mes que viene, para el aniversario de papá y mamá. Estamos pensando en hacerles una fiesta. Cumplen treinta y cinco.

–No sé... No puedo pedir ni un día libre en el trabajo.

Todavía no me he ganado ningún día de vacaciones. No puedo pedir ninguno hasta que lleve seis meses en la empresa, pero Latisha dice a veces que, dependiendo del jefe, puedes conseguir alguno de tapadillo.

Con un poco de suerte, Jake dejará que me tome un fin de semana largo en algún momento. Fin de semana que pienso invertir en visitar a Will, no en volver a Brookside.

–Mira a ver si puedes, Trace. Aunque solo sea un fin de semana. No vienes a casa desde semana santa. Los niños te echan de menos.

–Lo intentaré –digo, sintiendo una traicionera oleada de morriña. Es porque ha mencionado a los niños, mis sobrinos. Su hijo Vince (Vincent Carmine Rizzo, junior, aunque gracias a Dios nadie lo llama así) tiene cuatro años. Nino tiene casi tres. Los dos tienen el pelo negro y rizado, los ojos grandes, oscuros y brillantes, y los cuerpecillos regordetes. Yo los adoro. Siempre están saltando encima de mí, pidiéndome que los saque por ahí y friéndome a besos y abrazos.

Si ahora estuvieran por aquí, no me sentiría tan triste por culpa de Will.

–A ver si puedes venir. Todos te echamos de menos –dice mi hermana.

–Lo intentaré –repito yo.

Colgamos. Bebo otro sorbo de agua. Todavía está caliente. Hago una mueca.

Luego llamo a Raphael.

Kate y él ya han hecho planes. Me informa de que vamos a comer los tres en un sitio nuevo de la calle Catorce con la avenida A, cerca de mi apartamento. Nos veremos allí a las doce y media. Justo antes de colgar, oigo una voz masculina de fondo. Al parecer, Raphael no ha pasado la noche solo. Cuelgo el aparato y, al acercarme a la cocina para ver cómo van los perritos calientes, me pregunto si llevará a su nuevo novio a la comida.

Pensar en la vida amorosa de Raphael me trae a la memoria una imagen de Buckley O'Hanlon.

Con ella me asalta de pronto la loca idea de que, si Will pasa de mí este verano, siempre puedo salir con Buckley.

Me paro de repente con la mano en el aire, encima del mango de la sartén.

Pero ¿qué estoy diciendo?

¡Will no va a pasar de mí!

Dios mío, eso es imposible.

Además, si alguna vez me dejara, yo no lo reemplazaría. No podría. Él y yo tenemos una historia...

Tenemos un futuro por delante, si todo sale como espero.

Sí, Buckley O'Hanlon es un tío encantador, y además disponible, que, casualmente, me ha besado.

Sí, puede que me sintiera atraída por él si no fuera por Will.

Pero Will forma parte de mi vida, y así seguirá siendo.

Me duele el corazón de solo pensar lo contrario.

Agarro el mango de la sartén, la meneo un poco, removiendo los perritos para que se doren por igual con la mantequilla. Luego los pongo en un plato, los embadurno con ketchup y mostaza y me los zampo.

Hasta diez minutos después, cuando estoy fregando el plato y la sartén, no se me ocurre pensar que tal vez los condimentos estén prohibidos en esta dieta. Debería haberlo comprobado antes de darme el gustazo.

Y, además, no debería haber comido tan pronto después del desayuno y faltando tan poco para mi comida con Raphael y Kate.

Pero, le digo a mi lado aguafiestas, ya estaba calentando las salchichas y, si las hubiera dejado para después, ya no estarían buenas.

Además, tenía hambre. Como siempre.

Me prometo a mí misma que solo tomaré un café mientras Kate y Raphael comen.

Pero cuando doblo la esquina de la avenida B con la calle Catorce Este poco más de una hora después, me doy cuenta de que tengo hambre otra vez. Pero, bueno, ¿qué pasa? Pensaba que comer muchas proteínas te quitaba el hambre, pero al parecer no es así.

Puede que la dieta proteínica no sea tan buena idea.

Kate ya está en el pequeño restaurante cuando entro. Está esperando junto a la puerta, leyendo los anuncios pegados a la pared. Lleva un vestido de lino amarillo pálido, sin mangas, unas sandalias a juego y el pelo rubio recogido hacia atrás con una pinza. Por la pinta que tiene, debería estar en una fiesta campestre en un jardín de Connecticut, en vez de en una tasca sin apenas luz y adornada con la típica decoración excéntrica del East Village.

Las paredes están pintadas de rojo oscuro, el suelo de rayas de cebra blanquinegras y salpicado de ocasionales manchones de color púrpura neón. Del techo cuelgan docenas de móviles hechos de cubiertos retorcidos que penden de hilos amarillos atados a perchas de alambre de las de toda la vida. Giran lentamente a la suave brisa de los ventiladores del techo, colgados a poca altura.

La barra se extiende a todo lo largo del local. El resto está ocupado por mesas redondas de plástico de aspecto sólido y sillas pintadas de colores psicodélicos.

El clon de Rob Lowe que atiende la barra nos indica que nos sentemos donde queramos.

Elegimos la mesa más cercana a la puerta, abierta de par en par. El local no tiene aire acondicionado, y los ventiladores no refrescan nada el ambiente.

Otras dos mesas están ocupadas. Por lo demás, el local está vacío.

—Bueno... ¿estás bien? —pregunta Kate con su denso acento sureño en cuanto nos sentamos. Su rostro perfectamente maquillado parece preocupado.

—¿Por qué? ¿No tengo buena cara?

—Pareces un poco... triste.

¿Tanto se me nota? Pensaba que parecía feliz y contenta. Al menos, eso pretendía.

—Bueno, sí, claro, estoy triste —agarro una carta plastificada de un montoncillo de ellas que hay entre el salero y el pimentero—. Will se fue hace solo unas horas. Pero me acostumbraré.

–Puede que hasta te venga bien estar sin él. Así podrás... podrás... –espero pacientemente a que se le ocurra algo, aunque sé que quiere que la saque del apuro–. Así podrás descubrir quién eres sin él –dice finalmente–. Explorar tu verdadero yo.

–Gracias por el consejo.

–Intento ser constructiva. Ya sabes, ver el lado bueno.

–No como mi hermana, que cuando hablé con ella hace un rato me dijo que debía de estar hecha polvo.

–¿Y lo estás?

Pues claro.

–¡Claro que no! –miro fijamente el menú–. *Hecha polvo* es una expresión muy fuerte. Una se queda hecha polvo cuando su marido la deja por otra. O cuando pierde un hijo. O el trabajo. O hasta cuando deja una relación. Pero Will y yo no hemos roto. Solo vamos a estar separados un par de meses.

Estoy hablando demasiado.

Ella asiente.

–Mira las mujeres de los militares –le digo con renovados bríos.

¡Socorro! ¡Que alguien me haga callar!

Pero no puedo. Sigo parloteando.

–Los militares se largan por ahí meses enteros. Se van al otro lado del mar, y en misiones peligrosas... Quiero decir que estaría hecha polvo si Will se largara al extranjero en una misión peligrosa, pero, por el amor de Dios, si solo va a hacer funciones de verano a trescientos kilómetros de aquí, si llega.

Kate asiente otra vez. Noto por su expresión que me tiene calada. La verdad es que, en este caso, el teatro municipal de ese sitio al que va bien podría estar tras las líneas enemigas.

Le digo a Kate:

–Según mis noticias, no hay campos de minas en North Mannfield.

No, pero hay actrices.

Actrices que compartirán casa con actores, la mayoría de los cuales (si es que las estadísticas del departamento de arte dramático de la Universidad de Brookside son ciertas) serán homosexuales. Aunque Will tenga intención de mantenerse fiel y célibe (de lo cual estoy segura), no va a resultarle fácil.

Ya me lo imagino: el único tío hetero de la casa, rodeado

de núbiles y descaradas ninfas. Una Isla de las Tentaciones para él solito. Entonces me doy cuenta de que Kate me está hablando.

Parpadeo.

—¿Qué?

—He dicho que por qué no te vienes a la casa de la playa conmigo el próximo sábado. Es el primer fin de semana que voy a ir.

—Puede que lo haga.

Sí, ya.

No lo digo en serio. La playa no es mi sitio predilecto. La última vez que me puse un traje de baño fue hace tres veranos. Me lo traje a Nueva York porque a Nueva York me traje todo lo que tenía, aunque nunca pensé ponérmelo aquí. Ni en ninguna otra parte.

Nunca jamás.

Kate está diciendo:

—Seguramente me tomaré el viernes libre y haré puente, pero tú puedes ir el sábado por la mañana. Será divertido.

Para mis adentros, pienso que ni muerta voy yo a la playa con alguien como ella, que parece recién salida de un anuncio de vacaciones en el Caribe. Kate es la típica rubia flaca que se pasea en biquini por la playa con las sandalias colgándole de la mano. Si me pongo a su lado, adiós vacaciones en el Caribe. De pronto, nos transformaríamos en uno de esos anuncios de productos adelgazantes que enseñan el Antes y el Después... de cuello para abajo. Ya sabes, esos en los que una beldad esbelta y sonriente asegura que, hace solo seis semanas, era un adefesio porcino y repugnante. Pero entonces empezó a tomar Nutriesvelt Extra Fuerte antes de cada comida, y ¡*voilà*!

Raphael entra como una exhalación mientras yo estudio el menú y escucho a Kate parlotear acerca de gente que está pagando casas en multipropiedad para los fines de semana.

Raphael lleva unas gafas de sol de diseño, una camiseta naranja sin mangas remetida en unos pantalones vaqueros cortados y muy ceñidos, alpargatas, y un bolso negro parecido al mío y al de Kate. No tendría una pinta de loca más fashion ni aunque se pintara las uñas de los pies. Por si acaso, miro debajo de la mesa para asegurarme de que no las lleva pintadas.

Nos abraza a las dos, se deja caer en la silla y dice, tapándose la boca con la mano:

—¿A que está buenísimo el camarero?

–Hay tres cosas ciertas en esta vida –dice Kate–. La muerte, los impuestos y la libido de Raphael.

–Si hace un poco más de calor aquí dentro, tendrá que quitarse la camiseta –reflexiona Raphael, enjugándose un goterón de sudor de la frente reluciente al tiempo que le lanza una mirada lujuriosa al desprevenido barman.

–Si hace más calor aquí dentro, la que va a quitarse la camiseta soy yo –le informo–. Y, créeme, no será una visión agradable.

–Hablando de visiones agradables, ¿Will se ha largado ya, Tracey? –pregunta Raphael.

A Kate se le escapa la risa al oírlo.

Yo la ignoro y le digo a Raphael que sí, que ya se ha ido.

–Y no me preguntes si estoy hecha polvo, ¿vale? Porque no lo estoy.

–Por supuesto que no. Tienes un aspecto fantástico.

–Hay cuatro cosas ciertas en esta vida –anuncio yo–. La muerte, los impuestos, la libido de Raphael y las trolas de Raphael.

–¡Tracey! Qué cosas dices. Te estaba haciendo un cumplido, y lo decía en serio –dice él en un tono que no parece en absoluto herido–. Bueno, ¿qué vamos a tomar? ¿*Bloodies*? ¿Mimosas? ¿O pasamos directamente a las drogas duras? En cuyo caso, yo me pido al camarero.

–Yo tomaré un Bloody Mary –digo yo.

–Yo, una mimosa –decide Kate.

–Yo lo mismo que tú, Tracey. Hoy me apetece algo picante. Como un Bloody Mary. O...

–El camarero –decimos Kate y yo al mismo tiempo.

Toco a Raphael en el brazo para que deje de mirar al objeto de sus veleidosos deseos y me haga caso.

–Raphael, ¿quién era ese hombre al que oí de fondo cuando te llamé esta mañana? Pensaba que todavía estabas loco por Buckley O'Hanlon.

–¿Quién es Buckley O'Hanlon? –pregunta Kate.

–¿No te acuerdas de él, Kate? ¿De mi fiesta de cumpleaños? Ah, claro, que tuviste ese problema con el bigote y tuviste que marcharte pronto.

–¡No era un problema con el bigote! –exclama Kate, indignada, y luego mira hacia atrás para asegurarse de que los dos hombres sentados en la mesa de al lado no la han oído. Uno lleva un turbante y el otro un tatuaje y parecen profundamente enfrascados en su conversación, que no discurre en inglés.

Raphael sigue hablando como si tal cosa.

–Buckley era ese tío bueno del jersey azul, el que vino con Joseph y Alexander. Está escribiendo el texto de su nuevo folleto. Kate, se suponía que Tracey iba a hacerme de celestina con él, pero en lugar de hacerlo se lo ligó.

–¡No es cierto! –grito yo. En un momento de debilidad, acabé contándole lo que había pasado realmente en nuestra «cita». Tonta de mí.

–Sí, sí es cierto, pero no te lo reprocho. No pudiste evitarlo.

–¿Te has acostado con ese tío? –pregunta Kate con incredulidad.

–¡No! Solo tuvimos una cita, pero yo no me di cuenta de que era una cita hasta que...

–Hasta que se besaron –dice Raphael, alborozado.

–Hasta que me besó. Pero yo entonces todavía creía que era gay.

–¿Y no lo es?

Raphael y yo decimos «Sí» y «No» respectivamente y al mismo tiempo.

–Raphael es incapaz de aceptar el hecho de que Buckley es hetero –le explico a Kate, lanzándole una mirada afilada a Raphael–. Todavía está intentando superar que John Timmerman tenga mujer e hijos.

John Timmerman es uno de los brokers de la empresa en la que los tres trabajamos el invierno pasado.

Raphael dice:

–¿Todavía sigues con eso? Te recuerdo, Tracey, que mi amigo Thomas vio a...

–Da igual –lo corto, porque no tengo ganas de oír esa sórdida historia otra vez–. El caso es que para Raphael todo el mundo es gay hasta que se demuestre lo contrario. Y yo, por mi parte, puedo demostrar que Buckley es hetero.

–Así que, ¿has besado a otro tío, Tracey? –dice Kate–. Guau, no puedo creer que no me lo hayáis contado.

–Es que no fue para tanto.

–¿Besaba bien?

–De maravilla –dice Raphael–. Con la saliva justa, pero sin demasiada lengua.

–¿Y tú cómo lo sabes? –pregunto yo.

–Me lo dijiste tú, Tracey.

–Raphael, yo nunca he dicho eso.

–¿Estás segura? Entonces debo de haberlo soñado –dice alegremente, agitando su carta–. ¿Qué vamos a tomar, además de alcohol? El Bloody Mary se me va a subir a la cabeza, no he comido nada desde ayer a mediodía... aparte de un pequeño tentempié a medianoche.

—Bueno, ¿quién era? —le pregunto a Raphael, porque por su tono procaz me consta que no está hablando de leche con galletas.

—Se llama Phillip. Es marino y está pasando en la ciudad la Semana de la Armada.

—La Semana de la Armada ya se ha acabado, Raphael —observa Kate.

—Puede que lo de que es marino sea mentira —dice Raphael encogiéndose de hombros—. Tenía cierto aire de profesor. Bueno, da igual, en cualquier caso la tortilla de aguacate tiene buena pinta —cierra la carta, junta las manos y nos mira.

—Yo voy a tomar lo mismo —dice Kate—. ¿Y tú, Tracey?

—Yo ya he desayunado —y comido—. Tomaré la ensalada de espinacas con guarnición ranchera baja en calorías.

Adiós a la dieta baja en hidratos de carbono. Ya he comido un montón de huevos y carne. Es demasiado tarde para librarme de los huevos revueltos con mantequilla y los perritos calientes, pero una no puede vivir solo de proteínas. Reducir los gramos de grasa es lo que importa.

«Nota mental: parar en Entenmann's a comprar productos libres de grasas de camino a casa».

La ensalada está deliciosa, y los dos Bloody Marys bajan que da gusto. Tanto que me encantaría pedir otro y conformarme un rato con ahogar mis penas en vodka, pero Kate y Raphael (que solo se han tomado una copa cada uno) dicen que no debería emborracharme tan pronto después de la marcha de Will.

—Resérvate para cuando estés realmente desesperada —me advierte Raphael.

—¿Os apetece salir a tomar una copa esta noche? —pregunto, animándome un poco. Cualquier cosa será mejor que quedarme sola en mi apartamento.

—Yo tengo una cita.

—¿Con Phillip?

—No, con Charles. Mi nuevo entrenador personal. Va a ayudarme a perfeccionar unos ejercicios.

Me vuelvo hacia Kate.

—¿Y tú? ¿También tienes planes esta noche?

—Tengo clase de salsa.

Ah, claro. Por alguna razón, Kate ha decidido que su

vida no estará completa hasta que sepa bailar el chachachá y la lambada, o lo que quiera que le enseñen en la Escuela de Baile Latino Enrique.

—¿Quieres venir conmigo? —me pregunta.

—No, gracias —digo apresuradamente. Ya ha intentando convencerme más de una vez. Pero yo agoté mi repertorio de baile latino cuando la Macarena estaba en pleno apogeo, muchísimas gracias.

—¿Y tú, Raphael? —dice ella.

—Kate, yo soy puertorriqueño, ¿recuerdas? No necesito clases. Nací bailando el mambo —levanta los brazos y menea exageradamente las caderas a beneficio del despistado camarero mientras salimos por la puerta.

El sol acaba de asomar por detrás de una nube. Resulta que Kate y Raphael tienen unas horas libres. Decidimos dar un paseo por Broadway y echarle un vistazo a algunas tiendas.

A media tarde, Raphael se ha comprado un traje nuevo para su cita de esta noche, y Kate se ha pasado una hora intentando decidir si prefiere un biquini rojo o uno azul, antes de decantarse por uno rosa.

«Nota mental: Jamás en la vida ir con Kate a su casa de la playa, bajo ninguna circunstancia».

«P.S.: Tirar mi único bañador a la basura en cuanto llegue a casa, para que nunca quepa la más mínima posibilidad de que me den ganas de ponérmelo».

En el Strand, compro un ejemplar usado de *Las uvas de la ira*. No sé por qué, nunca lo leí cuando estudiaba filología inglesa, y siempre pienso que debería haberlo hecho. Me digo a mí misma que me sentará bien. Como la dieta, el ahorro y la gimnasia.

Kate, Raphael y yo nos separamos tras detenernos a comprar un helado. Bueno, en realidad, el helado se lo compran ellos. Yo pido un sorbete de frambuesa. Temo que se me vayan los ojos tras sus chorreantes conos de chocolate de dos bolas, pero hace tanto calor que no me importa. Cualquier cosa dulce y helada sabe bien.

De vuelta en mi apartamento, reviso el contestador automático para ver si Will ha llamado (no lo ha hecho) y luego pongo mi horroroso ventilador portátil en la repisa de la ventana. Me tumbo delante de él para empezar a leer *Las uvas de la ira*. Joyce Carol Oates puede esperar.

Al principio, estoy concienciada.

Pero, poco a poco, me doy cuenta de que hay algo deprimente en todo esto.

No en el libro. Bueno, sí, no es que sea la obra de ficción más emocionante que he leído nunca. Nunca me ha gustado especialmente el estilo descriptivo de Steinbeck, y el habla paleta de los diálogos me está poniendo de los nervios.

Pero, más allá de mis reparos con Steinbeck, hay algo deprimente en el hecho de estar metida en casa un soleado domingo de verano, a cuatro pisos de altura, con una sola ventana, un filodendro mustio y un libro aburrido por toda compañía.

A estas horas, Will estará en algún sitio verde y boscoso. Me imagino una gran casa de campo, rodeada de árboles, con habitaciones encaladas, suelos de madera y alfombras gastadas. Puede que ya esté deshaciendo la maleta. Tal vez haya ido a explorar North Mannfield con sus compañeros de reparto. Tal vez sea como en mi visión de pesadilla y todos los hombres sean gays, salvo Will, y las mujeres sean todas unas ninfómanas con el cuerpo de Nerissa.

Apago el cigarrillo, cierro el libro, me levanto y me acerco, inquieta, a la ventana.

Los edificios altos proyectan su sombra sobre la calle, y no se ve ni un retazo de verde.

De pronto, me siento atrapada.

Noto mi corazón acelerado.

Aturdida, me aparto de la ventana.

Necesito aire, eso es lo que me pasa.

Necesito árboles. O hierba. O agua, aunque sea la del río East. Necesito sentir que esta ciudad, con sus torres de hormigón, sus hordas de desconocidos y su calor estancado no es un lugar tan extraño para pasar una hermosa tarde de verano.

Me pongo los deportivos, agarro las llaves y salgo precipitadamente. Me siento mejor en cuanto salgo. No sé qué me ha pasado allá arriba, pero mi corazón empieza a latir un poco más despacio mientras camino calle abajo, y ya no me siento aturdida, ni desorientada.

Vacilo un momento al llegar a la avenida antes de girar instintivamente hacia el centro y echar a andar en esa dirección.

No sé adónde voy, pero sé que, en este momento, quiero estar en cualquier parte menos en mi apartamento.

Llego al muelle de la calle South casi media horas después. Es un sitio turístico, la clase de lugar que cualquier auténtico neoyorquino evitaría a toda costa la tarde de un soleado fin de semana de junio.

Pero yo, por más que quiera considerarme una auténtica neoyorquina tras un año en la ciudad, no puedo evitar sentirme reconfortada por el mercantilismo vocinglero y la atmósfera descaradamente pintoresca de esta zona de la ciudad. Es como si hubiera salido de Manhattan y entrado en un parque temático sin previo aviso.

Odio admitir que aquí, entre la gente apelotonada con la cámara y el bolso a cuestas, vestida con colores chillones y cómodos zapatos (gente que parece recién salida de Brookside o, digamos, de Nebraska), me siento como en casa.

Disfruto de la visión de los barcos antiguos amarrados en el muelle, con su aire de Nueva Inglaterra, y de la sensación de las planchas de madera del embarcadero, desgastadas por la intemperie, bajo mis pies.

Y, por una vez, no me repele el halo de centro comercial suburbano del pabellón cubierto del puerto, con sus franquicias, su zona de comidas y sus escaleras mecánicas. Esto (todo esto) me recuerda el mundo que he dejado atrás, un mundo al que antaño creía pertenecer.

Hace mucho tiempo, antes de que Brookside se me quedara pequeño y pusiera mis ojos en Manhattan, el verano era nadar en lagos y piscinas de jardín, comer hamburguesas recién sacadas de la barbacoa y pasear sin rumbo en los coches de mis amigas, escuchando radio fórmulas.

No quiero volver a esa vida, pero de pronto tengo la impresión de que tampoco me siento del todo a gusto con la que ahora tengo. ¿Qué atractivo tiene vivir sola en un lúgubre apartamento de una sola habitación, en el corazón de una barriada de las afueras? ¿Y por qué hasta ahora no me había dado cuenta de lo poco satisfactorio que resulta?

Supongo que mi nueva vida no estaba tan mal cuando Will estaba aquí.

Pero ahora que se ha ido...

Un celestial olor a fritanga me atrae hacia un restaurante de comida rápida que vende pollo frito y aros de cebolla, entre otras guarrerías grasientas. Estoy a punto de pedir el menú especial con batido cuando vislumbro mi papada en el mostrador de cromo.

—Yo... tomaré... eh...

El chico de detrás de la máquina registradora está imbuido de la clásica impaciencia neoyorquina y me mira con expresión hostil mientras aguarda a que me decida.

—Una Coca-cola light —anunció triunfalmente.

Puedo hacerlo.

Puedo adelgazar.

Sorbiendo mi Coca-cola light (que tiene poco gas y demasiado hielo), emerjo de la zona de comidas y salgo a una explanada exterior. La gente pulula a mi alrededor, chupando helados de cucurucho y masticando patatas fritas con descuidada indiferencia.

Tras engullir el refresco de unos pocos tragos sedientos y tirarlo a una papelera rebosante, me acerco a la baranda para mirar el agua.

El río está salpicado de barcos y, si se ignora la sombra del puente de Brooklyn y el abigarrado paisaje urbano que se extiende más allá, casi puede uno olvidar que está en el corazón de esta enorme ciudad.

¿Qué demonios estoy haciendo aquí?

Will se ha ido y yo tengo un trabajo de mala muerte y un apartamento apestoso. ¿Es esta la clase de vida que imaginaba cuando me mudé a Nueva York? Podría tener una vida mejor en cualquier parte.

Incluso en Brookside.

Brookside, donde mi familia vigilaría todos mis movimientos, preguntándose cuándo voy a sentar la cabeza y casarme. Donde no hay trabajos interesantes ni gente creativa, donde conozco a todo el mundo y he hecho todo lo que puede hacerse por lo menos doscientas veces y visto todo cuanto puede verse...

No.

Puede que, en este momento, no esté convencida de querer quedarme aquí, pero definitivamente no quiero volver allí.

Así que, hasta que averigüe qué quiero hacer con mi vida, esto es lo que hay.

Mi vida está aquí, en Nueva York, y será mejor que empiece a sacarle partido.

Me aparto de la barandilla y me dirijo a las escaleras mecánicas con renovada determinación, aunque se me hace la boca agua al pasar delante de la pizzería, con su penetrante aroma a tomate y orégano.

Vuelvo a toda prisa hacia la parte alta de la ciudad, y el aire húmedo me llena la frente de sudor.

Cuando paso junto a un banco libre al borde del parque de Thompkins Square, y noto que las piernas doloridas me suplican que me pare a descansar, lo entiendo por fin: ¡estoy haciendo ejercicio! Miradme...

Estoy entrenándome sin premeditación.

Me maravilla el hecho de que esta larga caminata mía sea una forma de hacer ejercicio y de que, además, sea interesante y gratis (salvo por la Coca-cola light).

Me permito mirar unos cuantos escaparates para refrescarme un poco. Delante de una cavernosa tienda de muebles hay grandes cárteles que dicen: *Gran Inauguración*. Examino los escaparates, admirando en particular una enorme cama de roble. Es la clase de cama en la que puede pasarse el día entero; la clase de cama que reclama montones y montones de almohadas y un gran edredón.

Cuando vuelvo a mi apartamento, miro a mi alrededor intentando descubrir cómo puedo hacerlo más soportable.

Tal vez ayudaría tener una cama de verdad, como la del escaparate, en vez de un feo futón sin colcha.

Pero esto es solo temporal, me digo. Todo ello. El futón y el apartamento. No voy a vivir aquí para siempre, aunque me quede en Nueva York.

Por ahora, voy a seguir haciendo ejercicio y llevando mi dieta baja en grasas. Voy a adelgazar y a ahorrar algún dinero. Y, cuando Will vuelva en septiembre, nos iremos a vivir juntos.

Noto que la lucecita de mi contestador automático parpadea.

Me da un vuelco el corazón.

Hay un mensaje.

Pero mi corazón acrobático hace plof.

No es de Will.

Es de Brenda, diciéndome que tiene la receta de la sopa de repollo y que me la llevará mañana al trabajo.

—Llámame si te sientes sola y te apetece hablar —dice antes de colgar.

Me siento sola.

Pero no me apetece hablar.

Por lo menos con Brenda, que está a punto de casarse con el hombre de sus sueños.

La única persona con la que quiero hablar es Will, y no tengo modo de encontrarlo. Solo de pensarlo, me da miedo. Él está completamente fuera de mi alcance, en otro mundo, y no hay nada que pueda hacer para traerlo de nuevo a mi vida, aunque sea temporalmente.

Ahora, la pelota está en su cancha. Él decidirá cuándo hablaremos otra vez.

Pero me estoy dejando llevar por el pánico.

Naturalmente, no tardará mucho en llamarme. Me lo ha prometido. Y, además, seguro que me echa de menos.

Sí, pero no tanto como yo a él.

Lleva menos de veinticuatro horas fuera y ya he llegado a la conclusión filosófica de que es infinitamente más duro ser el que se queda atrás, en el sitio de siempre, que el que se va a un sitio nuevo y desconocido. Ello se debe a que el sitio de siempre está lleno de recuerdos, lleno de huecos que la otra persona solía llenar, mientras que el sitio nuevo está ostensiblemente lleno de experiencias nuevas que descubrir, detalles pintorescos que contemplar y gente a la que conocer.

Intento imaginarme qué pasaría si Will se hubiera quedado atrás y yo me hubiera ido.

Por alguna razón, no creo que él se encontrara en mi situación. La verdad es que no me lo imagino languideciendo por mí aquí, en Nueva York.

Y tampoco me veo a mí misma emprendiendo alegremente una nueva aventura en solitario sin mirar constantemente hacia atrás.

Lo cual es un descubrimiento inquietante.

Prefiero no pararme a pensar en el significado de esta revelación. En lugar de hacerlo, agarro unos cuantos dólares y me voy al súper a comprar un delicioso repollo. Una dieta por descubrir es la única aventura en solitario que soy capaz de afrontar en este momento.

Nueve

Will se fue hace casi una semana.

Yo he perdido casi cuatro kilos.

Sí, en serio.

Cuatro kilos.

Tras pasar de la dieta proteínica a la dieta libre de grasas y, de esta, a la dieta del repollo, decidí hacerlo al viejo estilo: comer menos, reducir calorías y hacer ejercicio.

Me he puesto como límite unas mil calorías al día. Lo raro es que no me estoy muriendo de hambre. Bueno, sí, de vez en cuando me entra el apetito, pero bebo muchísima agua. Además, supongo que he procurado mantenerme tan ocupada que no he tenido tiempo de obsesionarme con lo que iba a tomar en la comida siguiente, como hacía antes.

Esta semana, después del trabajo, he ido dos días andando hasta el puerto y he vuelto. El resto de los días he tenido que quedarme hasta tarde en la oficina para ayudar a Jake a preparar una presentación. Esas noches, he recorrido andando las cuarenta y tantas manzanas que hay hasta mi casa. Así no solo he quemado calorías, sino que además me he ahorrado el dinero del metro.

Sí, bueno, solo son tres pavos. Pero, aún así, he puesto el dinero en un frasco de Prego vacío sobre el fregadero. Pienso abrir una cuenta de ahorros en cuanto tenga suficiente dinero para que el del banco no se ría de mí en mi cara. Al ritmo de tres dólares por semana, tardaré un poco, pero confío en que Milos me llame para trabajar de camarera en algún momento. Si no, tal vez pueda encontrar un trabajo de fin de semana cuidando niños o paseando perros o algo así.

Ahora es sábado por la mañana y voy en un autobús camino de Long Island. Pero no en un autobús cualquiera, sino en un Hampton Jitney que he tomado en la calle Cuarenta Este, junto a Lex. Se anuncia como lo último en autocares de largo recorrido, con bar a bordo, asientos reclinables y luces de lectura. Todo lo cual me ha costado casi cincuenta pavos, ida y vuelta.

Adiós a la cuenta de ahorros.

Adiós a mi voto de no ponerme jamás un bañador.

Kate lleva toda la semana suplicándome que vaya a su casa de la playa, y la verdad es que no me apetece nada. No estoy precisamente ansiosa por ponerme el viejo bañador que he rescatado del fondo del cajón de los calcetines. Pero la idea de pasarme otro fin de semana sola en mi apartamento con *Las uvas de la ira* y un teléfono mudo es incentivo más que suficiente para guardar el dichoso bañador en la bolsa de viaje y montarme en el Jitney.

Will llamó por fin el martes por la noche y me dejó un mensaje mientras yo hacía una de mis caminatas hasta el puerto. Me enfadé muchísimo cuando volví a casa y vi que me había perdido su llamada, a pesar de que decía que volvería a llamarme más tarde.

Supongo que no creía que fuera hacerlo, pero lo hizo. Llamó a medianoche, cuando yo estaba dando cabezadas en el futón, delante del programa de David Letterman.

Le quité el volumen al televisor. Pero, mientras hablábamos, oía voces de fondo. Voces altas. A Will no parecían molestarlo. En realidad, se puso un par de veces a hablar con quien fuera (una horda de compañeros de reparto, parecía).

Yo procuré no ponerme celosa, sobre todo cuando, en cierto momento, tapó el teléfono con la mano para hablar con alguien en voz baja. Mientras miraba fijamente la televisión, viendo a David Letterman entregarle en silencio un jamón enlatado a un miembro del público, calvo y exuberante, vestido con un impermeable azul turquesa, oí la risa histérica de una chica antes de que Will volviera a ponerse.

–¿Quién es esa? –pregunté, intentando hacerme la indiferente.

–Es Esme. Está como una cabra.

Lo dijo con admiración.

Sé que parece una locura, pero en ese momento deseé más que nada en el mundo que a mí también me considerara loca como una cabra. De pronto, me encontré preguntándome qué le habría dicho a sus compañeros sobre mí, su novia. Intenté imaginármelo diciendo: «Se llama Tracey y está como una cabra», pero, no sé, no me sonó tan halagüeño como cuando lo dijo de la enigmática Esme.

Además, deseé que mi nombre fuera misterioso, raro, exótico, como *Esme*. Yo me llamo Tracey porque mi madre era en aquellos tiempos una gran admiradora de la Familia Partridge y su personaje favorito era la hija menor, Tracy, la que tocaba la pandereta y no decía esta boca es mía. ¿Menuda inspiración, eh? Mamá, encantadora ella, le añadió al nombre una «e».

En cualquier caso, mientras Will y yo hablábamos de otras cosas, me descubrí conjurando mentalmente a la alocada Esme: una morenita segura de sí misma, esbelta como un junco, con un sentido del humor obsceno y cierta afición por las bromas pesadas. Quise sonsacarle algo más a Will sobre ella, pero solo la había mencionado de pasada y porque yo se lo había preguntado. Y no quería convertirme en el cliché de la novia a larga distancia, celosa y pelmaza.

Y, sin embargo, en eso es exactamente en lo que me he convertido.

Will me dijo que ya habían elegido el reparto del primer espectáculo. Era *West Side Story* y él hacía de Shark.

Creo que estaba desilusionado por no haber conseguido un papel protagonista, aunque se apresuró a decir:

—De todos modos, mi voz no le va bien a Tony.

—¡Pues claro que le va bien! —protesté yo lealmente.

Parecía irritado conmigo cuando me dijo que iban a hacer una función distinta cada semana, y que la dirección del teatro les había prometido que todos harían algún papel protagonista tarde o temprano.

—Bueno, pues, cuando te toque a ti, yo estaré en primera fila, Will.

No sé por qué, pero por el murmullo con el que me contestó adiviné que aquella tampoco era la respuesta acertada.

Parecía distraído y no hablamos mucho tiempo. Dijo que había gente esperando para usar el teléfono, y que volvería a llamarme después del fin de semana. El estreno es el sábado por la noche (es decir, hoy) y después la compañía celebra una fiesta. El domingo hay matiné y función de noche. El lunes, cierra el teatro, igual que en Broadway, así que supongo que me llamará entonces.

Así que aquí estoy, una soleada mañana de sábado, montada en un flamante autobús junto con otros manhattanenses entraditos en carnes, camino de la playa. A bordo hay algunos tíos tipo Wall Street bastante guapos, montones de grupitos de chicas del Upper East Side enfundadas en lino y gays pertrechados con bolsas llenas de botellas de vino francés, albahaca fresca y queso de cabra.

Me he tomado un mosto para desayunar antes de salir de casa, pero ya estoy muerta de hambre. El chicle sin azúcar no me sirve de nada. Un cigarro me vendría bien, pero no se puede fumar en el autobús, así que tendré que contentarme con el Trident hasta que lleguemos a nuestro destino.

Me he traído *Las uvas de la ira*, *El Gran Gatsby* y los últimos números de la revista *Ella*, cortesía de Raphael. Antes estaba suscrita, pero desde que Raphael trabaja allí me da todos los números por la cara, así que dejé que mi suscripción expirara.

Al fin me decido por *Ella* y una entrevista con Kate Hudson acerca de las tribulaciones de los Joad. Me reservaré la descripción de su viaje hacia el oeste para cuando vuelva a Manhattan mañana por la noche.

Nunca he estado en Long Island y, a juzgar por mis ocasionales miradas por la ventanilla, se trata de una inmensa autopista de cemento salpicada de centros comerciales y zonas de servicio.

Sin embargo, el paisaje se va volviendo paulatinamente más rústico y discurre entre pinares hasta volverse del todo marítimo cuando el autobús se detiene en West Hampton, a las diez y media.

Kate está esperándome, vestida con pantalones cortos, camiseta ajustada y los delatores tirantes rosas del biquini sobresaliéndole por el cuello. Va con un tío al que no he visto nunca.

Me da un gran abrazo, como si no nos hubiéramos visto en meses. Pero a estas alturas conozco a Kate lo suficiente como para saber que no está fingiendo. Es simplemente su expansivo modo de ser sureño.

Me suelta y me indica al chico.

—Tracey, este es Billy. Billy, Tracey.

Al parecer, las presentaciones van a limitarse al nombre de pila, como si fuéramos invitados recién llegados a uno de esos *reality shows* de la tele.

Billy me sonríe y dice hola, pero con escaso entusiasmo.

O puede que sea mi propia inseguridad. ¿Qué esperaba, que me achuchara igual que Kate?

Me pregunto quién será, pero Kate no da ninguna explicación mientras atravesamos el aparcamiento.

Enciendo un cigarro y adivino que Billy no fuma cuando me mira como si acabara de inyectarme cocaína en vena.

Lleva unas Timberland sin calcetines, unos chinos cortos y una camisa Ralph Lauren un tanto arrugada, con las mangas enrolladas y los faldones colgando. Por alguna razón, a él el rosa no le hace parecer afeminado. En él, hasta su nombre parece masculino. Es curioso, ¿no?, que *William* pueda resultar decididamente amariconado, y *Billy*, en cambio, suene a machote.

Está claro que hace deporte y que es un chico fuerte, a juzgar por la facilidad con que lleva mi bolsa atiborrada colgada del hombro.

Tiene el pelo rubio, mechado por el sol (sí, así como lo digo: mechado por el sol, en Nueva York, y en junio) y un bronceado de aspecto saludable. Ambas cosas parecen naturales, pero, claro, también lo parece el pelo de Kate y su bronceado... y sus ojos azules. Así que nunca se sabe. La verdad es que Kate lleva el pelo oxigenado y los ojos teñidos de azul por lentes de contacto, y da la casualidad de que sé que su moreno tono miel procede de un botecito de crema increíblemente caro que se compró la semana pasada. A Kate no le gusta exponer al sol su delicado cutis Delacroix.

Resulta que Billy ha traído a Kate al pueblo a recogerme, y que es uno de sus compañeros de casa. Se conocieron anoche, pero ya parecen muy amigos.

Me entero de que Billy vive en el Upper East Side y trabaja en Wall Street. Sorpresa, sorpresa.

Muy propio de Kate, alquilar una casa en la playa con un tío con esa pinta.

Sintiéndome de nuevo en un *reality show*, lo miro e imagino sus datos personales sobreimpresos en la pantalla del televisor: *Billy, 24, Agente de Bolsa, Nueva York.*

Su coche es todavía más impresionante que él: un BMW negro descapotable.

Mientras nos acercamos a él, Billy me lanza una mirada por detrás de sus Ray-Ban. Captando la indirecta, yo me apresuro a apagar el cigarro antes de que me lo pida. Como si se me fuera a ocurrir fumar en el coche de alguien... aunque sea descapotable. Vamos, que no soy tan lerda.

Alimento mi cuerpo privado de comida y de nicotina con otro Trident mientras Kate me ofrece el asiento delantero. Por supuesto, declino la invitación.

Así que aquí estoy, encaramada en mitad del asiento de

107

atrás, inclinándome hacia delante como una niña de cuatro años intentando captar la conversación de sus padres, mientras recorremos las bonitas calles obstruidas por el tráfico, bordeadas de árboles de esta ciudad anticuada y decididamente pija, y, dejando atrás casas de aspecto curtido, encaramadas sobre pilotes en las dunas cubiertas de hierba, salimos a la autopista.

Hoy el cielo es de un azul claro y profundo. Y también el agua, en la distancia. Y también (me apuesto algo) los ojos de Billy tras esas gafas de estrella de cine que lleva puestas.

La radio va farfullando, Kate y Billy charlan en el asiento delantero y el aire cálido nos azota, así que cada vez que abro la boca para decir algo se me pegan los pelos al chicle. Tengo ganas de tirar el chicle por la borda, pero, no sé por qué, me da la impresión de que Billy no lo aprobaría, si me pillara.

Por fin giramos hacia una callejuela estrecha y arenosa y paramos delante de una casa de dos pisos, cuadrada y moderna. Bueno, en realidad paramos detrás de la casa; Kate se apresura a informarme de que la parte delantera da al mar. Eso explica el aspecto desangelado que tiene todo desde este ángulo. Sabiendo lo que paga por el alquiler compartido de la casa, esperaba algo mucho más extravagante.

Billy sube los escalones llevando amablemente mi bolsa y la deposita junto a la puerta, se vuelve y nos informa de que nos veremos más tarde.

—¿Adónde va? —le pregunto a Kate, oyendo arrancar su coche en la calle.

—No tengo ni idea —parece desilusionada, y me doy cuenta de que Billy le gusta.

Lo cual no debería sorprenderme. Billy es justamente el tipo de Kate: blanco, anglosajón, protestante, guapo y rico.

Kate admite libremente que no vive en Manhattan para labrarse una carrera. Ni siquiera para empaparse de cultura (aunque se licenció en historia del arte por la Universidad de Alabama). Lo que espera es encontrar cierto tipo de marido. Un tipo de marido muy parecido a Billy.

Por eso sigue trabajando como empleada temporal en una oficina. Es el mejor modo de conocer a tíos de Wall Street. Está claro que no necesita el sueldo irrisorio que le pagan, porque sus padres le pagan el alquiler y todos los gastos, y hasta depositan «dinero de bolsillo» en su cuenta semanalmente.

He visto fotos de su casa en Mobile, y parece Tara, la de *Lo que el viento se llevó*. Lo juro por Dios: es una de esas enormes y antiguas plantaciones sureñas con columnas blancas, una glorieta circular y altísimos árboles recubiertos de musgo.

Kate tiene dos hermanas mayores. Al parecer, viven en Mobile, en sus propias mansiones de plantación, con sus propios y adinerados maridos oriundos de Alabama.

Pero Kate dice que a ella nunca le han gustado los hombres del sur. Su novio de la universidad era un neoyorquino que, según parece, le hizo probar las mieles de la vida de la alta sociedad de Manhattan que ella tanto anhela.

Conociendo a Kate, supongo que esperaba algo más de su casa en los Hamptons: puede que porcelana china, cristal y candelabros. Pero, al ver la amplia cocina-cuarto de estar en la que estamos, me sorprende su falta de elegancia. El mobiliario es estrictamente funcional, todo él beige y rectangular, como la casa misma. El sitio parece vacío, pero hay evidencias de que está habitado: botellas de refrescos vacías y un ejemplar del *Times* de hoy en la mesita baja; una fragante cafetera medio llena en la encimera; varios pares de zapatos esparcidos sobre una estera, junto a la puerta. De fondo se oye un estéreo: música hip-hop (no precisamente mi favorita).

Al otro lado de la habitación hay unas puertas correderas de cristal que dan a una amplia terraza con el suelo de tarima. Más allá están las dunas y, presumiblemente, la playa.

–Bueno, ¿qué te parece? –pregunta Kate, expectante.

–Es bonita.

–No, mujer, la casa no –dice ella, como si fuera obvio–. Billy.

–Ah, Billy. Es majo.

Su expresión decepcionada, expectante, parece decir: *¿Nada más?* Así que intento pensar en otro adjetivo. Aparte de *arrogante*, claro.

–También es guapo –digo apresuradamente–. Muy guapo.

–Sí, es guapísimo –dice Kate al instante.

–¿Qué hay entre vosotros?

–¿Cómo sabes que hay algo entre nosotros?

–Porque soy adivina, ¿por qué va a ser? –ella sonríe–. Bueno, ¿qué está pasando entre vosotros, Kate?

–Anoche nos enrollamos. Salimos todos a tomar algo a un bar y... bueno, ya sabes. No es que al volver aquí tuviéramos mucha intimidad. Somos tres en la habitación, y hay doce personas en la casa... Trece, contigo. Así que, ya sabes, en realidad no... hicimos muchos progresos –dice con cierta inseguridad.

–O sea, que no follasteis.

–¡Por supuesto que no! Acabo de conocerlo, Tracey –su acento sureño es más pronunciado que de costumbre, lo cual siempre ocurre cuando se esfuerza por hacerse la ofendida o la señoritinga.

Pero da la casualidad de que yo sé que se acostó con su último ligue, un bostoniano de sangre azul que estaba visitando Nueva York antes de irse a una universidad de la costa oeste, la noche que lo conoció durante la *happy hour* de un bar de vinos de la Cuarenta Este.

Pero, en fin, si le da por hacerse la virtuosa, ¿quién soy yo para estallarle la burbuja?

–¿Qué tal por aquí? ¿Te gusta este sitio? –le pregunto mientras me enseña el camino, subiendo una escalera y bajando un pasillo, hasta la habitación que vamos a compartir con otras dos chicas. Voy arrastrando mi bolsa peldaño a peldaño. Zum, zum, zum. Pesa una tonelada.

–Me encanta. Es genial –dice Kate y, parándose, mira hacia atrás–. Pero ¿qué llevas ahí dentro? ¿Ladrillos?

–Solo unos pantalones cortos y el bañador –le digo inocentemente.

La verdad es que, como no sé qué se pone la gente para salir en los Hamptons, también he traído varios atuendos potenciales para esta noche.

Además (por si acaso, de alguna manera, acabo *Las uvas de la ira*), me he traído también una edición de tapa dura de *El gran Gastby*. Sí, ya sé que está ambientada en la Costa Norte y no en los Hamptons, pero me parecía una elección literaria lógica para un fin de semana en Long Island.

Maquillaje, bronceador, champú, acondicionador y secador de pelo.

Deportivas, sandalias y dos pares de zapatos negros, uno de vestir y otro no.

Ah, y un paquete de seis botes de refresco de té a la frambuesa bajo en calorías, por si acaso no había ninguno a mano y me daba la tentación de tomarme algo más calórico.

–El verano que viene, pagaré por el mes entero –dice Kate mientras recorremos el pasillo dejando atrás varias puertas cerradas–. Es un fastidio no poder venir todos los fines de semana. Pero estamos intentando organizarnos para que algunos podamos venir los fines de semana que tengamos libres si no nos importa dormir en el suelo del cuarto de estar.

—¿Tú, dormir en el suelo?

—Sí, ya sé que parece un poco incómodo, ¿no? —me mira levantando una ceja perfectamente arqueada–. Pero Billy ha pagado todo el mes, lo cual significa que tiene cama todos los fines de semana, y nunca se sabe, Tracey.

—Pero, Kate, ¡si os acabáis de conocer! —digo haciendo una perfecta imitación de su acento.

—Sí, pero tenemos todo el verano por delante, ya sabes lo que quiero decir —sonríe y abre la puerta de nuestra habitación.

Las dos camas pequeñas están sin hacer. La grande está pulcramente hecha y cubierta con un edredón Laura Ashley de florecitas verdes y rosas que reconozco al instante.

—Esa tiene que ser la tuya —digo, acercándome y sentándome en el borde de la cama–. No sabía que había que traerse la ropa de cama.

—No, qué va, pero yo no puedo dormir sin mi edredón.

—¿Y vas a traértelo y a llevártelo todos los fines de semana?

—Un fin de semana sí y otro no —me corrige ella–. Pero no, no voy a hacerlo. Me he comprado uno nuevo para el apartamento.

Tanto derroche me deja pasmada. Típico de Kate.

—¿Y qué vas a hacer con dos edredones idénticos cuando acabe el verano? —le pregunto.

—Puedo regalarte uno a ti —me dice.

—¿Para qué? Mi futón no es tan grande.

—Puede que para entonces ya tengas una cama de niña grande —dice burlona, en tono de mamá.

—Mmm.

Lo que ella no sabe es que, después del verano, me mudaré a una casa nueva con Will.

Bueno, sí, no es que esté obsesionada con ese asunto, pero, afrontémoslo, es el paso lógico. Porque, ¿cuánto tiempo puede vivir una pareja comprometida y seria en dos estudios separados, yo en una peligrosa barriada de las afueras y él con una peligrosa (solo en el sentido de *tentadora*) compañera de piso?

—El baño está ahí —dice Kate, señalando una puerta contigua–. ¿Por qué no te cambias y bajamos a la playa?

El momento de la verdad.

Sabía que iba a llegar, pero, ahora que está aquí, me siento tan desprevenida como si acabara de decirme que conduzca el coche de la huida mientras ella atraca un banco.

Pero el sol brilla radiante y el océano está a unos pocos metros de distancia, y lo único que puedo decir es:

–Claro, enseguida estoy lista.

Después de todo, he perdido cuatro quilos. Puede que no esté tan mal (yo en bañador, quiero decir).

Kate se pone delante del espejo de la puerta del armario, se desata la coleta y comienza a cepillarse el pelo.

Yo me pongo a arrastrar mi bolsa hacia el cuarto de baño.

–¿Por qué no sacas aquí el bañador? –pregunta Kate con la boca llena de horquillas.

–Oh, porque tengo que cavar para encontrarlo. Está enterrado. Además, tengo que buscar algo que ponerme encima.

Algo que ponerme encima. Solo una sábana bajera me serviría pero, por desgracia, no me he traído ninguna.

Lo más parecido que tengo es una camiseta ancha de color caqui descolorido que parecía sentarme bien cuando me la compré en Eddy Bauer el verano pasado, pero que ahora (por lo menos a la luz amarillenta de encima del lavabo del cuarto de baño sin ventana) me hace parecer aún más fofa y blanca de lo que estoy.

Pero por lo menos esconde mi espantoso bañador negro, diseñado para «figuras redondeadas», con una raya púrpura brillante debajo del estómago que, supuestamente, crea una ilusión óptica y adelgaza la cintura. Se supone que las perneras altas también hacen lo mismo por mis muslos. Cómo no tengo ni idea, dado que el sentido común indica que, si se quiere camuflar algo, se enseña menos, no más. Mis muslos llenos de hoyuelos aparecen desnudos en todo su esplendor, temblequeando por debajo de mi tripa, que parece desafiar los límites que le impone ese tejido que tan deliciosamente recuerda a una faja, o lo que fuera que me dijera la dependienta que me vendió el bañador.

En el cuarto de baño no hay espejo de cuerpo entero, lo cual no sé si considerar una bendición o una maldición. No tengo ni idea de cómo me queda esta cosa.

Bueno, sí que la tengo. De ahí la camiseta verde tienda de campaña. Me pongo un par de pantalones cortos, por si acaso, y unas sandalias: unas Teyvas negras más apropiadas para andar por el desierto que por este pueblo playero tan sumamente pijo.

Emerjo del cuarto de baño y veo que Kate está de pie, esperándome, con un lindo vestidito corto de tela de toalla. Sus piernas desnudas y sus pies están uniformemente bronceados y lleva las uñas de los pies pintadas de un rosa que combina a la perfección con su nuevo biquini. Es la perfecta californiana del sur: rubia, guapa y bronceada, desde el pelo revuelto y aclarado por el sol, que lleva recogido en lo alto de la cabeza, hasta la pulserita de oro que luce atada alrededor del esbelto tobillo.

La tobillera es lo que me mata. Es tan bonita y tan sexy... Y le queda tan bien a Kate... Y Kate queda tan bien con ese traje y en este sitio...

Lo primero que pienso es que daría cualquier cosa por ser ella.

Lo segundo es *Gracias a Dios, Will no está aquí.*

No quisiera que me viera con este aspecto.

Ni que viera a Kate con *ese* aspecto.

Lo más gracioso de todo es que Kate ni siquiera encuentra atractivo a Will, y bien sabe Dios que, en caso contrario, tampoco haría nada al respecto.

Pero a mí no me cabe ninguna duda de que Will sí encontraría atractiva a esta Kate playera y medio desnuda. Cualquier hombre con sangre en las venas la encontraría atractiva. A su lado, parezco absolutamente fuera de lugar.

La última pizca de orgullo que me quedaba por haber perdido cuatro kilos me abandona, sustituida por una completa desesperación.

—¿Lista? —pregunta Kate alegremente, recogiendo una bolsa playera de paja tan adecuada para la ocasión como su atuendo y su... Bueno, como ella en general.

En este momento, me resulta difícil no odiarla. Muy, pero que muy difícil.

Y más difícil aún resulta no odiarme a mí misma.

Nos llevamos un par de sillas plegables de la terraza. Mientras bajamos por el caminito de arena que lleva a la amplia explanada de la playa, me recuerdo que ya estoy haciendo progresos hacia mi objetivo. A esta alturas, el año que viene, yo también seré una diosa.

Pero pensarlo no me sirve de nada.

Por una parte, porque no estoy convencida de que pueda alcanzar la condición de diosa a base de ejercicio y dieta.

Por otra, porque quiero estar guapa ahora, no el año que viene, ni el otoño que viene, ni el mes que viene.

–Ahí están todos –dice Kate, señalando a un grupo de gente delante de nosotras.

–¿Todos? ¿Qué todos?

–Mis compañeros de casa. Vamos, te los presentaré.

No puedo hacer nada más que acercarme a esa media docena (más o menos) de personas tan atractivas como Kate. Bueno, no todas. Hay un chico, Kenny, con cara de comadreja, gafas, el pelo negro y rizado como una escarola y el cuerpo como un saco de patatas. Pero comparte la toalla con Shelby, una pelirroja guapísima que resulta ser su novia. Kenny, por su parte, resulta ser asquerosamente rico.

Kenny no se aloja en la casa de la playa, sino en la casa de sus padres, en South Hampton. Y Shelby también. Pero han venido a pasar el día con Lucy y Amelia, amigas de Shelby. Lucy vive en el mismo edificio que Kate, y así es como Kate conoció a toda esta panda.

Lucy es tan guapa y delgada como Kate y Shelby, pero veo aliviada que Amelia tiene pinta de ponerse hasta las cejas de patatas fritas y cerveza, cosas ambas que tiene en las manos mientras permanece echada en su tumbona, al parecer sin sentirse incómoda por tener la celulitis al aire delante de estas beldades en bañador y de Chad y Ray, dos tíos buenos, compañeros de casa de Kate, que prácticamente babean por todas, menos por Amelia y por mí.

Yo me siento en mi tumbona mirando al mar, con las rodillas dobladas porque la parte superior de mis muslos parece menos flácida en esa posición. Me niego a quitarme la camiseta y le digo a todo el mundo que he olvidado la crema bronceadora y que me da miedo quemarme.

–Usa la mía –dice Kate alegremente, tirándome un bote de Clinique Factor 30.

–Es que da la casualidad de que esta me da alergia –le digo yo.

–A nadie le da alergia una crema Clinique, Tracey.

¿Ah, no?

–A mí sí –miento–. Tengo que usar una crema especial. Me la recetó el dermatólogo. Tengo una piel ultrasensible.

–Yo también –dice Kate con el ceño fruncido–. Y nunca he oído que...

–De verdad, Kate, no importa –digo, lanzándole una mirada llena de intención.

Parece que por fin se da cuenta, porque cierra la boca.

Durante un rato, nos quedamos todos allí sentados, hablando y bebiendo cerveza, y yo me voy relajando. Pero el sol está justo encima de nuestras cabezas, y empiezo a sudar profusamente, enfundada en mi camiseta.

Billy aparece con una nevera portátil y un par de tíos más, Randy y Wade. En cuanto llega, Kate me abandona. Me enfadaría de no ser por Amalia, que resulta ser muy simpática y nada pija, a diferencia de Lucy y de los demás.

Me maravilla que pueda estar allí sentada, con su bañador amarillo chillón y sus buenos veinte kilos de más, sin que parezca importarle un bledo su aspecto, ni lo que come. Se ha zampado media lata de Pringles (de las más grasientas) y por lo menos tres cervezas.

Además, reconoce que no sabe nadar, de lo cual me alegro, porque así no tengo que quedarme aquí sentada, sola, mientras todo el mundo se va al agua.

–¿Tú tampoco sabes nadar? –me pregunta, dándose loción con olor a coco en los brazos gordinflones y llenos de pecas.

–No mucho –miento–. Además, en esta época del año el agua está muy fría –me enjugo un goterón de sudor de la frente.

–Pues parece que a ellos no los molesta –dice, señalando el grupo que chapotea en el agua. Oigo chillar a Kate mientras Billy intenta hacerle una aguadilla.

Decido que Billy no me gusta. Es demasiado chulo.

–Menudo imbécil –dice Amelia, y pienso que está hablando de Billy hasta que veo que señala a Wade.

–¿De veras? ¿Por qué? ¿Qué pasa? –miro al tío de pelo negro y mandíbula cuadrada. Es guapo, pero más bajo que yo. Parecía muy calladito cuando estaba aquí sentado.

–Es un capullo. Cuando se emborracha, intenta tirarse a todo lo que se mueve. El verano pasado cometí la estupidez de dejarme engañar por su cara bonita, pero no volveré a hacerlo. Mantente alejada de él, Tracey. Hazme caso.

–Oh, yo tengo novio –le digo.

–¿Ah, sí?

Le hablo de Will.

–Yo una vez salí con un actor –dice ella–. La verdad es que todavía somos amigos.

–¿Cuánto tiempo hace que lo dejasteis?

–Tres años. Estábamos en la universidad. Él se dio cuenta de que era gay. Ahora vive con su novio a dos manzanas de mi casa, y salimos por ahí todos juntos.

–Ah.

No sé qué decir. Me parece una historia espantosa.

Intento imaginar que Will y yo rompemos y seguimos saliendo como amigos. Y me doy cuenta de que me sería imposible. Sobre todo, si él tuviera otra relación... aunque fuera con un tío.

Pero no hay ni la más remota posibilidad de que Will sea gay, diga lo que diga Kate.

–Siempre está intentando buscarme novio –continúa Amelia–. Pero yo le digo que no quiero salir con más actores. Son todos unos egocéntricos. Bueno, no todos –añade rápidamente, por deferencia hacia mí–, pero los que yo he conocido, sí. Estoy segura de que tu novio no es...

–No, él no es nada egocéntrico –le aseguro yo.

Pero la verdad es que sí lo es.

No es que no lo hubiera notado antes. Pero de pronto me enfado con Will porque siempre piensa en sí mismo. Nunca en mí.

¿Y de quién es la culpa?, pregunta una vocecilla en mi cabeza.

Soy yo quien halaga su ego. Yo la que nunca pide nada para sí misma. ¿Y por qué?

Porque todo el mundo tiene sus defectos.

Y porque lo quiero.

¿Qué hay de malo en ello?

–¿Estás bien? –pregunta Amelia, y al volverme hacia ella veo que me está mirando fijamente–. De repente pareces enfadada por algo.

–No, es solo que... mi novio... Lo echo de menos. Solo es eso.

–A lo mejor puedes ir a verlo.

–Sí, sí, claro, voy a ir a verlo.

Pero, de pronto, no tengo ganas de ver a Will en su ambiente. No quiero verlo en la casa que comparte con sus compañeros de reparto, ni conocer a Esme, ni ver lo bien que se lo pasa sin mí.

Solo quiero que vuelva a Nueva York, adonde pertenece. Quiero que todo vuelva a la normalidad.

Solo hace una semana que se marchó.

¿Cómo voy a sobrevivir once semanas más?

Diez

—Me alegro de volver a verte, Tracey —dice Milos, saliendo a recibirme a la entrada de su apartamento, que hace las veces de cuartel general de su empresa de catering, Come, Bebe o Cásate.

Solo lo he visto una vez que pasé por allí con Will para recoger un cheque. Pero Milos me aprieta ambas manos como si fuéramos viejos amigos.

Es un hombre bajito. Prácticamente, enano. Pero, aun así, tiene aire de autoridad; un carisma y un aplomo que me impresionan, sin llegar a intimidarme.

—Siento no haberte devuelto la llamada enseguida. He estado todo el fin de semana en Long Island, y no oí tu mensaje hasta el domingo por la noche.

—No importa. Te agradezco que hayas venido a verme —dice con su acento eslavo—. Sé que esta es tu hora de comer, así que vayamos al grano. Will dice que tienes experiencia como camarera.

Asiento, confiando en no tener que entrar en detalles.

—¿Has servido alguna vez a la francesa?

¿Perdón?

—No —le digo.

Por lo menos, creo que no. Pero ¿qué demonios será eso?

Él alza una de sus cejas negras.

—¿Alguna vez has trabajado en un catering?

—No, la verdad es que yo... he trabajado en un restaurante.

—¿Aquí, en la ciudad?

—No, en mi pueblo. Pero aprendo muy rápido. Estoy segura de que me adaptaré enseguida.

Él no parece muy convencido, pero asiente.

—Necesito gente. Will me dijo que tú podrías ayudarme. El martes por la noche servimos un cóctel en Central Park South... ¿Podrías venir?

¿El martes? Eso es mañana. Todavía estoy exhausta por el fin de semana en los Hamptons. Demasiado alcohol, demasiado baile, y solo una hora y media de sueño, sin contar la cabezada que di en el Jitney de vuelta a casa ayer por la tarde.

Pero esta noche puedo acostarme pronto para recuperarme. Y, además, el dinero me vendrá bien, teniendo en cuenta lo que me he gastado este fin de semana.

Le pregunto a Milos:

—¿A qué hora me necesitas? Normalmente no salgo del trabajo hasta las...

—Bastará con que estés allí a las siete para que alguien te enseñe lo que hay que hacer. Nosotros iremos antes a prepararlo todo.

—A las siete está bien.

—Estupendo. La fiesta empieza a las nueve.

¿A las nueve? Eso significa que llegaré tardísimo a casa, y el miércoles tengo que madrugar para ir al trabajo.

—Básicamente, lo que harás esta vez será pasar entre los invitados bandejas de entremeses calientes y fríos —me dice Milos.

Ah, así que es a eso a lo que se refiere con *servir a la francesa*. Eso puedo hacerlo.

—Tendrás que aprender a servir a la francesa antes de trabajar en una fiesta formal, como una boda, por ejemplo —me informa Milos.

¿Una fiesta formal? ¿Boda? Está claro que tiene grandes planes para mí. Y también que servir a la francesa no tiene nada que ver con pasar entremeses entre los invitados.

—Harás nuestro curso de entrenamiento de tres horas dentro de poco —promete Milos—, pero, por ahora, te las apañarás. No será difícil. Estamos en medio de una auténtica fiebre del ragú —yo asiento—. ¿Alguna pregunta? —sacudo la cabeza negativamente. ¿Qué demonios es una fiebre del ragú?—. Bueno, está bien. Entonces, me vuelvo con mi *croquembouche*.

«Nota mental: preguntarle a Will lo antes posible de qué demonios está hablando Milos».

Cinco minutos después, voy de camino a la oficina con una chaqueta Nehru gris pálido debajo del brazo. Es la parte superior de mi uniforme. Milos dice que me ponga unos pantalones negros y unos zapatos negros planos. Por lo menos mi parte inferior irá enfundada de negro adelgazador.

118

La chaqueta no es precisamente favorecedora y, cuando me la he probado en el vestidor de Milos, parecía ajustárseme a las caderas. Pero me daba vergüenza pedirle una talla más. De todos modos, era la grande. ¿Quién sabe si habrá otra aún más grande?

Tengo tiempo de recorrer a pie las veintitantas manzanas de vuelta al centro. No he hecho nada de ejercicio en todo el fin de semana, aparte de bailar el sábado por la noche. Lo bueno es que tampoco he comido mucho. En realidad, el sábado por la noche, en la casa de la playa, cuando hicimos una barbacoa en la terraza, no me comí más que una hamburguesa sin nada y un poco de ensalada. No quería cebarme como un cochino delante de todo el mundo.

Luego salimos a beber algo y a bailar a un bar. Yo solo me bebí un Bloody Mary (el alcohol engorda mucho). Como Amelia predijo, Wade bebió demasiado e intentó entrarme. Yo habría pasado de él completamente aunque Amelia no me hubiera prevenido. Intentaba tocarme el culo en la pista de baile, e hizo un comentario sobre lo mucho que le gustaban las mujeres con los pechos grandes. Supongo que pensó que me sentiría halagada. Menudo capullo. Acabó yéndose con una chica que tenía una casa alquilada en Quogue, y no volvimos a verlo en todo el fin de semana.

Por lo demás, a Kate tampoco le vi casi el pelo. Billy y ella se enrollaron y se fueron juntos del bar. Pero primero vino a decírmelo, solo para asegurarse de que no me importaba volver a casa con los demás. De no haber sido por Amelia, habría insistido en irme de sujetavelas con Kate y Billy, porque ninguno de los demás compañeros de casa me caía bien. Pero Amelia era divertida, y las dos nos pasamos en la playa todo el domingo, mientras Kate, Billy y algunos de los otros se iban a hacer esquí acuático.

Para comer, Amelia se zampó tres perritos calientes de un chiringuito de la playa.

Yo me tomé una bolsa pequeña de palomitas y un refresco light.

Anoche era tarde cuando llegué a mi apartamento, así que tampoco comí nada. Estaba demasiado cansada. Lo único que quería era dormir.

Esta mañana, me he tomado media rosquilla y un poco de queso descremado antes de irme al metro. Ahora tengo hambre otra vez, pero no mucha. Supongo que pararé a tomar algo antes de volver a la oficina.

Puede que sea mi imaginación, pero la falda de lino negra que llevo me parece mucho más holgada por la parte de la cintura. Puede que haya perdido otro kilito este fin de semana. O incluso dos kilitos.

Hace otro día bochornoso, y las aceras del centro están atestadas de gente. Enciendo un cigarrillo y fumo mientras camino, pensando en el fin de semana que acabo de pasar, en el trabajo de camarera que me espera, y en Will, como siempre. Él nunca anda muy lejos de mis pensamientos.

Anoche, cuando iba en el metro de camino a casa tras llegar a la ciudad, me convencí a mí misma de que había un mensaje suyo en el contestador, aunque me había dicho que no llamaría. Naturalmente, me llevé un chasco. No debería haberme hecho ilusiones. El único mensaje que había era de Milos.

Pero estoy segura de que Will llamará esta noche, me digo al entrar en la cafetería contigua al vestíbulo de mi edificio. El local está abarrotado, como de costumbre. Me abro paso entre la multitud, dejo atrás el mostrador de los pasteles y me acerco a las mesas del bufé. Puede que pida una ensalada, pienso mirando los platos fríos.

O unas verduras al vapor.

Hay mucha gente alrededor de las mesas, así que primero me voy al fondo a elegir la bebida, sin dejar de pensar en Will.

Dijo que llamaría después del fin de semana. Lo cual significa que llamará esta noche.

No sé qué haré si no llama. Aunque la verdad es que...

—¡Ay, perdón! —balbuceo al chocarme con alguien que acaba de abrir la puerta del refrigerador de las bebidas.

—¡Tracey!

El tío se vuelve y yo reconozco su cara y sé que lo conozco, pero por un instante creo que es alguien del trabajo. Lo cual me pasa porque ni en un millón de años esperaba encontrármelo allí.

—¿Buckley?

Sí, es él. Buckley O'Hanlon.

—¿Qué estás haciendo aquí? —pregunto, pasmada de asombro.

—Pues comer —dice él sacando una Pepsi del refrigerador y cerrando la puerta—. Estoy haciendo un trabajo para una empresa de este edificio.

—¿Para qué empresa? —pregunto yo, preguntándome, con el corazón en vilo, si será Blaire Barnett.

—Para Seyville Inc. —dice él—. Es una contrata de limpiezas cuyas oficinas están en la segunda planta.

–Ah.

–¿Tú también trabajas por aquí?

–Sí, arriba. En el piso treinta y tres.

A un buen trecho en ascensor de él, gracias a Dios. Pero, aun así, es una coincidencia extrañísima que esté trabajando en el mismo edificio que yo.

Buckley dice lo obvio:

–Qué coincidencia, ¿no?

–Sí, ya lo creo –yo me finjo fascinada por la hilera de refrescos bajos en calorías del refrigerador. Da igual que el cristal esté casi completamente empañado.

–¿Sabes, Tracey?, intenté llamarte después de que...

–¿Ah, sí? –lo corto yo rápidamente. Al fin y al cabo, no hace falta que se explique: los dos sabemos a qué se refiere.

Pero él se explica.

–Sí, después de nuestra cita... esa que no fue realmente una cita porque tú pensabas que...

–Lo sé. Y lo siento –digo, irritada con él. ¿Por qué tiene que hacerlo explícito? Si solo hemos tenido una cita...

–Cada vez que te llamaba, me salía un contestador.

–Ah, bueno, es que no paso mucho tiempo en casa –digo, preguntándome de dónde sacó mi número. Creía haberle dado uno falso. Puede que Joseph o...

–Era el contestador de un tipo que hablaba en árabe –me informa.

–¿De veras? –me finjo confundida–. Qué raro. Debiste de apuntar mal el número.

–Sí, ya –dice él, pero con buen humor.

Meto la mano en el refrigerador y agarro un refresco de té de frambuesa light. Lo que de verdad me apetece es meterme dentro de la nevera y cerrar la puerta... y no porque tenga la cabeza empapada de sudor por la caminata a pleno sol.

–¿Es posible que me dieras un número equivocado? –pregunta Buckley cuando saco la parte superior del cuerpo de la nevera.

–Puede que lo hiciera sin darme cuenta. Lo siento.

–No importa. La razón por la que te llamé es que quería decirte que no me importó que... que pensaras que era...

–Ah, bueno. Gracias. Porque no pretendía... ya sabes...

–¿Ofenderme? –él sonríe–. No, nada de eso. Podías haber pensado cosas mucho peores de mí. Me imaginaba que te sentías violenta y quería que supieras que no me importó.

Me fijo en que tiene los dientes blancos y bonitos: una de esas sonrisas que en un dibujo animado tendría un destello saliéndole de los colmillos. Lleva una camisa azul pálido de manga larga, unos chinos y una corbata amarilla. Las mangas están enrolladas y veo que tiene los brazos morenos.

—¿Vas a la lavandería? —me pregunta, señalando la chaqueta Nehru envuelta en plástico.

—Pues no, la verdad es que vengo de una, eh, de una comida de negocios —digo yo. Y me siento impelida a darle una explicación—. He tenido una, eh, una reunión en el centro. Con ese tío de la empresa de catering para la que voy a trabajar —añado, sintiéndome por alguna razón inclinada a contarle a este casi desconocido los detalles íntimos de mi vida.

Es algo que me pasa a veces. Solo cuando estoy nerviosa.

Y Buckley O'Hanlon me pone nerviosa.

Si no me hubiera besado, no pasaría nada. Bueno, sí, hubiera sido un poco embarazoso porque pensé que era gay y que íbamos a ir al cine como amiguetes mientras él pensaba que era una cita. Pero ese beso lo embarulló todo.

Y la razón es...

Que me gustó.

Me gustó muchísimo que Buckley O'Hanlon me besara.

Lo que es peor: al verlo otra vez me dan ganas de que vuelva a besarme. Aquí mismo. En los labios. En el estrecho y abarrotado pasillo de esta destartalada cafetería de la Tercera Avenida.

Alguien lo empuja por detrás y él da un paso hacia mí para apartarse.

Ahora su cara está muy cerca de la mía, y debo admitirlo: deseo ardientemente que me rodee con sus brazos y me bese hasta dejarme sin sentido.

Pero no lo hace.

Se limita a sonreír y dice:

—He pedido un sándwich.

—¿Qué? —parpadeo, intentando descifrar sus palabras, preguntándome por qué me siento como si me estuviera hablando en chino. ¿Acaso he bebido?

No. Debe de ser por la caminata a pleno sol...

—Tengo que ir a recogerlo antes de que lo tiren —añade crípticamente.

—¿Qué? —digo yo otra vez.

¿De qué está hablando? ¿Soy yo o es él, que habla en clave?

O es él el que ha bebido, o yo me he perdido algo mientras estaba fantaseando con que me besaba.

–Mi sándwich –dice, y señala la barra, al otro lado del local.

–¡Ah!

Uf, por fin lo he pillado.

–He pedido uno de ternera con queso suizo y solo he venido aquí a buscar el refresco –dice, señalando la lata–. Así que supongo que debería...

–Sí, adelante –digo yo, prácticamente empujándolo.

Porque la verdad es que, mientras su cara siga estando a unos centímetros de la mía, no podré evitar pensar en besarlo.

–Nos vemos –dice Buckley, saludándome con la mano desde la fila de la barra mientras yo me dirijo a la caja con mi bote de té en la mano.

Le devuelvo el saludo, diciéndome a mí misma que no es por él. Que reaccionaría de la misma manera con cualquier otro tío medianamente atractivo. Tras nueve días de celibato, estoy irritada y bastante cachonda. Pero no lo había notado hasta que, al ver a Buckley, he recordado aquel beso.

Me vuelvo a la oficina con mi té y, al entrar al ascensor, me doy cuenta de que se me ha olvidado comer algo. Pero, en fin, ya es demasiado tarde. No puedo volver a la cafetería sabiendo que podría encontrarme con Buckley en el vestíbulo.

–¿Cómo te ha ido? –pregunta Brenda, asomando la cabeza cuando paso por delante de su cubículo.

¿Que cómo me ha ido? ¿Y cómo lo sabe ella?

–¿Le has gustado? –debo de estar mirándola con cara de pasmo porque añade–: A Milos.

–¡Ah!

–¿De quién creías que estaba hablando?

De Buckley.

–No, si sabía a qué te referías. Es que creo que... que me está dando una insolación –digo, llevándome el bote frío y escurridizo a la frente.

–Pareces acalorada –dice Brenda–. ¿Has venido andando con este calor?

Yo asiento.

–He de hacer ejercicio. Tengo que darme una caminata todos los días.

–Tú estás loca. No puedes hacer eso con este tiempo. Te va a dar un síncope por ahí, en mitad de la acera.

–Estoy bien, Brenda –le digo sonriendo al ver su cara de preocupación.

–Si quieres hacer ejercicio, ponte un vídeo de aeróbic –sugiere ella.

123

–¿Aeróbic? ¿Yo? Soy la persona con menos coordinación del mundo, Brenda.

–Cualquiera puede hacer aeróbic –dice ella–. Mañana voy a traerte una de mis cintas de Jane Fonda. Tienes vídeo en casa, ¿no?

Yo digo que sí con la cabeza. Fue el regalo de despedida que me hizo mi familia en mayo pasado.

–Mañana te traigo la cinta. ¿Qué tal te va con la dieta del repollo?

–Genial –digo yo. No estoy de humor para decirle que no solo de repollo vive una.

–¿De veras? Yo la dejé el primer día –dice ella–. He engordado dos kilos desde la semana pasada.

–Pues no se nota –digo sinceramente. Brenda es una de esas personas cuya figura resulta difícil de calibrar. Se pone ropa muy ancha y chaquetas amplias, y nunca se sabe qué hay exactamente debajo. Pero a mí no me parece gorda con su vestidito veraniego de algodón de color amapola. Además, ese enorme montón de pelo que tiene tiende a apartar la atención del resto de su cuerpo.

–Ayer, Paulie quería que le hiciera una lasaña –me cuenta–. Se comió la mitad. Y yo me comí el resto.

A mí se me hace la boca agua inmediatamente. Lasaña. Dios mío, no como lasaña desde...

Eso me recuerda algo.

–Brenda, ¿tú crees que Jake me dejará salir pronto el viernes anterior al puente del Cuatro de Julio?

–Puede ser. ¿Por qué?

–Porque quiero tomar el autobús del pueblo. Es el aniversario de mis padres. Se supone que vamos a hacerles una fiesta sorpresa.

–Pues deberías ir –baja la voz y se inclina hacia mí–. Llama ese viernes y di que estás enferma.

–No creo que deba hacerlo. ¿Y si Jake se entera de que no es verdad?

–¿Cómo iba a enterarse?

–¿Y si me llama a casa?

Ella se encoge de hombros.

–Pues le dices que estabas tan mal que no podías ni contestar al teléfono.

–Creo que será mejor que le pregunte si puedo irme pronto. Hay un autobús que sale a las tres de la estación.

–¿No puedes irte en otro más tarde?

Yo sacudo la cabeza.

124

–Es un viaje de nueve horas, Brenda.

–Pensaba que eras del interior del estado.

–Y lo soy. Pero el estado es muy grande.

–Vaya, ¿tan grande?

–Como para nueve horas de viaje, nada menos –digo solemnemente.

Nunca deja de asombrarme lo poco que piensa la gente en el resto del estado de Nueva York. Para ellos, el interior del estado significa el condado de Westchester.

–¿Tracey? ¿Eres tú? –grita Jake desde el fondo del pasillo.

–Parece que te reclaman –dice Brenda, girando los ojos–. Me encanta que se quede sentado en su despacho y te llame a gritos, en vez de venir aquí a buscarte, como un ser humano normal.

–Da igual –digo yo, dirigiéndome al despacho de Jake.

Pero puede que Brenda tenga razón. No me había dado cuenta de lo molesto que es hasta que me lo ha dicho.

Me encuentro a Jake repantigado en su silla, con los pies encima de la mesa, como de costumbre.

–Necesito que me hagas un recado –dice–. Es el cumpleaños de mi madre y se me olvidó decirle a Laurie que le comprara algo este fin de semana. Baja a la pastelería de la esquina de la Cuarenta y tres y cómprale un kilo de bombones belgas. Toma el dinero.

Se mete la mano en el bolsillo y me da un puñado de billetes de diez y de veinte. Yo tomo el dinero. ¿Qué voy a hacer, si no? ¿Negarme a hacerle un recado personal?

Puede que Brenda se negara. Latisha e Yvonne, seguro. Siempre me están diciendo que le pare los pies a Jake. Pero no sé cómo decirle que no.

Además, ¿qué hay de malo en ello, a fin de cuentas? No me está pidiendo más que un favor. Y, por otra parte, así salgo un rato de la oficina.

Puedo fumarme un cigarro.

Y hacer más ejercicio...

Aunque ya me estoy imaginando las tentaciones que me van a entrar en una pastelería, con el estómago vacío.

–¿Cuánto me gasto? –le pregunto.

–A ver si pueden ser menos de cien. Ah, y cuando pases por Hallmark de camino aquí, cómprale también una tarjeta, ¿vale? –añade–: Una que ponga *Feliz Cumpleaños mamá, de parte de tu hijo, que te quiere* o alguna gilipollez de esas.

–Vale –me aclaro la garganta mientras él levanta el teléfono, dispuesto a marcar–. Oye, Jake, ya tengo una lista de posibles nombres para el producto.

Está claro que no sabe de qué estoy hablando, porque levanta vagamente la mirada del teléfono y dice:

–¿Qué?

–Para el desodorante de toda la semana –le recuerdo yo.

–¡Ah! Vale. Genial –empieza a marcar.

–¿Quieres, eh, que hablemos de ello?

–Claro. Tráeme la lista.

–¿Ahora?

–No, métela en mi bandeja de entrada y ya la miraré más tarde.

–Claro.

No puedo hacer otra cosa, más que volver a mi mesa y poner la lista en su bandeja de entrada antes de agarrar mis cigarrillos y mis gafas de sol.

–¿Adónde vas? –pregunta Yvonne cuando me la cruzo en el pasillo, camino de los ascensores.

–A hacer un recado para Jake.

–¿De veras? –hace girar los ojos–. ¿Adónde te ha mandado esta vez?

Yo finjo no oírla mientras aprieto el botón del ascensor.

¿Por qué me importa tanto que mis amigas piensen que Jake se aprovecha de mí? Es mi jefe. Se supone que tengo que hacer todo lo que me pida, ¿no?

Claro.

¿Aunque se trate de un asunto personal en horario de trabajo?

Supongo que sí.

Al cruzar el vestíbulo, escudriño el lugar en busca de Buckley O'Hanlon. Ni rastro de él.

Es un alivio, me digo. Lo último que necesito es toparme con él otra vez.

Que es exactamente lo que le digo a Kate cuando nos vemos después del trabajo para tomar una copa. La verdad es que hubiera preferido irme directamente a casa, pero Kate me llamó esta tarde y me suplicó que me tomara un vino con ella en un café, no lejos de mi apartamento. Dice que necesita consejo.

Pero llevamos un cuarto de hora aquí sentadas y, hasta ahora, no ha hecho más que hablar de mí. Que es por lo que le he contado lo de Buckley.

Kate me ha preguntado qué tal me ha ido el día y, después de contarle que voy a trabajar para Milos y lo de los bombones para la madre de Jake, no podía pasar por alto la parte de Buckley.

Bueno, sí, está bien: tal vez sí podía.

Puede que quisiera hablarle de él.

De lo violenta que me he sentido al verlo y de que espero no volver a verlo otra vez.

—¿Estás segura de eso? —pregunta Kate maliciosamente.

—Claro que estoy segura. ¿Por qué?

—Como le diste un beso...

—Él me lo dio a mí.

—Y como Raphael dice que está buenísimo...

—Para Raphael, todo el mundo está buenísimo. Buckley no es gran cosa.

La verdad es que no lo es. Al menos, según los criterios de Kate. Y los de la mayoría de la gente. Es un chico muy amable y cariñoso de origen humilde. Todo en él es típico de las clases trabajadoras. Quizá por eso me siento tan atraída por él. No hay muchos tíos como él en Nueva York.

Pero yo salí huyendo de uno de esos pueblos, llenos de la típica gente sencilla y trabajadora. Nunca quise ser una de ellos, ni salir con uno de ellos.

No es que quiera salir con Buckley, me digo apresuradamente.

—Bueno, pero aunque no te interese como novio, ¿no podéis ser amigos? —pregunta Kate—. Ese tío trabaja en el mismo edificio que tú. Es como una especie de señal.

Kate cree mucho en las señales. Afirma que decidió romper con su novio de la universidad un día que iban andando por el parque, discutiendo, y un pájaro que pasaba volando se cagó en el hombro del pobre chico.

—Ya tengo suficientes amigos —le aseguro a Kate, y bebo un sorbo de vino antes de preguntarle—: ¿De qué querías hablarme?

—Anoche, cuando llegué de la playa, me llamó mi madre. Dice que mi padre ha sufrido un revés con sus inversiones en bolsa, y quieren que me busque un apartamento más barato o una compañera de piso.

—Vaya, ¿de veras?

Estoy sorprendida.

En parte, porque creía que había insistido en que nos viéramos para pedirme consejo acerca de su relación con Billy. Pero, también, porque nunca he oído a Kate hablar tan abiertamente del hecho de que sus padres la mantengan. Sí,

127

no es ningún secreto, pero normalmente no habla de ello abiertamente.

–¿Qué vas a hacer? –le pregunto.

–No sé. Me encanta mi apartamento. Y tengo dos habitaciones. Había pensado que tal vez... –se interrumpe y hace girar el pie de la copa entre las palmas de las manos.

–¿Que tal vez qué?

–Que tal vez quisieras venirte a vivir conmigo. No ahora, a principios de julio –añade rápidamente–. Sería demasiado pronto. Sé que tienes que avisar con un mes de antelación a tu casero. Pero puede que a primeros de agosto...

A mí empieza a darme vueltas la cabeza. ¿Irme a vivir con Kate?

Su apartamento es precioso. Tiene chimenea y molduras de escayola en el techo, y una pequeña terraza. Y, además, el edificio es muy bonito.

Pero ¿y Will?

Si me mudo con Kate en agosto, no podré convencer a Will para que nos vayamos a vivir juntos en septiembre.

–¿Cuánto pagaría de alquiler? –le pregunto a Kate.

–No puedo cobrarte la mitad. No sería justo, porque yo querría quedarme con mi cuarto, y es mucho más grande que el otro.

Está yéndose por las ramas. Lo noto.

–¿Cuánto, Kate?

–Mil quinientos –dice, vacilante.

En fin, ya no tengo nada que decidir.

–No puedo permitírmelo –le digo.

Caso cerrado.

–¿Mil cuatrocientos? –se corrige–. Yo podría poner los otros cien de mi sueldo.

–Kate, eso no sería justo. Y, además, creo que puedes sacar más de mil quinientos por la casa. Es un apartamento precioso.

–Lo sé, pero quería que te vinieras a vivir conmigo.

–No puedo –le digo, aunque la oferta es tentadora.

–Dijiste que ibas a trabajar de camarera en un catering este verano. Ganarás una fortuna, Tracey. O, por lo menos, suficiente para compensar la diferencia de alquiler entre tu casa y la mía.

Puede que sí.

Pero no es por el dinero.

Es por Will.

No puedo decirle a Kate que cuento con que nos vayamos a vivir juntos en otoño, cuando Will vuelva. Pensará que no es más que una fantasía mía, o que no es buena idea.

—No me apetece nada que un extraño se venga a vivir conmigo —dice Kate, abatida—. Sobre todo, después de lo que te pasó a ti con Mercedes.

—No estuvo tan mal —le digo yo.

Ella me mira alzando una ceja.

—Tesoro, esa chica era una yonqui.

—Sí, bueno, es verdad. Pero ¿quién te dice que vas a dar con alguien como ella?

—Un extraño es un extraño, se mire por donde se mire.

—Oye, ¿por qué no le preguntas a Raphael? Desde que trabaja en *Ella*, gana más. Puede que quiera vivir contigo.

—Yo no podría vivir con Raphael —dice Kate con tono de cómo-se-te-ocurre-sugerir-tal-cosa—. Su estilo de vida y el mío son incompatibles. ¿Te imaginas? Hombres extraños (¡marineros!) entrando y saliendo a todas horas... Piénsalo, Tracey.

Yo sonrío.

—Tienes razón. Bueno, entonces, puede que lo mejor sea que te mudes a un sitio más pequeño.

—Pero a mí me encanta mi casa —gimotea ella—. ¿Qué voy a hacer? —yo me encojo de hombros—. Tú piénsatelo, ¿quieres, Tracey? Piénsatelo despacio. No me digas que no ahora mismo. ¿De acuerdo?

—Pero Kate...

—Espera a ver cómo te va lo del catering —insiste ella—. Vas a ganar una pasta. ¿Por qué vas a quedarte en tu apartamento si puedes vivir en el mío? Nos divertiríamos un montón.

Yo asiento con la cabeza.

Nos divertiríamos mucho.

Y si al final no me voy a vivir con Will...

No es que crea que eso pueda ocurrir, pero, en caso de que ocurriera, no me importaría vivir con Kate. En realidad, me gustaría. Así no tendría que estar sola.

Pero no estaré sola cuando Will vuelva y nos vayamos a vivir juntos.

No, no puedo arriesgar mi futuro con él.

—¿Lo pensarás, Tracey? —pregunta Kate.

Digo que sí por complacerla, aunque no tengo intención de pensármelo.

De camino a casa, compro comida china para llevar y me la como delante de un capítulo repetido de *Ally McBeal*.

Y, sorpresa, sorpresa, el teléfono sigue sin sonar.

129

Once

–Tú eres Tracey, ¿no?

Le digo que sí con la cabeza al chico afroamericano, muy guapo, que me saluda cuando salgo del ascensor al llegar a la entrada de un ático en Central Park South.

–Soy John Wilson, de Come, Bebe o Cásate –dice él–. Milos me dijo que te enseñara.

El guardia de seguridad que me ha escoltado en el ascensor (después de comprobar mi nombre en una lista en el vestíbulo y telefonear de antemano al ático) regresa a su puesto.

Hago lo que puedo para no mirar a todos lados con la boca abierta mientras John me conduce a través de una inmensa sala de estar, hasta una habitación que él llama el *atrio*. Tres de las paredes son de cristal y hay una vista increíble de Central Park, que se extiende veinte pisos más abajo. Pero, si no se mira hacia ese lado, uno puede casi convencerse de que está en una terraza de un país tropical: terracota, plantas a tutiplén, muebles de hierro forjado de aspecto antiguo, una fuente cantarina... Varios hombres están metiendo un piano enorme por las amplias puertas dobles del cuarto de estar.

El apartamento entero está lleno de gente atareada, todos más guapos que yo y vestidos con chaquetillas Nehru y pantalones negros como los míos. Por lo menos le estoy dando uso a estos aburridísimos pantalones de gabardina negra que me compré hace más de un año para el funeral de mi tía abuela. Y, al menos, todavía me valen (aunque tal vez la semana pasada no me valían). La cinturilla me aprieta un poco, lo cual demuestra que estoy a unos cinco kilos del peso que tenía al salir de la universidad. Suerte que la semana pasada perdí dos o más.

Doy una rápida vuelta por el espectacular apartamento mientras John me habla del evento. Se trata de un cóctel en honor de un tío que cumple cuarenta años, organizado por su mujer. Diviso encima de la repisa de la chimenea un retrato ricamente enmarcado de una pareja atractiva, y supongo que deben de ser el homenajeado y esposa.

Me pregunto cómo es posible que vivan en un sitio así. Es como si los Trump se juntaran con los Vanderbilt. Me muero de ganas de preguntarle a John si son famosos, o aristócratas extranjeros, o algo, pero sería tan... paleto... Así que intento no babear mientras me enseña la casa, fingiendo que estoy acostumbradísima a las manifestaciones de la riqueza extrema.

¿Cuadros de valor incalculable? ¿Gimnasio privado junto al cuarto de baño? ¿Un vestidor dos veces más grande que mi apartamento?

Bah, eso no es nada.

Sí, ya.

John me enseña a llevar bandejas y a ofrecer aperitivos a los invitados. Está tirado, pienso hasta que empiezo a practicar con una bandeja de plata vacía y me doy cuenta de que pesa más de lo que parece.

Me dicen que sea amable y educada.

—Recuerda —dice John—, los invitados no están aquí para hablar con los camareros.

—¿Seguro? —pregunto yo, muy seria—, porque esta tarde he estado ensayando unos chistes buenísimos y... —él me mira horrorizado—. Relájate. Era broma —le digo, riendo.

—¡Ah! —se siente obviamente aliviado—. Pensaba que eras...

—¿Una especie de chiflada?

—Bueno, hemos tenido algunos chiflados, créeme. Gente que no sabe cómo va esto. Muchos camareros están metidos en el mundo del espectáculo. Una vez estábamos haciendo una fiesta en casa de un productor musical y una camarera nueva se puso a cantar mientras le estaba sirviendo un sorbete.

—¿En serio?

Él asiente.

—Creía que iba a descubrirla.

—Pues por mí no te preocupes. Y, créeme, yo sé cómo funciona esto —le digo—. Will me lo ha contado. Hay que estar siempre en segundo plano, ¿no? Ser callado y eficiente.

—¿Will?

—Will McCraw, mi novio. Trabaja para Milos.

—Ah, sí, lo conozco. Trabajamos juntos muchas veces —pero parece sorprendido—. ¿Tiene novia?

—¿Qué? Ah, espera, ya sé. ¿Creías que era gay?

—No, qué va. Es que...

Así que, si no se ha sorprendido porque pensaba que Will era gay... ¡se ha sorprendido porque no sabía que Will tenía una relación!

—Es que, ¿qué? —pregunto puntillosamente.

—¡Nada! Es solo que no sabía que tuviera novia —John evita mi mirada—. Vamos, volvamos a la cocina para ayudar con la comida.

¿Por qué evita mi mirada?

Toda clase de pensamientos paranoicos cruzan mi cabeza.

En todos ellos, Will me ha puesto los cuernos y John lo sabe. Puede que todo el mundo lo sepa. Puede que la gente esté murmurando a mis espaldas, señalándome con el dedo y diciendo: «Mira, ahí está la novia de Will McCraw. Pobrecilla, qué despiste tiene. Se cree que Will no la engaña».

Llego a convencerme de que eso es lo que pasa mientras ayudo a llevar bandejas de *crostini* de feta y alcachofas, salmón ahumado y tartaletas de crema fresca e hinojo.

Observo sin cesar a las otras camareras, preguntándome cuál de ellas habrá seducido a Will. Todas son vampiresas en potencia: Sheila, con su gloriosa melena roja; Kelly, con sus pómulos de modelo; y Zoe, con sus tetas aún más grandes que las mías y su cuerpo de espárrago.

A Sue la descarto, aunque es adorable y extravertida. Por una parte, porque es una recién llegada, no solo a la empresa de Milos, sino a Nueva York (acaba de llegar de Pittsburg). Por otra, porque es supersimpática conmigo, no como Sheila, Kelly y Zoe. La conozco hace veinte minutos, y no deja de decirme que tenemos que salir alguna vez. O está muy sola, o le he caído bien. Puede que las dos cosas.

Cada vez que John me presenta alguien, dice:

—Esta es Tracey, la novia de Will McCraw.

Todo el mundo se sorprende.

Todos reaccionan con una expresión de «¿Will tiene novia?», aunque no lo digan. Algunos incluso lo dicen.

Por suerte, en cuanto empiezan a llegar los invitados y nos ponemos a trabajar, la noche se pasa volando.

Antes de la fiesta, mientras colocaba los canapés en las bandejas, me sonaban las tripas. Pero, para cuando todo el mundo se va y empezamos a recoger, se me ha pasado el apetito. John nos dice que nos llevemos lo que queramos de lo que ha sobrado... y ha sobrado mucho. Pero ni siquiera las gambas marinadas a la parrilla envueltas en albahaca me atraen.

Al fin voy de camino a casa en un taxi, cien dólares más rica, preguntándome cómo voy a levantarme para ir a trabajar dentro de seis horas, y frotándome alternativamente los pies doloridos y los hombros todo el trayecto.

Cuando llego a mi apartamento, la lucecita del contestador está parpadeando.

Aprieto el botón y empiezo a desvestirme mientras la cinta se rebobina.

Estoy demasiado cansada para desabrocharme todos los botones de la chaquetilla Nehru, así que me desabrocho el de arriba y empiezo a sacármela por la cabeza. Se me traba en las orejas cuando creo oír la voz amortiguada de Will diciendo: «¿Tracey? ¿Tracey?».

Por un instante, creo absurdamente que está aquí, en la habitación.

Lo sé. Esto es una locura. ¿Qué puedo decir? Es tarde, y tengo poca azúcar en la sangre.

Naturalmente, enseguida me doy cuenta de que es un mensaje grabado. Habrá pensado que estaba en casa y no quería contestar al teléfono. Que no podía estar fuera a...

—Es medianoche. ¿Dónde te has metido? Bueno, intentaré llamarte otra noche. Espero que todo vaya bien.

Se oye un clic y luego la maquina pita dos veces y una descarnada voz mecánica dice:

—Fin de los mensajes.

Intento quitarme la maldita chaqueta para mirar el reloj y ver si es demasiado tarde para llamarlo.

Pero la chaqueta se me ha enroscado alrededor de la cabeza, dejándome no solo medio sorda, sino también completamente ciega.

Y, de todos modos, mientras intento bajármela otra vez, me doy cuenta de que no puedo llamar a Will. No tengo su número de teléfono.

Esto tiene mala pinta.

Una pinta pésima.

Intento decirme a mí misma que por lo menos ha llamado, pero no me sirve de nada.

No ha dicho «Te echo de menos», ni nada que me ayude a quitarme el mal sabor de boca que se me ha puesto al descubrir que en su trabajo nadie parecía saber que yo existía.

Bueno, está claro que Will no habla de su vida amorosa en el trabajo.

133

Y, además, puede que no sea más que una prueba de que es el típico tío pudoroso.

Mis hermanos, por ejemplo, nunca hablan de sus relaciones con nadie. Antes, cuando vivíamos todos en casa, mi madre siempre les preguntaba (o más bien los acorralaba, porque mi madre no hace nada a medias), y mis hermanos, invariablemente, cerraban el pico y escapaban. No nos enteramos de que Joey, mi hermano el mediano, tenía una novia, hasta que le pidió dinero prestado a Danny, mi hermano el mayor, para comprarle un anillo de compromiso.

Así que puede que Will no les haya hablado de mí a sus compañeros porque los tíos no hacen esas cosas.

O puede que no les haya hablado de mí a sus compañeros porque quiere que piensen que está soltero y sin compromiso para poder andar por ahí, ligando a mis espaldas.

Seguramente estaréis pensando que me estoy dejando llevar por mi imaginación.

Y sí, bien pudiera ser.

Pero no puedo evitar preguntarme si no habrá una parte de mí que eligió voluntariamente la ceguera hace mucho tiempo.

Ahora que hay distancia entre Will y yo, veo nuestra relación más claramente.

Siempre he sabido que había problemas. Por ejemplo, yo llevo años mendigando un compromiso, mientras que Will parece contentarse con dejar pasar el tiempo, sin pensar en nuestro futuro como pareja.

De pronto, los problemas de siempre me parecen síntomas de algo enorme e insondable.

Me bajo la chaquetilla de un tirón y me desabrocho lentamente los botones mientras sopeso este giro de los acontecimientos.

Tal vez Will no sea quien creo que es.

Tal vez nunca llegue a ser quien necesito que sea.

Tal vez lo que me atrajo de él (el hecho de que fuera distinto a toda la gente de Brookside) es justamente lo que lo hace inalcanzable.

Al igual que yo, ha hecho cuanto ha podido por desprenderse de sus orígenes de pueblerino de clase media. Pero no puedo imaginármelo mirando atrás con nostalgia, como hice yo la semana pasada. A él no le interesan las bondades de esa clase de vida.

Puede que ello incluya el matrimonio.

Y yo...

134

Bueno, yo quiero casarme. Algún día. Y no puedo fingir que no es así. Quiero saber que le pertenezco a alguien y que ese alguien me pertenece a mí. Que no va a dejarme nunca.

Por supuesto, el matrimonio no siempre es una garantía. No hay más que ver a Mary Beth y Vinnie. Pero yo no me casaría con un mamón como Vinnie. Solo me casaría con alguien que me quisiera tanto como yo a él. Alguien en quien confiara tanto como él podría confiar en mí.

Como iba diciendo, no sé si Will podrá ser alguna vez esa persona.

—Pero no puedo dejarte ir, Will —musito—. No puedo.

Aún no.

Puede que nunca.

Y puede que tal vez...

Solo tal vez...

Me equivoque.

Esa posibilidad no es suficiente para que pueda conciliar el sueño. Veo el reloj dar las tres, las cuatro y luego las cinco. Lo siguiente que sé es que la alarma está pitando y me dan ganas de llamar para decir que estoy enferma, darme la vuelta y seguir durmiendo... hasta que recuerdo que puede que tenga que fingirme enferma para poder ir a ver a mis padres.

Consigo de alguna manera arreglarme y me arrastro hasta la oficina.

Voy de camino a la cafetería del edificio cuando oigo que alguien me llama.

Naturalmente, es Buckley. Levanto la vista y veo que parece recién lavado, planchado y peinado y que lleva en la mano un vaso de papel humeante y una bolsita de papel marrón. Hoy estoy demasiado cansada para ponerme nerviosa, y mucho más para excitarme.

—Qué curioso encontrarte aquí —dice él. Yo consigo esbozar una sonrisa amable—. ¿Qué tal te va? —pregunta. Yo bostezo a modo de respuesta—. ¿Te acostaste tarde anoche?

—Sí —no digo nada más. Que piense lo que quiera.

—Oye, desde que nos vimos ayer he estado dándole vueltas a una cosa.

Oh oh.

—¿De veras? ¿Y a qué has estado dándole vueltas?

—A si me diste a propósito un número de teléfono equivocado.

—¿Y por qué iba a hacer eso?

—Porque no querías volver a saber de mí.

—Qué tontería. La verdad es que esperaba que me llamaras, porque me lo pasé muy bien contigo –me oigo decir a mi misma.

–Bromeas.

Es peligroso estar aturdida con este cansancio. Si me descuido...

–Entonces, ¿por qué no quedamos otro día?

...diré algo realmente estúpido.

Como, por ejemplo:

–Claro. ¿Cuándo?

¿Eso lo he dicho yo? ¿O todavía estoy en la cama, soñando?

Por desgracia, no es eso lo último, porque Buckley me da su tarjeta, muy profesional ella, con su número de teléfono, muy real él, y dice:

–Estupendo. ¿Por qué no me llamas?

–Lo haré –miento.

Meto la tarjeta en el bolso, le digo adiós con la mano y vuelvo a salir a la calle. Esto requiere algo más fuerte que un café normal y corriente.

Cruzo la avenida y bajo una manzana hasta Starbucks, donde pido un expreso doble. Tengo que despertarme, no vaya a ser que haga algo realmente espeluznante.

Mientras espero en la barra a que me sirvan el café, saco la tarjeta de Buckley del bolso y la miro.

Solo pone su nombre, su dirección, su número de teléfono y su e-mail. No dice nada de su profesión, pero hay un elegante dibujito de una pluma y un tintero en una esquina. Muy apropiado para un escritor de anuncios.

Por fin me traen el expreso. Me lo llevo al mostrador para ponerle leche desnatada y sacarina. Al tirar el sobrecito vacío de la sacarina a la papelera, me doy cuenta de que todavía tengo la tarjeta de Buckley en la otra mano.

Debería tirarla, me digo, suspendiéndola sobre la basura. A fin de cuentas, no voy a llamarlo. Y se supone que quiero llevar una vida más centrada.

Que quiero organizarme.

Por eso, nada más llegar a la oficina, apunto su nombre y su teléfono en la correspondiente letra del alfabeto de mi agenda digital antes de tirar la tarjeta.

Después de todo, nunca se sabe cuando va a necesitar una a un escritor.

Doce

Tres semanas y cinco kilos después (más o menos), me encuentro bajando de un autobús en Búfalo, justo antes de medianoche. Este no es el lujoso Hampton Jitney con sus asientos reclinables y su olor a hierbas aromáticas fluctuando en el aire.

En realidad, es preferible no saber qué fluctúa en el aire de este autobús lleno de hombres, la mayoría de los cuales, por su aspecto, aroma y maneras, parecen recién salidos de la cárcel. Es sorprendente cuántos ex convictos toman el autobús de Búfalo para pasar fuera el puente del Cuatro de Julio. Parece ser una tradición que me había pasado desapercibida hasta ahora.

Tres hombres distintos, a todos los cuales les falta al menos un diente, se ofrecen a llevarme la maleta mientras camino hacia la terminal. Yo les doy las gracias educadamente (gracias, pero no, gracias). Dos de ellos se esfuman en la oscuridad, pero el tercero me llama zorra y me sigue todo el camino hasta la salida.

Mi hermano Joey y su mujer, Sara, me están esperando, como prometieron. Después de darnos abrazos y besos y preguntarme si el viaje ha sido tan horripilante como imaginan (y lo ha sido), nos dirigimos al coche.

–¿Por qué miras todo el rato para atrás, Tracey? –pregunta Joey.

–Por nada –la verdad es que intento asegurarme de que el transportador de maletas hostil no nos sigue ya. Espero no encontrarme con él el lunes, en el viaje de regreso.

–¿Estás más delgada, Tracey? –pregunta Sara a mi espalda, sosteniendo la puerta abierta mientras me subo en el asiento de atrás de su Blazer dos puertas.

–¿Se me nota?

–¡Ya lo creo!

Es un sol, esta Sara. Casi me siento inclinada a perdonarla por poder comer absolutamente todo lo que le viene en gana y seguir pareciendo una piruleta con pelo. Mi madre y Mary Beth siempre están diciendo que está demasiado flaca. Pero también me dijeron a mí que estaba preciosa con ese vestido rojo de falda fruncida y hombreras que me puse en el baile de promoción, así que... ¿qué saben ellas?

–¿Te has puesto a régimen, estás haciendo ejercicio, o ambas cosas? –pregunta Sara.

–Ambas cosas, en realidad –le cuento que me recorro a pie Manhattan cada vez que tengo oportunidad, y que me hago toda la cinta de ejercicios de Jane Fonda que me prestó Brenda.

Al principio me sentía como un saco de patatas y quería dejarlo, pero Brenda me animó a seguir. Me costó aprender los movimientos, pero la verdad es que ahora me gusta bastante.

Mientras recorremos los sesenta y tantos kilómetros que nos separan de Brookside, Sara y yo hablamos casi todo el tiempo. Como decía antes, Joey es más bien callado, sobre todo ahora que tiene una mujer que habla por él. Sara me habla de su casa nueva, de la acampada que hicieron el Día de los Caídos y de que está intentando quedarse embarazada. También me dice que está preocupada por Mary Beth.

–¿Por qué? –yo he hablado con mi hermana un par de veces los últimos quince días, y me pareció que estaba bien.

–¿No te ha dicho que cenó con Vinnie?

–¡No! –no puedo creerlo.

–A nosotros tampoco, ¿verdad, Joey?

–No.

–Nos enteramos por Al, el hermano de Frank, el amigo de Joey. Los vio a los dos en Applebee's con los niños.

–¿Con los niños? –repito yo–. Entonces puede que no fuera...

–Sí que lo era –asegura Sara–. Al dice que Mary Beth tenía esa expresión de esperanza que se le pone en la cara. Y su mujer, Amy, dice que Vinnie no hacía más que coquetear con la camarera.

–¿Delante de los niños? –la verdad es que no me extrañaría de él, el muy capullo.

–A eso me refiero. No ha cambiado nada, ¿verdad, Joey?

–No.

Yo le lanzo una mirada a mi hermano, que mira fijamente hacia delante, observando el tráfico esporádico que cruza la carretera, y me pregunto si sabe siquiera de qué estamos hablando.

—Alguien debería hablar con Mary Beth —me dice Sara—. Siempre le estoy diciendo a tu hermano que lo haga, pero... —Joey suelta un bufido. Parece que sí que estaba atento a la conversación—. Es tu hermana, Joe —dice Sara—. Yo no puedo hacerlo. Al fin y al cabo, solo soy su cuñada. Puede que, ahora que tú estás aquí, Tracey, te enteres de qué está haciendo con Vinnie. Odiaría ver que comete el error de volver con él.

—Él no la aceptaría, aunque Mary Beth quisiera volver —digo yo.

—Nunca se sabe, Tracey. Cuando vivía con ella, llevaba una vida muy cómoda. Comidas caseras, una casa, alguien que se ocupaba de los críos... Ahora, cada vez que le toca llevárselos, intenta encasquetárselos a su madre.

—¿De veras? ¿Cómo lo sabes?

—Me lo ha dicho Vince Junior.

—¿Vince Junior te ha dicho que su padre intenta encasquetarlos a él y a Nino a su abuela?

—Como te lo estoy diciendo —dice Sara, y Joey resopla otra vez.

—Deja de hacer eso, Joey —le dice, y luego se vuelve hacia mí—. Tu hermano cree que estoy exagerando, pero no es cierto. Y, además, él mismo oyó lo que dijeron Al y Amy sobre Mary Beth y Vinnie cuando estuvieron en Applebee's. Amy dice que Mary Beth estaba radiante, como si tuvieran una cita, o algo así.

Me imagino perfectamente la expresión de la cara de mi hermana con Vinnie. Desde siempre, cuando está con él, le hacen los ojos chiribitas. Incluso después de que se casaran, hace unos años. Incluso después de saber con toda certeza que la estaba engañando.

De repente, se me aparece la imagen de Will en la cabeza.

Pero no es lo mismo.

Por supuesto que no.

Sé que hace un par de semanas prácticamente me convencí a mí misma de que me estaba poniendo los cuernos. Pero desde entonces he trabajado un par de veces más para Milos y me he dado cuenta de que eran imaginaciones mías. Todo el mundo es muy amable conmigo, incluso Zoe.

Nadie parece actuar de manera sospechosa, como ocultándome algo, como harían si Will hubiera estado tonteando con alguna chica de Come, Bebe o Cásate.

Will me ha llamado una vez por semana desde que se fue, y hasta hemos tanteado la posibilidad de que vaya a visitarlo en julio. Dice que corre el rumor de que podrían darle el papel principal en *Un domingo en el parque con George*, y que, si es así, debería ir a verlo.

Cada vez que hablamos, hay mucho jaleo de fondo. Pero ya me he acostumbrado. Es como hablar con alguien que vive en un colegio mayor. Siempre hay gente alrededor, y siempre hay alguien que necesita usar el teléfono. Nunca hay ocasión de mantener una conversación íntima. Casi nos limitamos a contarnos qué hemos estado haciendo.

Will está inmerso en el musical de la mañana a la noche. Ha hecho papeles secundarios en dos obras más (uno de los secuaces de Herodes en *Jesucristo, Superstar*, y Laza Wolf, el ricachón de *El violinista en el tejado*). A mí me sorprendió, porque Will me da más el tipo de héroe romántico que el de actor de carácter. Pero puede que solo sea mi percepción.

—¿Qué tal están papá y mamá? —les pregunto a Sara y Joey, porque no quiero pensar en Will, ni en los problemas de mi hermana con su ex.

—Están bien —es la respuesta vaga típica de Joey.

—A tu madre han tenido que hacerle gafas nuevas con más aumento, y tu padre creía que iban a echarle de la fábrica la semana pasada, pero al final no ha pasado nada —me cuenta Sara—. Ah, y han encargado un sofá nuevo para el cuarto de estar.

—¡Ya era hora! —pienso en el sofá de cuadros marrones y respaldo bajo, que lleva en casa de mis padres tanto tiempo que recuerdo que vomité encima de él un día que mi profesora de la guardería me mandó a casa antes de la hora.

—Sí, tu padre no quería comprarlo porque teme que lo despidan, pero el pequeño Danny lo ha pintarrajeado con rotuladores de colores, de los que no se lavan, y no les ha quedado más remedio.

El pequeño Danny es mi otro sobrino: el hijo de mi hermano Danny y de mi cuñada, Michaela. Solo tiene año y medio, y estoy deseando ver cuánto ha crecido desde Semana Santa.

—A tus padres les vas a dar un alegrón cuando te vean

mañana, en la fiesta –dice Sara–. Me alegro de que hayas decidido darles una sorpresa.

–Sí, será divertido.

Yo estoy pensando que es una lástima que mi amiga Andrea no vaya a estar por aquí este fin de semana. Está en la boda de su prima, en Rochester. Cuando la llamé la otra noche para quedar con ella estos días, hablamos de que tenía que ir a Nueva York a visitarme. Pero estoy segura de que no va a hacerlo. La gente de Brookside tiene la misma actitud hacia Nueva York que los neoyorquinos hacia las regiones más recónditas del estado. El este es el este, el oeste el oeste, y en casa como en ninguna parte.

Ya estamos en Brookside, saliendo de la autopista y pagando el peaje. Me parece que nada ha cambiado, mientras atravesamos la calle principal con sus franquicias de comida rápida y su celebérrimo Applebee's. Hemos dejado atrás en un santiamén la escuálida zona industrial y ahora nos dirigimos hacia la casa de mi hermana. Voy a pasar la noche allí para darles una sorpresa a mis padres mañana, cuando aparezca en su fiesta.

–Ojalá pudieras quedarte con Joey y conmigo –dice Sara. Mi hermano y ella viven encima del garaje de sus padres desde que se casaron, hace tres años–. Cuando nos mudemos a la casa nueva –me promete–, podrás quedarte en la habitación de invitados siempre que quieras, Tracey.

–Eso sería fantástico –digo yo, intentando imaginarme cómo será estar felizmente casada con una casa de verdad, con habitación de invitados y todo. Me pregunto si alguna vez lo sabré–. ¿Cuándo os mudáis?

–Vamos a firmar los papeles en agosto, pero la casa necesita muchas reformas.

–Debería estar habitable para Navidad –dice Joey.

–Oh, vamos, Joey –ella le da un golpe en el brazo.

–¿Qué? Lo digo en serio, Sara.

–No vamos a esperar hasta Navidad para estar en nuestra casita.

Yo los escucho a medias mientras discuten.

Miro por la ventanilla a medida que atravesamos las calles apacibles e iluminadas de mi pueblo. Pasamos delante del edificio de piedra gris de la biblioteca y del de ladrillo rojo de la escuela elemental, y del bache de la acera donde una vez me caí con la bici y tuvieron que darme puntos en la rodilla. La última vez que recorrí esta manzana, cuando estuve en casa por Acción de Gracias, la calle todavía es-

141

taba llena de baches. Aquí nieva tanto en invierno que las aceras se agrietan y se levantan entre fines de octubre y marzo.

Brookside no es uno de esos sitios en los que los empleados municipales le dan mucha importancia a las reparaciones. Es un pueblo obrero que ha visto cómo cerraban sus fábricas una tras otra. Mi padre y Danny trabajan en una de las pocas que todavía quedan, y siempre hay rumores de que va a ser absorbida por alguna gran corporación que decidirá trasladar sus fábricas a México o Asia. Mi madre afirma con orgullo que, en caso de despido, ella podría alimentar a una familia de ocho durante semanas con las conservas que guarda en la despensa y, si el despido se produce en el momento adecuado, con los frutos del huerto de la parte de atrás del jardín.

Pienso en algunas de las fiestas que Milos ha dado durante las últimas semanas: fiestas en las casas más elegantes que he visto nunca, con comida que cuesta más de lo que mi madre se gasta en la compra en un año en el mercado de Brookside.

Hasta hace poco, yo nunca había probado el Dom Perignon y el caviar Beluga. Ahora que les he dado un sorbito y un mordisquito, puedo decir que no son para tanto.

Sobre todo ahora que estoy de vuelta aquí, en Brookside, donde toda mi familia sigue viviendo a base de pasta, pan blanco y refrescos de marca desconocida. Me imagino lo que podrían hacer mis padres con el dinero que los clientes de Milos se gastan solo en flores para una fiesta.

Pero lo más gracioso de todo es que algunas de las cosas que mi madre solía hacer en caso de apuro se consideran ahora alta cocina, platos de gourmet italiano: cardillos salteados, brócoli con ajo, incluso pasta *fagiolo*. Comida de campesinos, la llamaba ella.

Nos detenemos delante de la casita donde vive mi hermana. Las luces están encendidas, y el coche verde de Vinnie está en la puerta.

–¡Está aquí! –exclamó, incrédula.

–No, Mary Beth está usando su coche porque al de ella le están poniendo un carburador nuevo –me dice Sara–. Iban a dárselo hoy, pero aunque al final hubo un problema lo tendrá listo por la mañana.

–Menos mal –no estoy de humor para ver a mi ex cuñado–. Me sorprende que le haya dejado el coche.

–Se lo ha dejado solo para no tener que llevar él a los niños de un lado para otro mientras el coche de tu hermana está en el taller –dice Sara–. Vince Junior tiene entrenamiento de béisbol, y los dos van a clases de natación, así que tú hermana siempre los está llevando de aquí para allá en coche. Y no te preocupes por Vinnie: tiene el coche de su madre mientras Mary Beth usa el suyo.

La cara de mi hermana aparece en la ventana y al instante abre la puerta.

Yo salgo del coche, le doy a Sara un fuerte abrazo e intento arrancarle mi bolsa a Joey, que insiste en llevármela hasta la casa.

–Te llamé al trabajo esta tarde –dice Mary Beth, escoltándome al cuarto de estar lleno de juguetes–, pero me salía tu buzón de voz.

–La empresa cerraba a mediodía por el puente –le digo yo.

–Qué bien.

–Sí –sobre todo, porque no he tenido que llamar para decir que estaba enferma, ni pedirle a Jake medio día libre–. ¿Para qué me has llamado?

–No recordaba si te había dicho que la fiesta de mañana es de gala. Pero da igual si no has traído nada de vestir. Puedes ponerte algo mío –de repente me mira boquiabierta–. Bueno, quizá no puedas. ¡Madre mía, Tracey! ¡Has adelgazado una tonelada!

–¡Qué va! –protesto yo, entusiasmada–. Una tonelada, no.

Aún no, por lo menos.

–¿Cuánto?

–Unos seis kilos, la última vez que me pesé.

–Pues no te pases –me advierte, poniendo la misma voz que mi madre.

Miro a mi hermana allí de pie, con sus pantalones de chándal y su sudadera que no ocultan precisamente sus caderas, su tripa y sus muslos, y siento lástima por ella.

–No te preocupes, no me estoy pasando –le aseguro a Mary Beth–. Todavía tengo que perder por los menos diez kilos más.

–¡Diez! ¡No, de eso nada!

–Mary Beth...

–Cinco kilos más, puede –dice ella–. ¿Quieres beber algo? Tengo gaseosa.

Gaseosa. Está claro que ya no estoy en Nueva York.

–¿Tienes algo light? –le pregunto.

143

–Claro. ¿Te apetece comer algo?

–No, gracias.

–¿Has comido en el autobús?

–Sí –miento, porque no quiero que me obligue a comer. Mi madre y ella se ponen histéricas si creen que alguien se ha perdido una comida.

La veo salir de la habitación, y me siento culpable por preguntarme si habré tenido alguna vez el culo tan grande como ella. Quiero mucho a mi hermana. Es la persona que más me gusta del mundo.

Pero somos muy distintas.

Por lo menos, eso es lo que me he dicho siempre.

Miro el cuarto de estar, lleno de juguetes de Fischer Price y pinturas de colores. Sonrío al ver los últimos dibujos de los niños enmarcados en una estantería. Pero se me borra la sonrisa cuando descubro que la foto de boda de Vinnie y mi hermana sigue exactamente en el sitio de siempre.

–¿Por qué no has quitado eso, Mary Beth? –pregunto, señalando la foto cuando ella reaparece con dos coca-colas light y un cuenco de patatas fritas.

–¿El qué? ¿La foto de la boda? ¿Qué pensarían los niños si la quitara? Es una foto de su padre y mía.

–Los niños ya saben que vais a divorciaros.

Lo sé de buena tinta. Yo estaba con ella el otoño pasado, cuando se lo dijo. Vince Junior ya parecía saberlo, pero no quería afrontarlo. Y Nino parecía no enterarse de nada.

–Saben que vamos a divorciarnos, pero no quiero que piensen que odio a su padre –dice Mary Beth, sentándose en el sofá y masticando una patata.

–Eso es una tontería. En primer lugar, porque sí que lo odias... ¿no? –pregunto al notar la expresión que cruza fugazmente su cara.

–Me puso los cuernos cuando estaba embarazada. Me he enterado de que estaba con otra mientras yo daba a luz, Tracey. ¿Qué crees que siento por él? –contesta ella.

–Bueno, pues deshazte de esa foto –insisto, cruzando la habitación y quitándola de la estantería.

–¿Ahora mismo?

–Ten –le doy el marco–. Tírala.

–Pero el marco fue tu regalo de boda.

Tiene razón. Es de plata buena y lleva grabada la fecha de su boda. Lo compré en Cosas para recordar, y en aquel momento parecía una extravagancia. Cuando mi madre lo

144

vio, dijo que debería haberlo comprado de cobre, porque la plata se oscurece.

Esta no ha oscurecido.

Supongo que Mary Beth debe sacarle brillo regularmente.

El asunto me pone enferma.

–Tíralo –digo otra vez.

–Pero eso me parece...

–Lo haré yo –entro en la cocina y piso el pedal del cubo de la basura. Cuando la tapa se levanta, echo dentro el marco. Aterriza encima de un montón de restos de espaguetis mezclado con posos de café–. Ya está. ¿No te sientes mejor? –le pregunto a mi hermana cuando vuelvo al cuarto de estar.

–Supongo.

Pero no es verdad. Estoy segura de que se muere por dentro.

Quiere que la foto vuelva adonde pertenece.

Y Vinnie, también.

–¿Son patatas light? –le pregunto, agarrando una y metiéndomela en la boca.

–No. Con toda su grasa.

–Ah –me como solo esa y luego me siento en el sillón, frente al sofá, y bebo un sorbo de coca-cola light–. ¿Qué tal están los niños?

–Oh, ya lo verás mañana por la mañana. A primera hora –sonríe–. Están ilusionadísimos porque vayas a quedarte aquí, Trace. Querían saber si ibas a pasar todo el fin de semana con nosotros, pero les dije que seguramente mañana dormirías en casa de los abuelitos.

–Sí, seguramente –digo yo. Mis padres se sentirían dolidos si no lo hiciera.

Pero sé que, dentro de veinticuatro horas, mi madre ya estará volviéndome loca. Intentará hacerme sentir culpable por haberme ido, y se comportará como si fuera algo temporal, como hace siempre.

–Me han dicho que se han comprado un sofá nuevo –le digo a Mary Beth.

–Sí. Es espantoso.

–Lo sé. Recuerdo que una vez vomité encima de él, y no he sido la única.

–No, me refería al nuevo. Es marrón con dibujitos beige, de tela áspera, con los cojines muy tiesos. Fui con mamá a comprarlo.

–¿Lo dices en serio? –me echo a reír–. ¿Y qué ha sido de la decoración en tonos teja?

Ella también se ríe. Procedemos a mofarnos del mobiliario de nuestros padres. Luego nos mofamos de nuestros padres en general. Parece mezquino, lo sé, pero lo hacemos con cariño. Y entonces me doy cuenta de lo mucho que echo de menos a mi hermana.

Cuando Mary Beth me dice que puedo dormir con ella en su cama de matrimonio en vez de aquí fuera, en el sofá, le tomo la palabra inmediatamente. Se está bien acurrucada a su lado, oyendo su respiración acompasada, sabiendo que me quiere y me acepta incondicionalmente.

Trece

Mis padres, también.

Me quieren incondicionalmente, digo.

Pero cuando al día siguiente los veo en la fiesta, lo primero que me dice mi madre (después de chillar, abrazarme, llorar y sobreponerse a la impresión de verme allí) es:

—¿De dónde has sacado ese vestido? Deberías ponerte cosas así más a menudo. Estás preciosa.

El vestido procede del fondo del armario de Mary Beth, tiene por lo menos una década de antigüedad y es cuatro tallas inferior a la que actualmente gasta mi hermana. Ni muerta me dejaría ver con este atuendo al este del río Hudson. Está totalmente pasado de moda. Y, para más inri, es rosa. Y sin mangas. Pero hay que ver a mi madre con su traje azul turquesa mal cortado, con una cadena de oro a modo de cinturón. No es precisamente la mujer más *fashion* de Brookside.

Mi padre me dice repetidamente que ya era hora de que viniera a hacerles una visita. Me lo dice en la fila del bufé, durante el brindis en honor a mi madre y otra vez mientras bailamos una vieja canción de Frank Sinatra.

Lo dice tanto y a tantos parientes, amigos y vecinos, que estoy segura de que todo el mundo piensa que no he vuelto desde que me mudé a Nueva York, hace más de un año. Ya fui la comidilla del pueblo porque me marché. Ahora seré la comidilla del pueblo porque no solo me he ido, sino que además les he vuelto la espalda a mis pobres padres.

La fiesta se celebra en el salón de la iglesia de la Santísima Madre, en el mismo lugar donde fui a clases de catequesis de pequeña, donde los adolescentes hacíamos nuestros primeros bailes y donde Mary Beth y Vinnie celebraron su banquete de bodas. Tiene gracia: he estado aquí cientos, quizá miles de veces, pero de pronto me parece un sitio completamente desconocido.

No puedo creer que nunca me haya fijado en que apesta al tabacazo del bingo de los sábados por la noche, o en que las flores del linóleo están tan arañadas, o en que las sillas plegables de metal gris y las largas mesas cubiertas con manteles de papel con campanitas de boda estampadas están tan... en fin, tan pegajosas.

Lo mismo que la mesa del bufé, con sus bandejas de latón llenas de *ziti* cocidos, salchichas con pimientos y ensalada de lechuga de un verde desvaído, tomates tirando a naranja y aliño de bote.

¿Y qué decir de la decoración? Guirnaldas de papel maché colgadas del techo y campanillas plegables, suspendidas de los aros de las canastas (nunca había notado que hubiera canastas). En las mesas hay cuenquillos de papel blancos, arrugados, llenos de esas almendras recubiertas de azúcar de sabor infame.

Pero la verdadera guinda del pastel es el DJ: Chaz, el hermano pequeño del padre Stefan, que lleva un traje de poliéster, pero no porque le guste la estética retro, sino porque él es así. Ha puesto *Celebration* por lo menos tres veces y, cada vez que la pone, se arma un gran alboroto y la pista se llena de gente.

Comparo esta escena con las fiestas que da Milos en Nueva York, y me descubro compadeciéndome de mis padres y mis hermanos. Ninguno de ellos se da cuenta de que todo esto es horriblemente hortera. En realidad, se lo están pasando en grande bailando, comiendo y charlando con la gente.

No me malinterpretéis. Yo también lo estoy pasando bien.

Pero no puedo evitar sentir que no pertenezco a este lugar.

O, mejor dicho, que no quiero pertenecer a este lugar.

Intento imaginarme qué ocurrirá cuando Will y yo nos prometamos y mi familia intente organizarnos la boda. Se llevarían una desilusión si les dijera que queremos casarnos en Nueva York. Dirán que la boda se celebra siempre en el pueblo de la novia y que, ya que van a pagar el banquete, es mejor que se celebre aquí, en Brookside.

Razón de más para seguir arañando algún dinerillo para

148

mi frasco de Prego, que, por cierto, he de llevar al banco, pues ya tengo una cantidad respetable (casi quinientos dólares), gracias a las veces que he trabajado para Milos en las últimas semanas.

Will y yo tendremos que ahorrar para pagar la boda si queremos que se celebre en la ciudad.

Si no, nos encontraremos aquí, en el salón de la Santísima Madre, bailando al ritmo de Kool and the Gang y haciendo el baile del pollo, con el que Chaz nos ha deleitado no una, sino dos veces ya.

Me siento en una mesa plegable y bebo ponche de una tacita. Miro a Vince Junior y a Nino en la pista de baile, agitando los codos como pollitos antes de tirarse al suelo, muertos de risa. Y pienso que tal vez el baile del pollo no esté tan mal.

Pero entonces intento imaginarme a Will haciéndolo, y no puedo.

Él no encajaría aquí, así de sencillo.

Lo cual no está mal.

Mataría por un cigarrillo. Dios sabe que podría gorronearle uno a alguien, porque hay fumadores a punta pala, pero nunca fumo delante de mis padres. No sé por qué, pero estoy segura de que, si sigo fumando a los cincuenta años, cuando ellos tengan ochenta, seguiré fumando a escondidillas para que no me vean.

El baile del pollo da paso a la tarantela, que es un baile muy popular aquí entre esta tribu. Se trata de un baile folclórico italiano que consiste en dar muchas palmas, brincar y agarrarse del brazo.

Alguien se sienta a mi lado.

–Hola, Tracey.

Levanto la mirada y veo que es Bruce Cardolino. Sus padres y los míos son amigos desde hace muchos años. De hecho, el padre de Bruce era amigo de mi padre, y su madre lo era de la mía, y fueron ellos quienes organizaron una cita a ciegas entre mis padres. Así es como se conocieron.

Bruce lleva unos pantalones de vestir grises (de vestir, ojo), y una camisa negra, de aspecto sedoso, con el cuello abierto, que deja al aire su pelo del pecho y una cruz de oro. En otras palabras, quedaría que ni pintado en un episodio de *Los Soprano*.

–Hola, Bruce, ¿qué tal te va?

A mí Bruce siempre me ha gustado. En realidad, lo llevé a un par de bailes de la Organización de Jóvenes Católicos

149

cuando éramos adolescentes, porque no conseguí una cita de verdad. Nunca nos besamos, ni nada. Éramos estrictamente amigos. Pero siempre me pareció guapísimo y, si no hubiera tenido siempre novia (o hubiera estado dispuesto), me habría colado por él.

Sigue siendo guapo, en un sentido estrictamente italoamericano: pelo negro y peinado hacia atrás, alto, bien conformado. No lo veía desde hacía un par de años porque se había ido a estudiar al colegio universitario de San Juan Pescador, en Rochester, pero me han dicho que ya ha vuelto al pueblo y que trabaja en el negocio de su padre.

El señor Cardolino tiene una pequeña empresa de fontanería y calefacción. Mi padre siempre dice que gana una fortuna, y supongo que así es, dentro de los parámetros de Brookside. Siempre conduce un Buick nuevecito y la señora Cardolino tiene un abrigo de pieles. Además la familia entera va todo el tiempo enjoyada. Incluso la hija de Tanya, la hermana de Bruce, que solo tiene un año y en estos momentos está bailando el baile del pollo con mis sobrinos, lleva pendientes.

—¿Sigues viviendo en Nueva York? —pregunta Bruce. Cuando asiento, dice—: ¿De veras? ¿Y cómo es?

—Es fantástico —le digo escuetamente. Todo lo que diga llegará a oídos de mis padres, así que tengo que hilar muy fino.

—¿Has visto alguna vez a Donald Trump?

—No, nunca lo he visto.

—Y a esa gente que sale en *Corazón de melón*, ¿tampoco los ves?

—No, nunca.

—Así que, ¿nunca has ido a ver grabar el programa, ni has sacado una pancarta delante de la cámara?

—No.

—Ah. Mi novia siempre está diciendo que quiere hacerlo. Dice que, si nos casamos, quiere que la lleve a Nueva York de luna de miel para sacar una pancarta en la que diga que nos acabamos de casar —resopla como diciendo «figúrate».

—¿Quién es tu novia, Bruce? ¿Alguien que yo conozca?

—Angie Nardone. ¿La conoces?

—¡Angie Nardone! Sí, es unos años más pequeña que yo, pero íbamos juntas al Key Club.

—Sí, solo tiene diecinueve años —confiesa Bruce—. Supongo que es demasiado joven para empezar a hablar de casarse.

–Sí, diecinueve años son pocos.

–Yo le digo que, si todavía seguimos saliendo al año que viene, cuando sea más mayor, ya veremos.

–Sí –digo yo, pasmada–. Entonces tendrá veinte.

–Sí. Mejor veinte que diecinueve. Mis padres se casaron a los diecinueve, pero antes las cosas eran distintas.

–Exacto. Aunque, por otro lado, Tanya se casó nada más salir del instituto, y Joey y ella parecen muy felices –digo yo. Obviamente, Tanya no está casada con mi hermano Joey: hay infinidad de Joeys en Brookside. En realidad, la mayoría de ellos están aquí, en la fiesta de aniversario de mis padres.

Tanya, la hermana de Bruce, y su Joey tienen por lo menos cinco hijos y ella está embarazada otra vez, pero han bailado todas las lentas que ha puesto Chaz.

–Sí, pero eso también es distinto –dice Bruce, inclinándose hacia mí–. Tuvieron que casarse, ¿recuerdas?

–Ah, sí –se me había olvidado completamente.

Aquí, en Brookside, si eres soltera, católica romana y te quedas embarazada, tienes que casarte. Sencillamente, no hay alternativa.

–Bueno, ¿y tú qué haces? –me pregunta Bruce–. En Nueva York, quiero decir.

–Trabajo en una agencia publicitaria.

–¿Y a qué te dedicas allí?

Ni en sueños voy a decir esa palabra que empieza por «s». Sobre todo, porque Bruce parece impresionadísimo por el mero hecho de que viva en Manhattan.

Así que digo vagamente:

–Hago muchas cosas distintas. Ahora mismo, por ejemplo, estoy intentando ponerle nombre a un producto nuevo.

–¡Bromeas! ¿Qué clase de producto?

–Un desodorante nuevo. Está pensado para durar una semana entera.

–Qué guay. ¿Y qué nombres se te han ocurrido?

–*Persist* es mi favorito –le digo–. Pero no sé si van a aceptarlo, así que sigo trabajando en ello.

–Eh, voy a pensarlo, a ver si se me ocurre alguno y te escribo para decírtelo, ¿vale? Me encantaría ayudarte en algo así.

–Gracias, Bruce –me gustaría decirle que no se moleste, pero no sé cómo hacerlo amablemente, así que digo simplemente–. Eso sería genial.

Me pregunta mi dirección, la apunta en una servilleta de papel, la dobla y se la mete en el bolsillo de la chaqueta.

Charlamos un rato más, sobre todo del negocio de la fontanería y la calefacción y de la gente que conocemos.

Entonces vuelva a sonar *Celebration* y Bruce se levanta de un brinco y grita.

—¡Guau! ¿Quieres bailar, Tracey?

¿Ese éxito musical no-tan-dorado? Ni aunque mi vida dependiera de ello. Pero le digo amablemente:

—No, gracias. Pero ve tú.

—¡Venga, anímate! A Angie no le importará. Hoy tenía que trabajar. ¿Te he dicho que saca sangre en el ambulatorio de Brookside?

—No, creo que no me lo habías comentado.

—Venga, vamos a bailar.

—No, de veras. Voy a ir a ver si mis sobrinos han comido tarta ya —le digo, y me voy en busca de Vince Junior y Nino mientras Bruce se une a la multitud que brinca en la pista de baile.

Encuentro a los niños tumbados debajo de una mesa, sacando almendras garrapiñadas de sus cuenquillos de papel y haciendo un gran montón con ellas.

—¿Qué hacéis, chicos? —les pregunto, mirándolos fijamente.

—Esto es una cantera —dice Vince Junior solemnemente.

Nino asiente y se saca del bolsillo de los pantalones de Baby Gap un bulldozer amarillo en miniatura.

—Vamoz a sacaz piedraz de da canteda —me informa.

—Qué guay. ¿Puedo jugar?

Naturalmente, se muestran encantados.

Todos «zacamoz piedraz de da canteda» un rato y, luego, les llevo un gran trozo de tarta que rápidamente despojan de su recubrimiento de nata azucarada antes de decirme que están llenos.

Me dan tentaciones de comerme los restos de la tarta, pero están un tanto fangosos, así que tiro los platos a la basura.

Estoy limpiándoles la nata de la cara con servilletas de color púrpura con el nombre de mis padres y la fecha de su boda grabados en plata cuando Nino grita:

—¡Eh, midaz! ¡Ahí eztá mi papi!

Yo sigo su mirada.

Como cabía esperar, allí está Vinnie, en la pista de baile, bailando *Para siempre jamás* con Mary Beth.

—¿Qué hace papá aquí? —pregunta Vince Junior.

—Eso me pregunto yo —masculло, por mi parte.

Mientras los niños corren a saludar a su padre, yo me acerco a la mesa donde mi hermano Joey y Sara están sentados.

—¿Habéis visto quién está ahí, chicos? —pregunto.

—Te aseguro que no estaba invitado —afirma Sara—. Dice que solo se ha pasado por aquí para dejar el coche de Mary Beth y recoger el suyo del aparcamiento.

—Sí, eso es justamente lo que está haciendo —digo yo, mirando a Vinnie, que balancea a Nino sobre los hombros, fingiendo que va a dejarlo caer encima de Vince Junior mientras Mary Beth los contempla, extasiada.

—Supongo que entró a saludar a papá y a mamá, y alguien le pidió que se quedara a probar la tarta —dice Joey.

Apuesto algo a que ese alguien ha sido Mary Beth.

Me duele ver que mi hermana se resiste tanto a expulsarlo de su vida de una vez para siempre.

Sí, es el padre de sus hijos. Pero ¿es que no ve cómo la utiliza?

—Lo que no comprendo —dice Sara—, es por qué lo hace. Se supone que tiene una nueva novia (una, por lo menos), y le ha dicho a Mary Beth que ya no la quiere. Así que, ¿por qué sigue dándole esperanzas?

—Porque necesita alimentar su ego con la adoración ciega de Mary Beth. Le encanta ver que sigue estando loca por él y saber que, haga lo que haga, estará ahí —me estremezco—. Si se le ocurre aunque solo sea mirarme, lo saco a rastras y le digo que se largue.

Pero Vinnie no me mira y se va.

Y, cuando se ha ido, Mary Beth se desinfla.

Me encantaría insuflarle un poco de sentido común, pero no tengo ni un momento. Tenemos que posar para fotografías familiares que bastarían para llenar una docena de álbumes, y guardar los restos de la tarta en cajitas individuales que llevan grabado el nombre de mis padres y la fecha de su boda, y hay que darle una cajita a cada invitado cuando sale por la puerta.

Para cuando quedamos solamente los de la familia, a Nino le ha dado un berrinche postarta y se pone a gritar y a dar patadas al suelo, y mi hermano Frankie está ayudando a Mary Beth a meterlo a él y a Vince Junior en el coche.

Luego vuelvo a casa con mis padres, que están histéricos porque nadie les había dicho que iba a ir y mi habitación está sin hacer.

—No pasa nada, mamá —le digo mientras revolotea a mi

153

alrededor, bajando persianas y metiendo cosas en el armario. Al parecer, ahora usan mi cuarto como trastero para meter todo aquello que no encaja en ninguna parte: jerseys
gordos, revistas viejas, folletos publicitarios y juguetes con
los que juegan los nietos cuando van a casa.

Yo me digo que no debería importarme (después de todo,
es su casa, y yo ya no vivo aquí), pero no puedo remediar
sentirme dolida.

¿Acaso esperaba que mantuvieran mi habitación como
un relicario inmaculado en mi ausencia?

Pues sí, eso parece.

—¿Cuánto tiempo vas a quedarte? —pregunta mi madre
mientras saca un juego de sábanas de flores muy repasadas
y descoloridas de un cajón de mi cómoda en el que yo solía
guardar mis braguitas de algodón blanco, mis sujetadores
de resistencia industrial y el dinerillo que ganaba trabajando
de niñera y, hace mucho tiempo, mis cigarrillos y mi ejemplar raído de *La mujer sensual*.

—Voy a quedarme hasta el lunes —le digo a mi madre.

—¡El lunes! —se detiene mientras estira la vieja sábana
ajustable sobre el colchón manchado y hundido—. Pero si
eso es pasado mañana...

—Lo sé. Tengo que trabajar el martes.

—¿No puedes pedir unos días de vacaciones?

Sacudo la cabeza y la ayudo a estirar la sábana.

—Todavía no me los he ganado.

Ella parece horrorizada.

—¿Y qué tienes que hacer para ganarte unas vacaciones?

—Nada, mamá, solo trabajar seis meses en la empresa. Cosa
que todavía no he hecho —meto una de las esquinas elásticas
de la sábana bajo el colchón, y la del otro lado se sale.

—Bueno, ¿y es que no saben que tu familia vive a sete-
cientos kilómetros de distancia? —ella remete la otra esquina
de la sábana.

La mía se sale otra vez.

—Son las normas de la empresa, mamá.

—¿Y qué clase de empresa es esa?

—Ya te lo he dicho, una agencia publici...

—No, lo que quiero decir es que ¿qué clase de empresa
secuestra a una chiquita joven y le impide ver a su familia?

Ah, por fin lo he pillado.

A ella, y a la dichosa sábana.

Pero antes de que pueda decir una palabra, mi madre sigue diciendo:

–¿Y qué clase de hombre le vuelve la espalda a una mujer durante meses para subir a un escenario a cantar y bailar?

Ya empezamos.

A mi madre nunca le ha gustado Will.

A nadie de la familia le gusta Will.

Tiene muchos puntos en su contra:

1º. No es de Brookside.

2º. No se quedó en Brookside cuando llegó aquí.

3º. Parece, actúa y habla de manera distinta a cualquier persona de Brookside.

4º. Y, además, me alejó de Brookside.

O eso creen ellos. Son incapaces de asumir que me fui porque quise.

–Mamá, Will es actor. Los actores hacen giras de verano. El hecho de que se haya ido este verano no tiene nada que ver conmigo, ni con nuestra relación.

Ella se queda callada. Deja la sábana ajustable por imposible con una esquina arrugada y concentra su atención en la sábana de arriba. Tiene el ceño tercamente arrugado. Mala señal.

Yo la miro fijamente. Noto que todo en ella es redondo. Su pompón de pelo negro, acaracolado. Sus grandes ojos negros, embadurnados de rímel y delineador para la ocasión. Su cara, con su mancha circular de carmín. Sus brazos, su cuerpo, su culo... Todo en ella es elíptico. He visto fotos de su juventud, y siempre ha sido agradablemente oronda, pero guapa. Me pregunto si algún día me pareceré a ella.

Intento imaginarme a su edad. Intento imaginarme a su edad, pareciéndome a ella y casada con Will.

No puedo.

Will, a la edad de mi madre, parecerá sin duda un cruce entre Harrison Ford y Michael Douglas. Y un hombre con ese aspecto no tiene una mujer con esta pinta.

Procuro sacudirme de encima esa idea y concentrarme en lo que nos ocupa.

–¿Y tú cómo sabes que Will se ha ido, mamá? Yo no te lo he dicho.

Porque sabía que reaccionarías así.

–Me lo ha dicho Mary Beth. Está preocupada por ti.

–Mary Beth debería preocuparse por sí misma. Ya tiene suficientes problemas con Vinnie, que no la deja en paz.

–Tienen dos hijos, y se casaron por la iglesia, Tracey –replica mi madre.

155

—Pero eso no significa que tenga que volver a aceptarlo.

Mi madre no dice nada. Simplemente, saca una manta llena de pelotillas del armario y empieza a extenderla sobre la cama.

—Mamá, estamos en julio —le digo, deteniéndola—. Voy a achicharrarme con esa cosa.

—Por las noches hace frío.

—Pero no tanto —empiezo a doblar la manta otra vez.

Ella se encoge de hombros como para demostrarme que será culpa mía si muero congelada durante la noche.

—Ese no te conviene, Tracey.

—¿Quién? ¿Will? —suspiro yo—. ¿Y tú cómo lo sabes, mamá? Apenas lo conoces.

—Lo conozco lo suficiente. Y no te conviene. No te hace feliz.

—Vinnie no hace feliz a Mary Beth. ¿Por qué quieres que siga con él?

—Porque ella está casada y tiene hijos —para mi madre, católica acérrima como es, esa razón es suficiente—. No cometas el mismo error que cometió tu hermana, Tracey. Cásate con alguien que te quiera.

—Eso pienso hacer, mamá...

Ella se inclina un poco hacia mí y baja la voz hasta convertirla en un susurro.

—Cásate con alguien que te quiera más de lo que te gustaría que te quisiera. Cásate con alguien que te quiera más que tú a él. Porque siempre te tratará como una reina. Siempre estará ahí. Y al final aprenderás a quererlo.

¿Qué clase de consejo es ese?

Oh oh.

Al ver su cara, me doy cuenta de que me lo dice por experiencia.

—Así que tú... ¿tú no querías a papá cuando te casaste con él? —pregunto, asombrada.

—Sí, lo quería. Claro que lo quería. Pero no me alborotaba el corazón como yo esperaba. Sin embargo, estaba loco por mí —sacude la cabeza—. Pensaba que era lo mejor que le había ocurrido. No me veía ningún defecto.

—Y así sigue siendo.

Ella sonríe y me da una palmada en el pecho.

—Pues ya lo sabes.

Pues no, la verdad es que no. Pero le dejo que crea que me ha dado que pensar.

El resto de mi visita se pasa volando. El domingo vamos a

la iglesia y a comer espagueti a casa de mis abuelos a mediodía, a pesar de que fuera hay treinta y cinco grados y
tanta humedad que todos tenemos la cara roja y sudorosa y
el pelo pegoteado a la cabeza. No es una visión agradable.
Lo bueno es que hace demasiado calor para comer. O sea,
que consigo mantener la dieta, lo cual temía que fuera todo
un reto este fin de semana.

El domingo por la tarde vamos a ver la casa nueva de Sara
y Joey y luego a casa de mi tía Mary a tomar café y *pizzelle*
caseras. Todos al completo. La familia entera. Nunca antes
me había fijado en que, en Brookside, la gente va en *packs*.

No tengo ni un minuto para mí hasta que estoy montada
en el autobús, de regreso a la ciudad, el lunes por la tarde.
Hace un día húmedo y gris (el peor Día de la Independen-
cia que recuerdo en los últimos años). Ello debería hacer
menos penoso pasarse el día entero en un autobús abarrotado, pero, por alguna razón, no es así.

Hasta que no estoy a bordo no caigo en la cuenta de que
es un autobús de los que pasan por los pueblos. Va a tardar
doce horas enteritas en llegar a Manhattan, parándose en
cada bendito pueblo industrial venido a menos del estado.
Utica, Rome... todos parecen iguales. Nada que ver, ninguna razón para bajarse del autobús los cincos minutos que
paramos, como no sea para fumar. Cosa que hago, hasta
que me doy cuenta de que será mejor que reserve los pocos
cigarrillos que me quedan.

Cuando hacemos una parada más larga en Albany, me
doy cuenta de repente de que estoy a menos de una hora de
Will. Si cambiara de autobús en esta estación, estaría en
North Mannfield antes de que este autobús hubiera cubierto
la mitad de la distancia entre Albany y Nueva York.

Pero no puedo hacerlo.

No puedo presentarme así como así en el umbral de Will
(¿tendrá umbral la casa de la compañía?) y preguntar por él.

Así que me fumo mi antepenúltimo cigarro y mi penúl-
timo cigarro y vuelvo al autobús cuando el conductor anuncia que nos vamos.

En algún punto cerca de Poughkeepsie, termino de leer
Tom Jones, de Henry Fielding, con el que llevaba liada dos
semanas y que me ha resultado sorprendentemente entrete-
nido. Paso a *Moby Dick*, el otro libro que llevo conmigo.
Cuando lo compré, en Nueva York, me prometí a mí misma
que, si conseguía acabarlo, luego podría leer lo nuevo de
Danielle Steel para darle un descanso a mi cerebro.

Doy gracias al cielo cuando, al cabo de unas pocas páginas, oscurece demasiado para leer y la luz de encima de mi asiento no funciona. Dejo el libro a un lado y me contento alegremente con mirar por la ventana.

Ahora que estamos casi en la ciudad ya no hay tantas alimañas en el autobús. Hay muchos universitarios, señoras mayores, y madres solteras con sus hijos pequeños.

El tráfico se hace más denso a medida que atravesamos Jersey. Cuando llegamos al puente George Washington, estamos metidos en un atasco de órdago. Avanzamos por el puente centímetro a centímetro.

Estoy empezando a sentirme atrapada.

En el autobús hace cada vez más calor.

El conductor anuncia que hay un problema con el aire acondicionado y que ha tenido que bajarlo para que no nos quedemos parados en el puente.

El sudor me chorrea desde la cabeza.

El viejo que va a mi lado está roncando.

El niño de detrás de mí da paraditas rítmicamente a mi asiento.

Los universitarios del fondo van oyendo música rap con un ritmo agobiante y machacón.

Empieza a pesarme el corazón.

Ojalá pudiera fumar.

Pero está prohibido.

Necesito una distracción, así que intento pensar en otra cosa.

En Will.

Pero, cuando pienso en Will, me doy cuenta de que seguramente estará pasando un Cuatro de Julio fabuloso. Probablemente esté bajo las estrellas, en una playa, junto al lago, con sus nuevos amigos.

El autobús se arrastra por el carril exterior del puente.

Se oye una explosión.

Yo pego un chillido.

El viejo se despierta tosiendo.

El niño de atrás empieza a berrear.

—¡Solo son fuegos artificiales! —dice su madre.

Miro por la ventana y veo que tiene razón.

Hay fuegos artificiales sobre la ciudad.

Pero me sorprendo cerrando los ojos con cada detonación, preguntándome si son imaginaciones mías o si el puente tiembla cada vez que se ve un destello brillante en el cielo.

Por un instante, he pensado que la primera explosión era

una bomba. Ahora que sé que solo son fuegos artificiales, me pregunto qué habría pasado de haber sido una bomba de verdad. Nueva York es objetivo preferente de los terroristas, así que no sería descabellado pensar que a alguna mente maligna se le ocurriera volar el puente George Washington el Cuatro de Julio.

El autobús está justo al lado de la barandilla y apenas nos movemos.

Si en este preciso momento estallara una bomba, saldríamos volando por encima de la barandilla y caeríamos al río Hudson.

Nos ahogaríamos.

Moriríamos.

Sudo profusamente, pero con un sudor frío y pegajoso, y me cuesta trabajo tragar. La cosa empeora cuando pienso en ello (el funcionamiento de la garganta, digo).

Oh, Dios mío.

Se me está cerrando la garganta, no puedo respirar y me siento atrapada.

Y voy a morir.

Procuro cuidadosamente no mirar por la ventana.

Si miro y veo la barandilla y el río, me dará un ataque de nervios.

El autobús se mueve hacia delante milimétricamente.

Tengo la sensación de que oscila al borde del puente.

Miro a los otros pasajeros para ver si alguno se ha dado cuenta de lo precaria que es nuestra situación, pero todo el mundo parece ajeno al peligro.

Aunque, probablemente, yo también lo parezco. No es que precisamente me haya arrojado al pasillo, poseída por un frenesí al estilo Nino.

Todavía.

Avanzamos.

Centímetro a centímetro.

Hora a hora.

La traca final de los fuegos artificiales estalla allá arriba en una deslumbrante apoteosis de resplandores, humo y estruendo.

Yo junto las manos sobre el regazo con tanta fuerza que con la uña del dedo índice de una mano me hago sangre en la palma de la otra.

Por fin (loado sea el cielo), salimos del puente.

A medida que el autobús avanza entre el denso tráfico del lado oeste, yo me voy calmando poco a poco.

Cuando al fin llegamos a Autoridad Portuaria, mi corazón casi vuelve a latir a ritmo normal.

Había pensado tomar el metro para volver a casa, pero en este momento la idea de verme encerrada bajo tierra me da pánico.

Necesito aire.

Necesito un cigarrillo.

Salgo de la terminal de autobuses, sucia y deslustrada, pero dotada de aire acondicionado, al pútrido baño de vapor de la noche de Manhattan. Me tiemblan las manos cuando saco mi último cigarro del paquete y me lo pongo en la boca.

Lo enciendo y doy una profunda calada.

Ahora me siento mejor.

Las calles están atestadas de gente. Compro otro paquete de tabaco en un quiosco de la calle y me abro paso entre el gentío, cargada con mi pesada bolsa.

Estoy intentando aclarar qué demonios me pasó antes, en el autocar, y no se me ocurre ninguna respuesta. Fue como si de mi cabeza hubiera huido hasta la última pizca de sentido común.

Intento parar un taxi, pero es imposible encontrar uno libre.

Y ni muerta me meto ahora en un autobús urbano, o en el metro.

No me queda más remedio que seguir andando, zigzagueando a través de la ciudad, una calle o dos en diagonal y dos calles o más en horizontal, hacia mi barrio en el East Village. Estoy en la Veintinueve con Park cuando una pareja sale de un taxi en la esquina, y le hago una seña al conductor.

Cinco minutos y cinco pavos después, estoy en casa.

La lucecita del contestador parpadea. Aprieto el botón, preguntándome si será una llamada de Will.

Pero no es de él. Es de Buckley.

—Hola, Tracey. Como no me has llamado, he pensado llamarte yo. Joseph me dio el teléfono de Raphael, y Raphael me ha dado el tuyo. Espero que no te importe. Ya he acabado ese trabajo que estaba haciendo en tu edificio. Por eso no nos hemos visto últimamente. Estaba pensando que podíamos quedar para tomar una copa o algo. Platónicamente.

Bueno, sí, platónicamente, desde luego, pienso yo, deseando sentirme irritada, pero incapaz de reaccionar. ¿Qué espera, si no?

160

—Llámame —concluye el mensaje de Buckley.

Y es el único que tengo.

Will no ha llamado.

Bueno, la verdad es que el Cuatro de Julio no es una de esas fechas en las que la gente te llama para felicitarte. Quiero decir que no es como Navidad, o Año Nuevo, o el Día de la Madre, o San Valentín. Pero aun así...

Podía haberme llamado.

Quiero decir que...

Buckley sí que me ha llamado.

Y a lo mejor debería devolverle la llamada. ¿Por qué no? Es un tío majo, y sería divertido volver a quedar con él.

Y más aún ahora que Kate está tan ocupada con Billy en los Hamptons. Están enrollados desde el fin de semana que estuve allí. Motivo por el cual, presumiblemente, no ha vuelto a invitarme.

Mientras tanto, Raphael está loco por un bailarín checoslovaco al que conoció en un pub de Jersey City. Brenda está muy liada con sus planes de boda, Latisha está de un humor de perros debido a la mala racha de los Yanquis, e Yvonne se dedica a enseñarle la ciudad a Thor cada vez que tiene un minuto libre.

Y a mí ¿dónde me deja todo esto?

Pues recién salida de un fin de semana en Brookside y obsesionada con la idea de que unos terroristas vuelen un puente conmigo encima.

Impulsivamente, saco mi agenda y busco el número de Buckley. Lo marco antes de que me dé tiempo a arrepentirme. Mientras espero, pienso que debería colgar, y luego que seguramente no estará en casa y que, si no está, no le dejaré ningún mensaje porque, en cuanto me lo piense despacio, me daré cuenta de que no es tan buena idea como...

—¿Diga?

—¿Buckley?

—¡Tracey!

Parece encantado de oírme.

Ahora la encantada soy yo. Es agradable que la reciban a una tan bien, aunque sea por teléfono.

—Vaya, has llamado. Creía que no ibas a hacerlo.

—¿Por qué? Dijiste, eh, que te llamara.

Él hace una imitación sorprendentemente precisa de mi madre, a la que, por supuesto, no ha visto nunca:

—Si te dijera que te tiraras por un puente, ¿también lo harías?

No tiene ni idea de la relevancia de ese comentario en particular, y yo no voy a decírselo, así que suelto una risita forzada.

Entonces me pregunta por mi fin de semana, y me habla del suyo: que fue a su casa, a Long Island, a una barbacoa familiar y que hoy se ha pasado el día en Jones Beach. Al parecer, aquí, en la parte este del estado, ha hecho un día soleado y radiante.

—Qué suerte, pasarte el día en la playa mientras yo estaba en el autobús —digo yo.

—Qué va, la playa estaba llena de prodigios de la naturaleza —dice él.

—¿De prodigios? ¿Como un circo?

—Nunca había visto una masa de perdedores tan perfecta y abigarrada —se lanza a una descripción hilarante de los domingueros de la playa, imitando diálogos y acentos. Me hace reír tan fuerte que empiezan a dolerme los incipientes abdominales.

—No me había reído tanto desde la primera parte de Austin Powers. Deberías escribir telecomedias, Buckley, en vez de anuncios —le digo cuando por fin recupero el aliento.

—¿Ah, sí? Tendrías que leer mis anuncios. Son como para descojonarse —yo me río otra vez—. Bueno, entonces, ¿quieres que quedemos para tomar algo algún día, o qué? —pregunta de repente. Antes de que yo pueda responder, añade de nuevo—: Platónicamente.

—¡Vaya por Dios! Y yo que quería salir contigo, Buckley...

—Es que soy un tío bueno —dice—. Pero tú, mi querida y alocada jovencita, ya tienes tu propio tío bueno.

—Lo sé —doy un suspiro exagerado—. En fin, intentaré mantener las manos quietas.

—¡Pero qué descarada!

Quedamos para bebernos un ron frío y escarchado en un restaurante de su barrio, el miércoles después del trabajo. Buckley sugiere el sitio y la hora, y me alegro de que no sea un lugar donde haya estado con Will.

Y es fantástico no sentirme en absoluto amenazada por el hecho de que me besara. Entre nosotros se ha roto el hielo.

O puede que solo se haya roto mi hielo, porque el caso es que Buckley (empiezo a darme cuenta de ello) está siempre completamente relajado y a gusto. Pero no creo que finja. A él nada parece molestarlo.

Sea como fuere, ahora las cosas tienen mejor cara.

Sobre todo, cuando me subo en la balanza antes de ponerme el pijama y veo que he perdido dos kilos más desde la última vez que me pesé.

Al final, lo estoy consiguiendo. Todo lo que dije que haría: perder peso, leer a los clásicos y ahorrar dinero.

Hasta ordené mi apartamento una noche la semana pasada y tiré dos grandes bolsas de basura llena de cosas inservibles.

Me pongo delante del espejo, todavía vestida con los pantalones cortos de lino arrugados y la camiseta negra de manga corta que llevaba en el viaje en autobús.

Observo mi nuevo yo.

No está mal.

Es curioso qué distintas son las cosas con casi diez kilos de más. Pero cuando una piensa que es como llevar cinco paquetes de dos kilos de harina en las caderas, el culo, los muslos y la tripa, es sorprendente que la diferencia no sea mucho mayor. No me malinterpretéis: me gusta mi nuevo yo.

Es notablemente más delgado que el anterior.

Pero aun así sigue siendo reconocible.

Suspiro, dándome cuenta de que, por muy lejos que haya llegado, todavía tengo mucho camino que recorrer.

Catorce

El miércoles por la tarde, voy de camino a los ascensores después del trabajo, para encontrarme con Buckley cuando Jake me para. Lleva todo el día metido en reuniones, y apenas nos hemos visto. Espero que no quiera que me quede, porque he llamado a Buckley hace cinco minutos para decirle que iba de camino para allá.

—¿Puedo comentarte una cosa, Tracey? —pregunta Jake.

—Claro —espero a que se explique, preguntándome qué querrá.

—Bueno, ven a mi despacho.

Echa a andar. Yo lo sigo, sorprendida. ¿Por qué no me lo cuenta aquí, en el pasillo?

No dice nada cuando me pongo a su altura de camino al despacho. Y a mí tampoco se me ocurre qué decir. Me pregunto si me habré metido en algún lío, pero no recuerdo haber hecho nada mal.

Seguramente, dado que parece que quiere hablarme en privado, debe de tratarse de la lista de nombres para el desodorante que le di hace unos días.

No me ha dicho nada de ella todavía.

Puede que se la pasara al cliente. Y que hayan elegido una de mis ideas.

—Cierra la puerta —dice Jake, entrando en el despacho y sentándose tras la mesa—. Siéntate —cierro la puerta. Me siento—. ¿Recuerdas el día, hace un par de semanas, que fuiste a comprarle unos bombones a mi madre por su cumpleaños?

Me da un vuelco el corazón. Empiezo a sospechar que esto no tiene nada que ver con el desodorante.

—Pues sí...

—¿Recuerdas que te dije que envolvieras el regalo y lo llevaras a conserjería esa misma tarde?

—Sí...

—Acabo de enterarme de que nunca lo recibió.

—¿Que no lo recibió?

—No. Y está cabreada porque cree que me olvidé de su cumpleaños.

Yo me quedo mirándolo, sin comprender qué quiere decir.

—Pero eso... En fin, no sé cómo es posible que no lo haya recibido.

—Yo tampoco lo sé. Unos bombones belgas por valor de cien dólares parecen haber desaparecido misteriosamente.

¿Me está acusando de robarlos?

No lo sé.

Pero si es así...

—No estoy diciendo que te los llevaras tú, Tracey —¿ah, no?—. Pero me preguntaba si tal vez olvidaste llevarlos a conserjería.

Pienso en aquel día. Recuerdo claramente haber ido a conserjería con sus bombones. Myron estaba allí, y yo le di el paquete. Él hizo como que se le caía y lo agarró al vuelo. Le gusta hacérmelo pasar mal burlándose de mí porque trabajo para Jake.

Lo cierto es que a la gente de conserjería no le gusta Jake. Seguramente será porque los trata como si fueran invisibles. O tal vez porque cuenta chistes racistas (yo le he oído... y lo más probable es que ellos también).

De pronto, al pensar en ese día, se me ocurre que tal vez Myron viera que el apellido de la etiqueta del paquete era el mismo que el de Jake.

O sea, que puede que Myron se diera cuenta de que Jake estaba usando el servicio de correo de la compañía para enviar paquetes personales a su familia.

No me extrañaría de Myron. Quiero decir que él gana una fracción del sueldo de Jake, y da la casualidad de que sé que además tiene que pasarle a su ex novia una pensión para los niños.

Pero no voy a decirle a Jake que tal vez Myron saboteara el envío de los bombones. Por una parte, porque no tengo ninguna prueba. Y, por otra, porque no puedo reprochárselo..., aunque sea yo quien vaya a cargar con las culpas en su lugar.

165

—Recuerdo que lo lleve a conserjería –le digo a Jake, que está esperando una respuesta.

—¿Se lo diste a alguien allí, o lo dejaste sin más?

—Se lo di a alguien.

Aquí viene lo inevitable.

—¿A quién?

—No tengo ni idea –miento–. Fue hace mucho tiempo.

—Entonces, ¿cómo estás tan segura de que lo llevaste? ¿Puede que el paquete esté perdido en algún lugar de tu mesa o sus alrededores?

—Lo dudo.

—¿Podrías comprobarlo?

—Por supuesto –me encojo de hombros y miro el reloj–. Mañana a primera hora, lo...

—Compruébalo ahora –dice Jake, cortante, y luego a añade en tono más suave–: ¿De acuerdo?

¿Qué puedo decir?

—De acuerdo.

Me paso los siguientes quince minutos rebuscando entre los montones de cosas que hay en mi cubículo, revisando la mesa y hasta el armario de los archivos. Lo hago porque no me queda elección. Jake asoma la cabeza de vez en cuando, diciendo:

—¿Has encontrado algo?

Por fin, vuelvo a su despacho y le digo que no hay ni rastro del paquete.

Está cabreado.

Puede que no conmigo... pero lo parece. Casi me entran ganas de decirle que le pregunte por el paquete a Myron, pero no lo hago.

Por fin, salgo a mi encuentro con Buckley.

Camino a través de la ciudad. Hace una noche sofocante, y el calor del día atrapado en el cemento irradia hacia mí mientras recorro apresuradamente la acera. Voy pegada a cuerpos sudorosos de extraños, tengo el pelo pegado al cuello y la frente. No soy muy dada a sudar, salvo por la cabeza. Lo cual resulta embarazoso. El menor signo de humedad, y parece que me han regado con una manguera de cuello para arriba.

Cuando llego al restaurante, que está en la misma manzana que el restaurante japonés favorito de Will, veo que es el típico garito mexicano de barrio: *happy hour* de bebidas heladas, patatas fritas con salsa de aperitivo, velitas blancas y lucecitas de colores colgadas en hilera sobre la barra. Hay una máquina de discos y ahora mismo está sonando Steely Dan.

El sitio promete. La mitad de la gente apretujada junto a la barra parece recién salida de su trabajo en una oficina; la otra mitad, parece estar de camino al teatro. Buckley está sentado al fondo, donde hay menos gente, bebiendo un licor blanco y espumoso en una copa alta con pedacitos de piña y cerezas confitadas trinchadas en un pincho de plástico. Una mujer ultra atractiva con un traje de verano rojo y el pelo largo, rizado, negro y seco está sentada en un taburete, a su lado, bebiendo una bebida similar.

De hecho, pienso que están juntos hasta que Buckley al presentármela le pregunta que cómo se llamaba.

—Eso, Sonja —dice él—. Y esta es mi amiga Tracey. Que llega tarde.

—Lo siento. Me entretuvieron en el trabajo cuando ya iba a salir —me quito una gota de sudor de la frente y pongo mi bolsón negro en el suelo, entre sus taburetes, deseando que Sonja capte la indirecta y se largue.

Pero no la capta. Hasta tal punto que se quita la chaqueta y deja al descubierto el diminuto top negro que ocultaba debajo.

La odio.

—¿Qué quieres beber, Tracey? —pregunta Buckley, apartando la mirada de Sonja, que se ha dado la vuelta para colgar la chaqueta del respaldo del taburete.

—¿Tú qué estás tomando? —me aparto el pelo mojado de la cara, deseando que suban el aire acondicionado. Hace fresco, pero yo necesito una ola de frío polar. O un secador.

—Estamos tomando una cosa que nos ha sugerido el camarero —dice Buckley, ofreciéndome su pajita para que lo pruebe.

—No sabemos cómo se llama —dice Sonja con una risita—, pero está muy fuerte.

—Sí, mucho —dice Buckley, que se vuelve hacia Sonja y le pregunta—. ¿De dónde eres? ¿De Boston?

—¿Cómo te has dado cuenta?

—Tengo poderes extrasensoriales —dice, y ella se parte de risa, como si fuera lo más divertido que ha oído nunca.

—Será mejor que nos tomemos despacito estos cócteles —le dice ella a Buckley—. Se me está subiendo a la cabeza.

Mientras le doy un sorbito a la bebida tropical de Buckley, que sabe a ron, me fijo sin querer en que Sonja está empeñada en hablar de sí misma y de Buckley, al que acaba de conocer, utilizando el *nosotros*. Y aunque da la casualidad de que yo formo parte de otro *nosotros* (el *nosotros* de Will y Tracey), siento que me bullen los celos por dentro.

—Así que, ¿os acabáis de conocer aquí, en la barra? —pregunto, sobre todo para recordarles que son prácticamente extraños.

—Sí. Sonja también está esperando a alguien —me dice Buckley, alzando una mano para llamar al barman.

—¿De veras? —seguramente, estará esperando a su novio. O, por lo menos, a su ligue.

Ella asiente y dice, por si acaso Buckley está pensando lo mismo que yo:

—Solo a una compañera de piso. Es nueva en la ciudad y siempre anda detrás de mí para que la saque por ahí, así que al final he tenido que decirle que sí. Me imaginaba que iba a llegar tarde. Sabía que me daba tiempo a ir al gimnasio.

Naturalmente, va al gimnasio.

Me la imagino, flaca y sudorosa, entrenándose con unos leotardos ceñidos. Miro la cara de Buckley y noto que él parece haberse imaginado lo mismo.

Él me pilla mirándolo y se levanta de un salto del taburete, como si acabara de darse cuenta de algo.

—Siéntate, Tracey —dice.

—No, no te preocupes —digo yo, esperando que no me haga caso y no vuelva a sentarse. De pie, me siento como una sujetavelas.

Él no me hace caso. Es tan educado que insiste en que me siente.

¿Por qué, me pregunto al sentarme, no se sentirá Sonja como una sujetavelas?

—¿Y desde cuándo sois amigos, chicos? —pregunta ella.

Ah, esa es la razón.

Porque Buckley ha dejado muy claro al presentarnos que éramos amigos. Está claro que lo ha hecho porque quería que Sonja supiera que yo no era la competencia.

Y no lo soy.

De hecho, si pensara que piensa que hay la más mínima posibilidad de que ocurra algo entre nosotros, no habría quedado con él.

Motivo por el cual no debería irritarme cada vez que Sonja le lanza su amplia sonrisa de blanquísimos dientes, o le toca el brazo cuando él hace una broma divertida, cosa que sucede a cada rato.

168

Porque, hay que reconocerlo, el chico tiene gracia. Me refiero a la gracia de Seinfeld, con un sentido del humor superirónico y una manera sutilmente hilarante de hacer comentarios sarcásticos y con cara de palo sobre la vida y la naturaleza humana en general.

Reírme con las bromas de Buckley me pone de tan buen humor que, a medida que la noche avanza y corre el alcohol, empiezo a encontrar a Sonja un poquitín más tolerable. Me refiero a que, en realidad, tiene derecho a coquetear con Buckley. Él está libre. Y yo tengo a Will.

Además, de repente me doy cuenta de que ella no sabe que Buckley y yo nos hemos besado..., aunque no sé muy bien qué tiene eso que ver. Pero me parece relevante cuando empiezo a sentir los efectos de este como-se-llame con hielo y frutita.

Me he bebido hasta la última gota de la primera copa, y Buckley y Sonja están a mitad de la segunda cuando al fin aparece Mae, la compañera de piso de Sonja. Resulta ser una agente de inversiones asiática espectacular, y también sentiría envidia de ella si no hubiera anunciado, prácticamente nada más presentarse, que tiene un novio en la Costa Oeste.

–¿Y por qué estás tú aquí y él allí? –pregunta Buckley tras pedir dos copas más: una para Mae y otra para mí.

–Porque yo he encontrado primero un trabajo aquí –dice Mae–. Pensamos establecernos en Nueva York. Él está acabando su doctorado, y luego se vendrá para acá.

–Pero eso será después de Navidad –nos dice Sonja–. Yo no dejo de decirle que está loca por pasar tantos meses lejos de él. Las relaciones a larga distancia nunca funcionan.

–Claro que funcionan –digo yo casi ásperamente (supongo), porque Sonja parpadea y Buckley se burla de mí repitiendo mis palabras con un rugido feroz al tiempo que finge agitar las garras en el aire.

No puedo evitar sonreír.

–¡Buckley!

–No le hagáis caso –les dice a las otras–. Su novio va a estar fuera unos meses. Está de gira teatral –añade en un susurro, sacudiendo compasivamente la cabeza, como si acabara de informarlas de que Will ha sido víctima de algún horrible desastre natural.

–Lo siento –dice Sonja, haciéndose la compungida. Y digo haciéndose porque no estoy muy segura de que haya algo que no sea falso en toda ella, desde sus largas uñas perfectamente cuidadas a sus altas y enormes tetas.

Parece que vuelvo a odiarla otra vez.

–No quería sacar a relucir un tema doloroso –dice, prácticamente dándome una palmadita en el hombro.

–No es un tema doloroso.

–Solo quería decir que yo, personalmente, nunca he tenido suerte con las relaciones a larga distancia, y no conozco a nadie que la haya tenido. Pero eso no significa que sea imposible.

–Claro que no es imposible –dice Mae.

Mae sí que me gusta.

–Yo confío totalmente en Jay –continúa Mae–. Y él confía totalmente en mí. El hecho de que tengamos que estar separados un tiempo no significa que nuestra relación esté en peligro.

–Pero vosotros estáis prometidos –dice Sonja–. Y por los menos Jay no es actor... Ay, Tracey, perdona, ya he metido la pata otra vez. Lo que quería decir es que, por lo que he oído, es difícil tener una relación estable con alguien que se dedica al mundo del espectáculo. A fin de cuentas, los actores tienen que besar a otras chicas, y suelen viajar mucho, ¿no?

–Algunos.

No me creo ni por un momento su actuación. Está claro que quiere hacerme quedar como una idiota delante de Buckley.

Bueno, está bien, puede que no sea tan retorcida.

Puede que solo la odie por culpa del ron.

Mientras me bebo la segunda copa, la cual mengua con sorprendente rapidez, recuerdo tardíamente que esta tarde he estado tan atareada que no he tenido tiempo ni de comer. Lo único que he tomado en todo el día han sido unos cereales integrales, leche desnatada y un plátano que engullí a toda prisa antes de salir de mi casa esta mañana.

Alguien pide otra ronda, y antes de darle un sorbito a mi nueva copa, me doy cuenta de que se me traba la lengua.

Pero solo un poco.

Y, además, los otros no parecen notarlo.

Sonja, que trabaja en una oscura editorial, le está diciendo a Buckley que tal vez pueda conseguirle algún trabajo como redactor publicitario. Y Mae está hablando por el móvil con su novio, el cual, al parecer, la llama todas las noches a esta hora.

De pronto recuerdo que no he hablado con Will desde antes de irme al pueblo el fin de semana pasado. El lunes por la noche llegué pronto a casa, pensando que iba a llamar, pero no llamó. Anoche trabajé para Milos en la inauguración de una galería de arte, pero tampoco había mensaje en el contestador cuando volví.

¿Por qué no me ha llamado, maldita sea?

¿Y por qué no puedo sentirme tan segura como se siente Mae respecto a nuestra relación a larga distancia?

Mi cabeza rebosa de sentimientos alcohólicos relacionados con Will. Miro el reloj. Son casi las diez. Me pregunto si habrá vuelto ya a la casa donde vive el reparto, después de la función de esta noche. ¿Qué pasaría si lo llamara allí?

La pregunta es estrictamente retórica, por supuesto, porque no tengo ningún número donde localizarlo.

Pero imaginemos que llamo a información telefónica y me dan el número del teatro, y quien conteste me proporciona a su vez el número del teléfono público de la casa donde se aloja la compañía.

Digamos que, para variar, no está comunicando (Will me ha dicho que *siempre* está comunicando, y que por eso no tenía sentido darme el número) y que alguien contesta y que yo pregunto por Will.

¿Qué dirá cuando sepa que soy yo?

¿Se llevará una sorpresa?

Pues claro, qué idiotez.

Pero ¿será una sorpresa agradable?

Sin duda.

O puede que no.

Es difícil saberlo.

Mientras Mae besuquea su móvil y Buckley anota el número de Sonja en una servilleta de papel, yo empiezo a obsesionarme con mi plan.

Tengo que llamar a Will. Tengo que llamarlo.

Le doy un par de sorbos más a mi copa. Esta está más fuerte. Menos afrutada.

Tengo que hablar con él esta noche. Ahora mismo.

El corazón se me acelera.

Me doy cuenta de que empiezo a tener la misma sensación que tuve la otra noche en el autobús y, antes de eso, en mi apartamento.

Esta vez no es tan intensa. Pero me da miedo. ¿Qué me está pasando?

En la máquina de discos suena a todo volumen una vieja canción de los Eagles.

Miro a Buckley.

Está absorto con Sonja y con lo que le está diciendo.

Mae se parte de risa hablando por el móvil.

El barman echa ron en la coctelera.

¿Me habrá puesto algo en la bebida?

Doy otro sorbo cauteloso.

No sabe raro.

Pero sí fuerte.

Las bebidas de los demás proceden de la misma mezcla, y nadie parece intoxicado, así que soy yo. Es esa angustia horrible otra vez.

Necesito hablar con Will.

Enseguida vuelvo —les digo a los otros, agarrando el bolso.

Empiezo a abrirme camino ciegamente, a empujones, hacia el otro extremo del bar, buscando instintivamente los servicios.

Por favor, que haya una teléfono. Por favor.

Lo hay.

Por favor, que tenga una moneda. Varias monedas. Necesito montones de monedas. Por favor...

Afortunadamente, no he eliminado del todo el desorden de mi vida. El fondo de mi bolso está lleno de calderilla. No me extraña que me duela el hombro, pienso vagamente mientras rebusco entre un puñado de monedas cobrizas y plateadas, meto una en la ranura y marco.

Pesco un boli y un envoltorio arrugado de chicles de las profundidades del bolso y garabateo el número del Teatro del Valle.

Luego, tras meter más monedas, marcar y meter más monedas, el teléfono empieza a sonar en mi oído.

Me apoyo contra la pared, dando gracias por que el pequeño pasillo al que dan los cuartos de baño esté vacío en ese momento. Hay una puerta basculante que lo separa de la zona de la máquina de discos y de las voces beodas del bar.

Estoy hecha un asco.

La mano con la que sujeto el teléfono contra el oído me tiembla incontrolablemente, y el corazón aún me late a toda prisa. Siento que me falta el aire.

No es solo por la bebida, ni por la falta de comida (aunque estoy segura de que algo tiene que ver).

Es otra cosa. Estoy aterrorizada.

¿Me va a dar un infarto?

Tengo una tirantez en el pecho.

Ay, Dios mío.

¿La tenía antes de pensar en el infarto?

No estoy segura.

Estoy tan concentrada en analizar mis síntomas físicos y la creciente velocidad de mi corazón que se me olvida qué estoy haciendo allí hasta que oigo un clic y una voz masculina que dice:

—Teatro del Valle, le habla Edward.

Ahora es cuando empieza el tartamudeo.

—Yo... eh... me... me preguntaba si... es... si eso es... eh... ¿es el Teatro del Valle? —balbuceo al fin lastimosamente. Soy una perfecta idiota, pero no puedo remediarlo.

Edward es un hombre paciente.

—Sí, así es.

Más animada, logro preguntarle por el número de la casa donde se aloja la compañía.

Pero en vez de dármelo, Edward dice:

—Entiendo. Así que ¿quiere usted ponerse en contacto con uno de los miembros del reparto?

¿Quién es el idiota ahora? ¿Para qué si no iba a querer el número?

—Sí, claro —le digo, y pregunto por Will.

¿Cómo puede sonar tan calmada mi voz cuando por dentro estoy temblando?

—¿Es una emergencia?

Sí, es una emergencia.

Necesito a Will.

Lo necesito desesperadamente.

Me está dando un ataque al corazón y necesito hablar con él antes de morir.

—Sí, lo es —digo al borde de la histeria, rezando para que Edward note que no estoy fingiendo.

—Aguante un momento, por favor —dice al instante.

Y yo lo intento.

Lo intento de veras.

Intento aguantar.

Pero me estoy derrumbando.

Un cigarro me ayudaría.

Abre el bolso.

Busca el paquete.

Bien.

Encuentra el mechero.

No hay mechero.

Mierda.

Busca las cerillas.
Enciende el cigarro.
Inhala profundamente.
Pero no sirve de nada.

Me duele el corazón y siento un sudor frío. Intento con todas mis fuerzas no dejar caer el teléfono y escapar de aquí. De este pasillo, de este bar abarrotado, del barrio de Will, de esta ciudad inhóspita y de esta vida solitaria.

Pero no.

No puedo irme.

Edward va a darme un número de teléfono en el que podré encontrar a Will. Y si puedo hablar con Will, todo saldrá bien.

Doy otra calada.

¿Y si fumar empeora el infarto?

No parece.

Tengo los mismos síntomas, pero ahora estoy más aturdida. Será por las copas. El alcohol se está apoderando de mí.

¿Será solo eso? Puede que esté simplemente borracha.

No. ¿Y mi corazón?

¿Y si es un infarto?

¿Y si *no* es un infarto?

Entonces, ¿qué es? ¿Qué me está pasando?

Dos mujeres pasan a mi lado de camino al aseo de señoras. Una me lanza una mirada envenenada y le susurra algo a la otra. Al principio no entiendo por qué.

Entonces veo que estoy justo debajo de una señal de *Prohibido fumar.*

Vaya. Bueno, ¿y qué? ¿Qué pasa?

Me llevo el cigarrillo a los labios e inhalo otra vez.

Bravuconería de borrachín.

A mí no pueden pararme.

Entonces oigo un ruido junto a mi oído y la voz sin aliento de Will resuena en la línea.

—¿Diga? ¿Diga? ¿Mamá? ¿Eres tú?

Éxtasis.

Es Will.

Confusión.

¿Mamá?

—¿Will? Soy yo.

Hay una pausa al otro lado, seguida de un incrédulo:

—¿Tracey?

—¡Sí!

–Pensaba que era mi... ¿Qué ocurre?

–Solo quería el número de teléfono. El de tu casa. Quiero decir que... eso es lo que le dije a Edward... No tenía que ir a buscarte.

–Tracey, ¿qué demonios...? ¿Qué estás haciendo?

Otra pausa.

Esta vez la pausa es mía, supongo. Porque es mi turno, pero me da miedo hablar.

–Edward me ha dicho que tenía una llamada de emergencia –dice Will sucintamente–. Estaba entre bastidores, en un intermedio entre dos canciones. Dentro de dos minutos tengo que volver a salir al escenario a cantar *Vamos juntos*.

–*Vamos juntos* –repito yo, pensando a toda prisa. Por un instante, soy un concursante de *¿Quiere ser millonario?* Y esta me la sé–. *Vamos juntos*... –¡ya lo tengo!–. ¡Will, estás haciendo *Grease*!

–Sí, estoy haciendo *Grease*. Tracey, parece que estás borracha. ¿Lo estás?

–¡Noooo!

–Tracey, dime... ¿me llamas por alguna urgencia o no?

–¡Sí!

–Bueno, ¿y qué ocurre? ¿Algo va mal?

Esto. Esto va mal. Su actitud va mal. Su tono es impaciente, como si no me creyera.

¿Y por qué demonios no me cree? Edward me ha creído. Edward, un perfecto extraño, me ha creído. Y Will, mi novio, no me cree.

–Tracey, por el amor de Dios, tengo que volver al escenario dentro de un minuto. ¿Qué sucede? ¿Cuál es la emergencia? –quiere que le diga cuál es la emergencia. ¿Lo dirá en serio?–. ¡Tracey, habla de una vez!

–¿Por qué me hablas así? –gimoteo yo.

–Porque... ¿es una emergencia, o estás borracha?

–¡Yo no estoy borracha! –grito justo cuando las dos mujeres de antes salen del servicio de señoras.

Maldita sea.

Esto es un desastre.

Yo soy un desastre.

Pero no estoy borracha.

No es esa la razón por la que he llamado a Will.

Ni la razón por la que tengo estos síntomas.

–Entonces, ¿cuál es la emergencia? –repite él.

Sigue estando impaciente. Pero no amable, ni cariñoso.

Sigue sin ser la persona que necesito que sea.

175

—Es mi corazón –digo, respirando hondo. Me estremezco porque me duele y no puedo respirar tan hondo como quisiera y hay algo que va mal, maldita sea, y Will no...

—¿Qué pasa con tu corazón, Tracey?

¿Que qué pasa con mi corazón? Estoy intentando concentrarme. Para contestar a la pregunta.

¿Qué pasa con mi corazón?

Que duele.

Se está rompiendo. Will me está rompiendo el corazón. Me apoyo contra la pared, echo la cabeza hacia atrás, cierro los ojos. Me siento floja.

Él no lo entiende.

Está al teléfono, como yo quería. Pero no sirve de nada. Está...

Está hostil.

Will está hostil conmigo.

—Tracey, tengo que irme –dice secamente–. He de volver al escenario.

—Pero Will, yo... te necesito.

—Has llamado a este número y le has dicho a Edward que era una emergencia. ¿Esa era la emergencia? ¿Que me necesitas?

—¿Por qué te enfadas conmigo? –ya estoy llorando–. Will, deja de hablarme así. ¿Es que no te importa?

—¿Que si no me importa qué?

Yo.

No.

No lo digas.

—¿No te importa que esté sufriendo?

—Tracey...

—No, Will, te estoy hablando de un sufrimiento de verdad, de un dolor físico. Estoy hecha polvo. No puedo respirar, y me da vueltas la cabeza, y el corazón me...

—Eso es porque has estado bebiendo.

—¡No, no es por eso! ¡Deja de decir que he bebido!

—Estás borracha, Tracey. Te lo noto. Se te traba la lengua. Esto es patético. Tengo que irme.

—No, Will, no...

—Adiós.

—Por favor, Will, no...

Clic.

Pitido de la línea.

Pánico.

¡Se ha ido!

¿Dónde está el envoltorio de chicles?

Mírate en los bolsillos.

Busca en el bolso.

Por favor. No está aquí. ¿Dónde está? Lo necesito. Necesito el número del Teatro del Valle. Tengo que hablar con él.

Pero ahora estará cantando *Vamos juntos*.

Ramma lamma ding dong.

Así que esperaré hasta que acabe.

—Perdone...

Miro hacia arriba.

Delante de mí, encuadrado en el marco de la puerta que da al restaurante, hay un desconocido. Un hombre extraño. Un hombre extraño y borroso que me habla. ¿Por qué?

Parece enfadado conmigo.

Oh, cielos. ¿Él también?

¿Por qué?

¿Por qué se enfada todo el mundo conmigo?

Me corren lágrimas por la cara.

—Necesito el envoltorio de los chicles —le digo al hombre—. Por favor... ¿me ayuda a buscarlo?

—Aquí no se puede fumar —dice, señalando el cartel.

—Lo sé, pero mi novio me acaba de colgar, y no encuentro el envoltorio de los chicles y mi corazón...

—Por favor, apáguelo —dice con firmeza, señalando la colilla que tengo en la mano.

—Pero intento explicarle que...

—Por favor. Aquí no está permitido fumar.

¿Quién es este hombre extraño y borroso, salido del friso de madera para gritarme?

—¿Le han dicho esas que estaba fumando? —pregunto, comprendiendo que esas dos zorras deben de haberme delatado. Las odio. Y odio a este hombre.

Creo que debería decírselo.

—Me parece que debería irse —dice él.

—Pero... ¿por qué? ¿Por qué tengo que irme? —empiezo a llorar con más fuerza.

—Soy el encargado, y creo que ha bebido demasiado. ¿Ha venido sola?

No me acuerdo.

Intento recordar lo que pasó antes de la llamada, pero mi mente está tan borrosa como la cara del hombre, y las cosas empiezan a dar vueltas a mi alrededor.

—Puedo montarla en un taxi —dice el hombre.

Ahora no está siendo mezquino.

Ya no lo odio.

Sollozo más fuerte.

–Gracias –digo–. Gracias.

–Está bien, vamos a...

Ay.

Voy a vomitar.

Ahora mismo.

La náusea me acomete con violencia tan repentina que me lanza tambaleándome hacia la puerta del aseo de señoras. Me meto a trompicones en uno de los servicios y vomito en el lavabo.

Ay, Dios.

–Ay, Dios –digo, y me pregunto dónde está Dios cuando se le necesita.

Debería haber ido a la iglesia, como me decía mi madre.

No me he sentido tan mal en toda mi vida.

Siento dolor.

Creo que me estoy muriendo.

Debería haber ido a la iglesia.

Ahora es demasiado tarde.

Porque puede que ya esté muerta.

Pues juraría que estoy en el infierno.

Quince

–¿Tracey?
–Tracey...
–¡Tracey!
–Mmm...
–Tracey, ¿estás bien?
Me despierto lentamente, y el estar consciente duele tanto que empiezo a hacer muecas.
La cabeza me está matando.
La garganta me está matando.
Abro los ojos a un chorro de luz solar.
Los ojos me están matando.
Y...
Y no hay luz solar en mi apartamento.
Cierro los ojos rápidamente, pero me siguen doliendo.
¿Dónde estoy?
–¿Tracey?
¿Quién es este?
Me fuerzo a abrir los ojos otra vez.
Miro hacia arriba.
Lanzo un gemido de asombro.
–Hola –dice Buckley, mirándome–. ¿Estás bien?
¡Buckley!
¿Qué está haciendo aquí?
Espera...
Este no es mi apartamento.
La luz del sol.
Debe de ser el de Buckley.
¿Qué estoy haciendo aquí?

—Te traje anoche a mi casa —dice él, como si me hubiera leído el pensamiento.

Ay, señor. Anoche.

Lo último que recuerdo es...

Bebidas escarchadas.

Muchas bebidas escarchadas.

Muchas bebidas escarchadas y fuertes.

¿Me he acostado con Buckley?

Estoy completamente avergonzada.

Cierro los ojos y giro la cabeza. El movimiento me da náuseas. Intento contener una arcada, pero la oleada ya me está ahogando. Me incorporo y me dan bascas.

Buckley me pone un cubo bajo la cara.

Me dan arcadas secas sobre él.

Veo que no está vacío.

Ya ha vomitado alguien en él.

Pero, Buckley ¿por qué me...?

Ay.

Ese alguien probablemente soy yo.

Me hundo otra vez en las almohadas, avergonzada y exhausta.

Buckley deja el cubo en el suelo.

—Yo diría que ya lo has echado todo. Menos mal.

Extrañamente, no hay nada desagradable en su comentario. Lo dice seca, pero suavemente. Me atrevo a mirarlo, y sus ojos me miran dulcemente.

—¿Qué pasó? —consigo croar.

—¿Anoche? ¿No te acuerdas?

Intento sacudir la cabeza, pero me duele muchísimo al más leve movimiento.

Respiro hondo y noto que huele mal.

Soy yo.

Soy yo quien huele mal.

Quiero morir.

—Bebiste demasiado. Te mareaste en el cuarto de baño. Dio la casualidad de que Sonja fue al servicio y vio al encargado intentando ayudarte, y fue a avisarme.

¿Sonja? ¿Quién demonios es...?

Ah.

Sonja.

—Te traje aquí porque pensé que no debías quedarte sola.

No.

No, no quiero estar sola.

Nunca.

180

Tengo un nudo en la garganta, y esta vez no es una náusea seca.

–Gracias –consigo decirle a Buckley–. Eres muy amable conmigo.

–No importa –tiene el pelo todo revuelto y lleva una camiseta y unos *boxers*, de esos que parecen pijamas, más que calzoncillos, pero aun así...

Veo que estoy tumbada en una cama, y que solo parece haber una habitación en el apartamento, y que esta es la única cama. En realidad, es un futón. No hay otra cama, ni siquiera un sofá. No hay ningún otro sitio donde pueda dormir otra persona.

Lo cual significa...

–Siento haberte echado de la cama –le digo a Buckley.

–No me has echado.

Estoy confusa.

Luego ya no estoy tan confusa.

Estoy horrorizada.

Él sonríe.

–Yo no se lo diré a nadie, si tú tampoco lo haces –murmulla maliciosamente, inclinándose hacia mí.

–Ay, Dios mío –digo yo–. ¿Es que lo...?

Él asiente.

–No fue gran cosa las primeras tres o cuatro veces, pero luego fue bestial.

–Ay... –siento que los ojos se me llenan de lágrimas. Qué vergüenza.

–Tracey, relájate –su sonrisa se desvanece. Se sienta a mi lado. Ahora su cara está muy cerca de la mía–. Solo estaba bromeando. ¿De veras crees que iba a aprovecharme de ti en el estado en que estabas anoche?

–¿No pasó nada?

Gracias, Dios mío.

–No, no pasó nada. Solo he dormido en la cama porque la otra opción era el suelo. Hace poco tuve un problemilla con las cucarachas, y ahora vuelven a proliferar. Y no es que yo sea un cerdo –añade rápidamente–. En todos los apartamentos de Nueva York hay cucarachas.

–Lo sé.

–De todos modos, la otra noche, cuando hablamos por teléfono, te prometí que no iba a pasar nada, ¿no? Nuestra relación es estrictamente platónica. ¿Recuerdas?

–Lo recuerdo.

181

Sí, y acabo de recordar algo más. Algo que ha dicho él lo dispara todo.

El teléfono.

–Buckley... ¿sabes si anoche llamé a alguien? ¿Antes de marearme en el bar? –él se encoge de hombros–. Ay, no –ya me voy acordando–. Creo que cometí un gran error.

–Déjame adivinar. ¿La llamada beoda y llorosa a tu novio?

Yo asiento.

–¿Cómo lo...?

–Yo también he tenido novia. A mí también me han hecho la llamada beoda y llorosa. Y yo también la he hecho un par de veces –admite, y no hay ni rastro de humor en su voz–. Es un asco.

–¿Hacerla o recibirla?

–Ambas cosas –dice, muy serio, dándome una palmadita en el hombro–. Pero lo superarás, Tracey. Y él también.

–Eso es fácil decirlo. Pero él está muy lejos. No podemos arreglarlo hoy. Ni siquiera nos veremos hasta... Dios sabe cuándo. Así que no sé cómo vamos a superarlo y seguir adelante tan fácilmente.

–Solo es una llamada de teléfono, Tracey. No te machaques.

–Lo intentaré –digo yo, porque es lo que quiere oír.

Pero no fue solo una llamada de teléfono.

Anoche me pasó algo.

Aparte de la borrachera.

Me dio una especie de... Bueno, si no un infarto, sí una especie de ataque.

No era la primera vez. Y estoy asustada. Tan asustada que temo que ocurra otra vez, aquí mismo, en este preciso instante.

Me preparo para sentir que el corazón se me acelera.

Pero no lo hace.

–¿Estás bien? –pregunta Buckley.

–Sí –cierro los ojos y vuelvo la cara–. Es que no puedo creer que me pusiera en ridículo de esa forma. No solo con Will. La gente del bar... Y Sonja, y Mae... Afortunadamente, no volveré a verlas.

–No te preocupes por ellas. Lo entendieron perfectamente –dice Buckley–. La verdad es que me ayudaron a traerte aquí cuando nos fuimos. El bar está a solo dos manzanas, demasiado cerca para tomar un taxi, así que vinimos andando.

–No me acuerdo.

–No, claro –hace una pausa–. Casi tuvimos que traerte en brazos.

Dios, cada nuevo detalle eleva el suceso a nuevas alturas de degradación. Entierro la cabeza en la almohada.

–Me siento tan humillada.

–Pues no tienes por qué. Sonja y Mae fueron muy amables. Sonja hasta usó su pinza del pelo para recogerte el tuyo y que no... ya sabes.

Sí, lo sé. Para que no vomitara encima de él.

Me llevo una mano a la cabeza. Tengo un enorme moño justo encima de la frente, lo cual significa que Sonja me apartó y ató todo el pelo, incluido el flequillo, fuera de la cara.

¿Cómo pudo hacerlo?

Todas las mujeres saben que ese es el peinado menos favorecedor de la historia del pelo. A menos que dé la casualidad de que una sea un bebé o una top model.

–Qué maja –le digo a Buckley, que parece asentir sinceramente, ajeno al hecho de que Sonja haya saboteado adrede mi apariencia.

De hecho, me dice que le devolverá a Sonja su pinza del pelo cuando la vea, el domingo. Al parecer, han quedado para ir a patinar a Central Park.

Esto me molesta por lo siguiente:

A) Yo no sé patinar. Jamás podré hacerlo, debido a la notoria debilidad de tobillos propia de los Spadolini.

B) Al parecer, Buckley se estaba montando una cita con Sonja mientras yo yacía en un charco de vómitos.

No me malinterpretéis. Buckley puede salir con Sonja si quiere. Puede salir con quien se le antoje... aparte, naturalmente, de mí, que soy platónica. Y, además, no me interesa salir con él. Solo me interesa arreglar mi relación con Will.

Pero eso no significa que no importe que Buckley me vea hecha un auténtico adefesio. O sea, con moño encima de la frente, aliento de dragón, vómito y todo lo demás.

La situación no podría ser más mortificante.

Bueno, sí, podría.

Porque acabo de darme cuenta de que tengo que ir al baño.

Inmediatamente.

Lo cual significa que tengo que salir de la cama. Lo cual significa que tengo que apartar la manta de algodón azul oscuro con la que Buckley me tapó anoche.

¿Y si estoy desnuda debajo?

Me parece que anoche Buckley me quitó la ropa pringosa. Eso es lo que pasa siempre en las películas: el chico le dice a la chica resacosa que tuvo que desvestirla porque estaba inconsciente. Y ella se da cuenta de que la vio desnuda.

En las películas, esto siempre resulta emocionante.

En las películas, la chica borracha no tiene flacidez, celulitis ni ropa interior vieja e impresentable con el elástico dado de sí.

En las películas, no hay vómitos.

En las películas, la chica borracha es tonta, adorable y dulcemente vulnerable. No hay más que pensar en Julia Roberts en *La boda de mi mejor amigo*.

Bueno, sí, puede que no haya tantas películas en las que pasan estas cosas, pero hay unas pocas.

Por lo menos, dos.

Sé que he visto una.

Pero, de todos modos, amigos míos, esto *no* es una película. Y a mí me dará un síncope si descubro que no llevo nada debajo de la manta.

Alzo la manta y echo un vistazo.

Qué alivio. Todavía estoy vestida del todo.

Sigo completamente vestida con la ropa llena de vómito reseco. Encantador.

—¿El cuarto de baño? —le pregunto a Buckley, que ya está de pie y me enseña el camino.

Mientras cruzamos la habitación, me fijo en algunos detalles de su apartamento. La librería a rebosar. La bolsa abierta de patatas Lays sabor barbacoa sobre la encimera. La ropa que llevaba anoche tirada encima de una de esas sillas de director de madera y loneta que se pueden comprar por cuatro perras en Ikea.

No hay plantas. Ni discos de musicales. Ni máquinas de gimnasia.

El apartamento de Buckley no se parece nada al de Will.

Buckley no se parece nada a Will.

Intento imaginarme a Will atendiéndome durante una debacle alcohólica, y me estremezco con solo figurarme lo que pensaría de mí.

Buckley no parece nada escandalizado.

—Espera un segundo —dice, abriéndome la puerta del baño.

Yo me inclino débilmente contra la puerta, sintiéndome enferma.

Enseguida me da una toalla, una camiseta doblada y un pantalón de chándal ligero.

—Date una ducha y ponte esto —me dice—. Te sentirás mejor. Yo voy a bajar a la cafetería a comprar café y unos bocadillos.

—Café —repito, intentando decidir si la idea me produce vómitos o deseos de ingerir una taza. Creo que un poco las dos cosas.

—Y bocadillos. Tienes que comer algo.

—Sí... pero ¿el mío puedes traérmelo con crema de queso desnatada?

—Desnatada —Buckley hace girar los ojos—. ¿Para qué? Esa cosa sabe como tiza machacada a la que le hubieran añadido agua.

—Cállate. Estoy a dieta.

Buckley me mira de arriba abajo, en mi esplendor recubierto de vómito.

—Sí, ya me parecía que estabas más delgada. Iba a decírtelo anoche.

—¿De veras? ¿Se nota la diferencia? —la primera nota de color en esta mañana desastrosa.

—Sí, mucho. Date una ducha, anda. No sé cuánto voy a tardar. La cafetería suele estar de bote en bote a esta hora entre semana.

¿Entre semana?

—¿Qué hora es, Buckley?

Él mira su reloj.

—Casi las ocho y media.

—Ay, Dios. Tengo que estar en el trabajo dentro de media hora —inclino mi dolorida cabeza contra el marco de la puerta—. ¿Cómo voy a hacerlo?

—Llama y di que estás enferma —dice Buckley encogiéndose de hombros.

—No puedo —digo automáticamente.

—¿Por qué?

—Porque...

Pensándolo bien, ¿por qué no? Después de lo que pasó anoche con Jake y el paquete perdido, no estoy de humor para ir a la oficina esta mañana.

—Si llamas, puedes quedarte aquí hasta que te encuentres mejor —dice Buckley—. Podemos ver los programas matutinos de la tele.

Tentador, pero...

—¿Tú no tienes que trabajar, Buckley?

185

—Tengo que leer el guión de un nuevo *thriller* de abogados y escribir el anuncio, pero no tengo que entregarlo hasta mañana. Puedo hacerlo luego.

Vaya.

—¿Sabes la suerte que tienes? —le pregunto—. ¿Por qué tú no tienes que acudir a un horrible y aburrido trabajo de oficina cinco días a la semana?

—Porque me niego a hacerlo —dice él, como si fuera evidente—. ¿Por qué lo haces tú?

—Porque tengo que ganarme la vida.

—¿Y la única manera de hacerlo es acudir a un horrible y aburrido trabajo de oficina cinco días a la semana? Vamos, Tracey. Esto es Nueva York. La tierra de las oportunidades. Tiene que haber algo más que puedas hacer. ¿Qué me dices de ese hostelero para el que has estado trabajando?

—¿Milos? Sí, bueno, he hecho un par de trabajos para él. Se gana mucho.

«Recordatorio para mí misma: abrir cuenta de ahorros antes de que se acabe la semana. El frasco de Prego está a rebosar».

—¿Por qué no trabajas para él a tiempo completo?

—Porque es un trabajo de camarera, Buckley.

—¿Y lo que haces en la agencia publicitaria es mucho más fascinante?

—Desde luego que sí —asiento tan vigorosamente que una punzada de dolor cegador me atraviesa la pobre cabeza resacosa.

—Es fascinante, pero horrible —dice él, asintiendo—. Eso tiene mucho sentido.

—¡Buckley, déjame en paz! —le doy un puñetazo en el brazo—. Estoy demasiado hecha polvo para ponerme filosófica en este momento. Anda, ve a traerme un café, y tal vez podamos hablar.

—Y ahora me da órdenes —dice él, sacudiendo la cabeza—. Está bien, me voy. Solo tengo que cambiarme.

Empieza a quitarse la camiseta.

Yo cierro la puerta apresuradamente.

Me observo en el espejo del cuarto de baño de Buckley, que no puedo evitar comparar con el inmaculado baño de Will, perfumado con Lysol. El lavabo de Buckley tiene pelillos de barba y escurriduras de jabón, la tapa del váter está levantada, y de la percha de detrás de la puerta cuelgan las toallas usadas de una semana, por lo menos.

También hay un montón de revistas detrás del lavabo.

Sports Illustrated, The New Yorker, People... Me encanta. Un hombre que lee en el baño y no intenta negarlo.

Yo, personalmente, siempre leo en el baño. Will me dijo una vez que, en su opinión, es una costumbre repugnante, razón por la cual nunca lo hago cuando estamos juntos.

Me sirvo el último ejemplar de *Maxim* de la librería personal de Buckley. Leo un artículo increíblemente obsceno sobre cómo hacérselo con las mujeres en bodas y funerales. Me lavo los dientes usando el dedo y pasta de dientes. Me ducho.

Cuando salgo de la ducha, me quito la toalla y me pongo la ropa de Buckley.

Tenía razón. Me siento mejor.

Al ponerme la vieja camiseta con su logotipo descolorido de Abercrombie & Fitch, inhalo su aroma inconfundible a suavizante y a un olor vagamente masculino que no es colonia.

La ropa de Will huele siempre ligeramente a su colonia, pero Buckley no parece usar ninguna. Que yo sepa, es un tipo nada presumido.

De pronto, me digo que Buckley es la clase de tío con el que yo debería estar.

Me digo que sería muy fácil dejar de amar a Will y empezar a amar a Buckley.

Pero la verdad es que no lo sería.

No puedo forzarme a enamorarme de Buckley, ni puedo forzarme a dejar de querer a Will.

De repente, me anega una oleada de pena. Echo tanto de menos a Will que me duele físicamente. El dolor es peor que cualquier resaca; peor que la taquicardia y la opresión que sentía en el pecho anoche.

Deseo más que nada en el mundo llevar puesta la ropa de Will, estar en el cuarto de baño de Will, en el apartamento de Will.

Quisiera que todo fuera como...

Como nunca ha sido.

Me doy cuenta con repentina claridad de que, durante todo el tiempo que Will y yo llevamos juntos, las cosas nunca han llegado a cuajar. Will lleva yéndose desde siempre.

Se había ido mucho antes de hacer las maletas para la gira de verano. Se había ido hace mucho tiempo, en lo que de verdad cuenta. Siempre se ha ido alejando, mientras yo intentaba aferrarme a él, retener alguna parte tangible de él.

En todo el tiempo que hemos estado juntos, nunca hemos estado del todo juntos. Yo siempre he estado... ligeramente sola.

Fue una lucha desde el principio. En aquellos días, cuando nos conocimos, la excusa (la suya y la mía) era que tenía a Helene. Su novia del pueblo.

Después, siempre estaban las clases, los estudios y los exámenes. Las audiciones, los ensayos, las representaciones. Los viajes a su casa en Iowa, los viajes a Nueva York para buscar trabajo, apartamento.

Habríamos podido hacer esos últimos viajes juntos. Yo también iba a mudarme aquí. Pero él vino solo. Se buscó un trabajo solo, encontró un apartamento para vivir solo.

Yo nunca esperé que viviéramos juntos nada más salir de la universidad.

Pero el caso es...

Que no sé si Will quiere que vivamos juntos alguna vez.

¿O me estoy dejando llevar por mi imaginación?

Will, después de todo, está conmigo. Lleva conmigo tres años. Si no quisiera compartir su vida conmigo (si no me quisiera), ya me habría dejado.

¿Para qué iba a darme esperanzas si no creyera que tenemos futuro juntos?

Esa pregunta...

Me acuerdo de Sara preguntando: «¿Por qué sigue dándole esperanzas?».

Yo respondí: «Porque necesita alimentar su ego con la ciega adoración de Mary Beth. Le encanta ver que sigue loca por él y saber que puede contar con ella, haga lo que haga».

Pero lo mío con Will es distinto.

Eso son cosas de Mary Beth y Vinnie.

Nosotros no somos como ellos.

Yo no soy como ella.

No me casé demasiado joven y me cargué con dos críos y una hipoteca. No vivo con mi familia en Brookside, ni me han echado del colegio donde enseñaba, ni estoy patética y perpetuamente enamorada de un hombre que ya no me quiere.

Mary Beth tiene mucho lastre.

Yo no.

A Mary Beth le da pánico escapar de la ratonera.

A mí no.

Yo tuve agallas para venirme sola a Nueva York y buscarme la vida.

¿O no?

Puede que el hecho de que yo haya venido a Nueva York y Mary Beth se haya quedado en Brookside sea lo mismo. La misma cobardía.

Ella se quedó en Brookside para estar con Vinnie.

Yo vine a Nueva York para estar con Will.

No. Esa no fue la única razón. Yo quería salir de Brookside mucho antes de que apareciera Will.

Se oye un portazo.

Buckley grita mi nombre.

–Estoy aquí dentro –le digo.

Intento dejar de pensar en Will.

Hasta mucho después, no vuelvo a dejarlo entrar en mi cabeza. Luego, tras llamar al trabajo y dejarle a Jake un mensaje en su buzón de voz diciendo que estoy enferma, me paso la mañana mirando programas basura con Buckley, y la soleada tarde deambulando lentamente hacia mi apartamento.

Llevo la ropa sucia de anoche enrollada en una pequeña y prieta pelota, embutida en una bolsa blanca de plástico de D'Agostino's, metida al fondo de mi bolsón de cuero. Podría haberla tirado, pero da la casualidad de que llevaba un par de pantalones recién descubiertos que no me había puesto hacía más de un año, y no me he atrevido a tirarlos sin haberles sacado un poco más de partido. Es fantástico ponérselos y sentir que la cremallera sube sin esfuerzo, y que de la cinturilla me sombran dos centímetros o más.

Sí, vuelvo andando a casa, a pesar de que todavía me duele la cabeza, sigo sintiendo un leve malestar en el estómago, y mis piernas no están muy firmes.

Podría haber tomado el metro, o incluso un taxi, y desde luego podría haber hecho el camino andando en menos de una hora. Pero me apetecía disfrutar de la libertad de esta tarde de entre semana no pasada junto a una mesa, en un cubículo diminuto. Sí, la ciudad está sucia, y atestada de gente, y el tiempo caluroso y húmedo hace que todo y todos huelan mal. Sin embargo, es delicioso. Me siento liberada. Camino lentamente por el centro. Compro el *Post* y me siento a leerlo en la escalinata del señorial edificio de la Biblioteca Pública de Nueva York en la calle Cuarenta y dos. Paro a comprarme un helado italiano en un puesto de Union Square Park y le doy lametazos mientras camino, hasta que está tan pringoso que tengo que tirarlo en una papelera metálica rebosante. Compro dos botellas de agua mineral, una para lavarme y la otra para beber. Entro y salgo de tiendas, mirando ropa de verano escueta y provocativa que nunca podré pagar, ni ponerme por no estar lo bastante flaca.

¿O sí podré?

Si sigo perdiendo peso...

Si sigo ahorrando dinero...

En fin, nunca se sabe.

Inspirada, me digo que lo primero que voy a hacer cuando llegue a casa es poner la cinta de Jane Fonda. He estado haciendo los ejercicios casi todos los días, llena de fe. Puede que sean cosas de mi imaginación, pero noto que me sobresalen menos los muslos por debajo de las caderas, como si tuviera menos grasa en esa parte. Y estoy segura de que se me menean menos las carnes cuando ando.

Pero, cuando vuelvo a mi apartamento, la cinta de Jane Fonda queda relegada tras el contestador automático.

Porque la lucecita parpadea.

Al acercarme a apretar el botón, deseo que sea Will.

Pero no tengo ninguna duda de que es Jake, que me ha llamado desde la oficina. Estoy segura de que ha adivinado que no estaba enferma. El mensaje que le he dejado en el buzón de voz no sonaba muy convincente. O puede que alguien me haya visto por ahí y haya informado a recursos humanos.

Es Jake.

Sé que es Jake.

Pero es Will.

—Tracey, siento haberte colgado antes. ¿Estás bien? —una pausa—. ¿Estás ahí? —pausa—. Contesta si estás ahí —pausa. Suspiro—. Está bien. No estás ahí. ¿Dónde te has metido? Es medianoche. Volveré a llamarte.

Con ese mensaje, crece mi esperanza.

No es gran cosa.

No dice «te quiero», ni mucho menos « te perdono».

Pero al menos ha llamado.

Y volverá a llamar.

190

Dieciséis

Will no llama el jueves por la noche.

Ni el viernes por la noche.

Llama el sábado por la mañana, cuando estoy a punto de salir por la puerta a toda prisa.

–¿Diga? –digo casi sin aliento, levantando el aparato.

–¿Tracey? Soy yo.

Se me para el corazón.

–Will.

–¿Tienes prisa?

–No...

–Ah, porque cuando has contestado parecía que tenías prisa.

–Es que... me voy a la boda de Brenda dentro de unos minutos.

Silencio.

Me lo imagino con cara de despiste, intentando recordar quién es Brenda.

–Es mi amiga del trabajo.

–Ah, sí. La boda a la que vas con Raphael.

–La boda a la que se suponía que iba a ir con Raphael –digo yo, sorprendida porque estemos teniendo esta conversación perfectamente normal, dadas las circunstancias–. Pero me ha dado plantón. El bailarín checoslovaco es historia y...

–¿Eh?

–¿No te he hablado de él? Era sadomaso, que no es lo que le va a Raphael, y de todos modos Raphael ahora está con un tío nuevo, Wade, que lo ha invitado a pasar el fin de semana en su casa de la playa en Quogue, y ya conoces a

191

Raphael. Se había olvidado completamente de la boda hasta que lo llamé ayer por la mañana para recordárselo. Me pidió perdón muy compungido.

—Pero aun así te ha dejado en la estacada —dice Will—. Muy propio de Raphael. Entonces, ¿vas a ir sola a la boda?

—Pues la verdad es que no.

—Ah —una pausa.

Esto me gusta.

A pesar de todo, me gusta saber que se está estrujando el cerebro, intentando recordar a otro amigo mío con el que pueda ir a la boda. Puede que esté celoso y se pregunte si estaré saliendo con alguien.

—¿No vas a ir sola? ¿Y con quién vas a ir? —pregunta.

—Con Buckley. Es un amigo mío. Lo conocí en la fiesta de Raphael. Te hable de él, ¿recuerdas?

—No, pero... —no parece preocupado. Ni celoso—. Bueno, si tienes que irte...

Miro el reloj. Tengo que irme corriendo. La boda empieza dentro de hora y media y tengo que ir a buscar a Buckley y llegar a Jersey.

Pero Will al fin está al teléfono, y esta vez no voy a dejar que se me escape tan fácilmente.

—Tengo un minuto para hablar —le digo, llevándome el teléfono al armario y sacando los zapatos que me voy a poner.

—Oye, Tracey, siento haberte colgado la otra noche. Pero tenía que volver a la función...

—Lo entiendo...

—Y pensaba que habías estado bebiendo. Si no es así, lo siento.

—No importa.

—Entonces, ¿no estabas borracha?

Me encantaría decirle que no. Pero algo me dice que mentir no mejorará la situación. Porque no se trata solo de la otra noche. Es más que eso. Es algo de vital importancia.

—Me había tomado unas copas, sí —admito cautelosamente, encendiendo un cigarrillo y buscando un cenicero—. Pero te llamé porque tenía un problema y necesitaba ayuda. Tú eras la única persona a la que sabía que podía acudir.

—¿Qué clase de problema?

—No sé... Era una especie de ataque. Como si no pudiera respirar.

Él se queda callado un momento, digiriéndolo.

—¿Y ahora estás bien?

192

—Sí.

Al fin y al cabo, no ha vuelto a pasarme desde esa noche. Pero temo que vuelva a suceder. No sé qué disparó los últimos episodios, así que ignoro cómo impedir que me pase otra vez.

—¿Fue un ataque de ansiedad? —pregunta Will.

—¿Un ataque de ansiedad? —repito lentamente. Le doy una calada al cigarrillo. Exhalo—. No sé. Puede ser.

—A Helene solían darle ataques de ansiedad. Se le aceleraba el corazón y se sentía como si fuera a morirse. Tenía un trastorno nervioso.

—Esto es distinto —digo yo rápidamente.

Y lo es.

Porque yo no tengo un trastorno nervioso.

Si lo tuviera, sería...

Bueno, no sé qué sería. Pero no lo tengo.

—Esto era una cosa física, no mental —le digo a Will, metiendo los pies, enfundados en medias negras, en un par de zapatos negros de tacón bajo—. Era un dolor. En el pecho. Como si no pudiera respirar.

—Eso es lo que le pasaba a Helene.

Helene, la boba y gorda de su ex novia, a la que dejó tirada.

—No fue un ataque de ansiedad —insisto—. De todos modos, lo importante es que necesitaba hablar contigo y no tenía forma de localizarte. Solo quería llamar al teléfono público de la casa para hablar contigo.

Me acerco al espejo llevando mi cigarro y el cenicero. Observo mi reflejo mientras Will dice:

—Edward me dijo que era una llamada de urgencia, de mi casa. Pensé que era mi madre. Creía que había pasado algo terrible.

—Pues lo siento.

—Está bien —se aclara la garganta—. Es solo que... todo el mundo me preguntó qué pasaba. Vieron que Edward iba a buscarme, y pensaron que pasaba algo serio.

Me siento estúpida y avergonzada por haber causado tantas molestias.

Al mismo tiempo, mientras me miro al espejo, no puedo evitar comprobar que estoy muy guapa.

Llevo un vestido de fiesta negro, corto y sencillo, con falda de vuelo. Me lo compré hace dos años para la boda de mi prima. Solo me lo puse esa vez, y me estaba demasiado estrecho. Ahora me queda como tiene que quedar. Puede incluso que me esté un poco ancho por la parte de las caderas y la tripa.

¿Estás preparada para esto? He perdido diez kilos y medio (los últimos sin duda gracias a la vomitona de la otra noche).

Cuando empecé la dieta, pensaba que debía perder entre trece y dieciocho kilos. Eso significa que me quedan menos de diez kilos que perder para alcanzar mi objetivo.

Ojalá Will pudiera verme ahora.

—Will, tengo ganas de ir a verte —digo bruscamente, apagando el cigarro a medio fumar en el cenicero.

—Lo sé. Yo también quiero que vengas.

No sé si lo creo, pero de todos modos me da un vuelco el corazón y pregunto:

—¿Cuándo?

—No sé...

—Puedo ir el próximo fin de semana —sugiero yo.

Por favor, no digas que no, Will. Porque si dices que no...

—Estaría bien —dice él lentamente—. Vamos a hacer *Un domingo en el parque con George*. Estrenamos el viernes por la noche. Yo hago de George.

—¡Will! ¡Te han dado el papel principal! —me sorprende que no me lo haya dicho hasta ahora. Ya debía de saberlo la semana pasada.

—Sí, me lo han dado —dice él—. Por eso no te he llamado. He estado liadísimo, intentando hacer *Grease* por la noche y ensayando *George* por el día.

—No importa. Yo también he estado muy liada —le digo, agarrando la laca del pelo y dándole otra rociada a mi cabeza. Llevo el pelo recogido en un moño alto, más que nada porque fuera hay casi cuarenta grados y casi un cien por cien de humedad, y es el único modo de no parecer una rata mojada en la boda.

—Sí —está diciendo Will—. Me he enterado de que has estado trabajando para Milos.

Me quedo parada con el bote de laca apuntando hacia mi pelo.

—¿Ah, sí? ¿Y quién te lo ha dicho?

—He hablado con uno de mis amigos de Nueva York.

—Ah.

Así que ha estado en contacto con alguien de Come, Bebe o Cásate.

Lo cual me repatea por un millón de razones distintas. Sobre todo porque, si ha tenido tiempo para llamar a otro, evidentemente a mí no me ha llamado tan a menudo como podía.

Bueno, puede que esté siendo un tanto irracional.

Y puede que me esté imaginando cosas otra vez...

Pero no puedo evitar preguntarle:

–¿Con quién?

–¿Con quién qué?

–¿Con quién has hablado? De mí –añado torpemente, intentando ocultar la tensión que se está apoderando de mi voz.

Seguramente será con John, o con uno de los chicos.

Pero no.

–Con Zoe –dice, y estoy segura de percibir una nota de fastidio en su voz–. Me ha dicho que te conoce.

Zoe.

Zoe, con su cuerpo de Pamela Anderson y su cara de Catherine Zeta Jones.

Vale.

–Sí, nos hemos visto un par de veces –le digo a Will–. No sabía que erais amigos.

–Sí, claro. Tengo muchos amigos allí.

Ya. Will y Zoe son amigos como lo eran Bill y Monica.

–Entonces, has estado ganando un dinerillo extra, ¿eh? –pregunta Will.

–Sí, se gana mucho –digo yo, distraída.

Will se ha acostado con Zoe.

Lo sé.

Si no, ¿por qué la llama desde North Mannfield?

¿Y por qué no me llama a mí más a menudo?

–Will...

–Tienes que irte, ¿no? –dice él–. No importa. Yo tengo que ir a una prueba de vestuario. Ya hablaremos del fin de semana. ¿Vale?

–Vale.

–Buscaré un sitio donde puedas quedarte. Hay un par de hostales cerca del teatro. Los padres de Esme acaban de estar en uno, y les ha encantado. Le preguntaré dónde está.

Esme otra vez.

Esme.

Zoe.

Odio las punzadas de celos que se deslizan en mis tripas, pero no puedo hacer nada por evitarlas. Tal vez si Will estuviera aquí, conmigo...

O si confiara en él...

195

Pero no puedo.

¿Por qué no puedo? La verdad es que nunca lo he pillado poniéndome los cuernos. Nunca he encontrado pruebas sólidas de que lo haya hecho.

Es solo un instinto que no puedo ignorar.

—Entonces, te llamaré el martes o el miércoles para quedar —dice él.

—De acuerdo. Veré si puedo tomarme el viernes libre.

—No, no hace falta. Vente el sábado.

—Pero... eso solo es una noche.

—Lo sé, pero el viernes es el estreno. Estaré muy liado. Las noches de estreno siempre pasa lo mismo, y esta vez soy el protagonista. Vente el sábado. Tempranito.

¿Qué puedo hacer? ¿Ponerme a discutir con él?

No.

No puedo hacer nada, más que aceptar.

Y colgar.

Me miro otra vez al espejo, casi esperando ver mi antiguo yo, gordo, paleto, inseguro.

El caso es que sigo estando guapa. Mejor que nunca, en realidad.

Pero ya no me entusiasma tanto mi aspecto como hace unos minutos, gracias a Will. Maldito sea.

Pensaba ir a la boda y pasar un buen rato con Buckley, que, para mi sorpresa, aceptó enseguida cuando se lo propuse. Solo lo hice porque caí en la cuenta de que no podía presentarme sola después de contestar a la invitación diciendo que llevaría un acompañante. Ya he trabajado en suficientes banquetes como para saber que Brenda y Paulie tendrían que pagar la comida que Raphael no iba a comerse.

En cualquier caso, Buckley dijo «Claro, será divertido», cuando se lo pedí.

Y yo estaba deseando ir.

Hasta ahora.

Ahora lo único que quiero es quedarme en casa y llorar a moco tendido.

Pero Brenda recorrerá el camino hacia el altar en menos de una hora, y yo tengo que poner el culo en marcha, o nunca me lo perdonará.

Corro a Autoridad Portuaria, donde Buckley me está esperando. Tardo un momento en reconocerlo, porque se ha puesto un traje. No sé por qué, pero me sorprende, aunque no debería. Al fin y al cabo, vamos a una boda. Supongo que, con la desazón que tengo por Will, lo había olvidado.

196

Ahora, sin embargo, aparto a Will (y a Zoe y a Esme) a un lado con firmeza y resolución.

—Estás impresionante —me dice Buckley.

—Tú también —le digo yo.

—¿De veras? Porque he venido andando y estoy empapado de sudor. No he encontrado ni un solo taxi libre.

—Yo sí, y no tenía aire acondicionado. El conductor iba empapado de sudor.

—Puaj —se inclina hacia mí y husmea el aire—. No te preocupes, no se te han pegado los efluvios. Hueles a madreselva.

—¿Ah, sí? —es que llevo madreselva—. No puedo creer que sepas a qué huele la madreselva.

Él se encoge de hombros.

—Mi madre tiene un spray corporal de madreselva.

Ah.

Tomamos el autobús que cruza el río. Yo intento concentrarme en lo que Buckley está diciendo mientras atravesamos el túnel Lincoln. Pero empiezo a pensar en lo que me pasó en el autobús cuando volvía de Brookside el otro día, y el corazón empieza a latirme enloquecidamente.

Buckley no parece darse cuenta. Me está contando algo sobre la boda de su hermana; que el cantante de la orquesta pilló una intoxicación alimentaria la noche antes, así que tuvo que sustituirlo el primo de su cuñado, que solo se sabía la letra de tres canciones.

El autobús parece arrastrarse lentamente por el túnel, a pesar de que no hay tráfico. Yo miro las paredes cubiertas de baldosines, contando las luces a medida que las dejamos atrás.

—¿Estás bien?

Intento respirar hondo, pero no puedo. Siento una opresión en el pecho otra vez.

—¿Tracey?

Yo miro a Buckley.

Él me mira a mí.

—¿Estás bien? —me pregunta otra vez.

—No sé —intento tragar, y la saliva parece pegárseme a la garganta. ¿Por qué no puedo tragar? Lo intento otra vez. No sirve de nada. Estoy exagerando. Tengo que pensar en otra cosa.

Pero no puedo.

—¿Qué sucede?

—No sé —digo yo, y percibo la nota de pánico de mi voz.

Pánico.

—Creo que me está dando un ataque de ansiedad –le digo a Buckley.

Él me toma de la mano y me la aprieta con fuerza.

—No pasa nada. Estás bien.

—No sé... –miro su cara. Miro por la ventanilla, los azulejos y las luces y los otros coches.

—No pasa nada, Tracey. Dime en qué estás pensando.

—Tengo la sensación de que va a ocurrir algo malo.

—¿Como qué?

—No lo sé. Creo que voy... –lo miro otra vez. Tiene una expresión muy dulce, y quiero decírselo, pero pensará que estoy loca.

Y yo no estoy loca.

«Nota mental: dejar de hacer esto».

—¿Que crees que vas a qué? –insiste Buckley suavemente.

—A morir –digo yo con una vocecilla estrangulada–. Creo que voy a morir. Siento como si me fuera a morir. O algo así.

—No te vas a morir.

—Lo sé –exhalo un suspiro trémulo–. Pero no puedo quitármelo de la cabeza. No puedo remediarlo.

—¿Te ha pasado otras veces?

—La otra noche. La noche que llamé a Will, en el bar. Cuando estaba contigo –intento concentrarme en lo que estamos diciendo para no dejarme arrastrar por el pánico. Si saliéramos del túnel...–. Y antes también. Un par de veces.

No puedo creer que me esté pasando esto delante de Buckley. Parezco la protagonista de *Inocencia interrumpida*, lo cual resulta humillante y embarazoso. Aunque a él no parece importarle.

—¿Qué es lo que lo dispara? –pregunta él, muy serio.

—No lo sé –digo, sin escuchar realmente su pregunta.

No pienses que estás en un túnel. No pienses que se va a derrumbar el túnel y se va a inundar. No pienses que te vas a ahogar. No lo hagas.

El autobús se zarandea un poco.

Yo lanzo un gemido.

Buckley me aprieta la mano.

—No pasa nada, Tracey –dice–. Yo estoy contigo.

Y, al cabo de un rato, me siento mejor.

El autobús sale del túnel.

La angustia remite.

Y Buckley está conmigo.

Diecisiete

–¡Tracey! ¡Dios mío! ¡Pero si pareces Cindy Crawford! –chilla Raphael el miércoles por la tarde cuando nos vemos en la esquina de Madison con la Cuarenta y ocho. Hoy vamos a comer juntos.

–Cállate, Raphael –digo con los dientes apretados mientras varios obreros que están comiéndose el bocadillo en unas escaleras cercanas giran la cabeza, me miran de arriba abajo y llegan obviamente a la conclusión de que no me parezco en nada a Cindy Crawford.

–¡No, de veras! Me encanta tu pelo así, echado hacia atrás y mojado. ¿Qué te has hecho?

–He sudado como un cerdo todo el camino hasta aquí, así que me lo he atado atrás con una pinza que tenía en el bolsillo –una pinza que, casualmente, pertenece a Sonja. Olvidé dársela a Buckley para que se la devolviera. Bah, peor para ella. Es una pinza muy bonita.

–Oh, corta el rollo, Tracey –dice Raphael, rodeándome con el brazo–. Estás muy chic. Me encanta tu traje.

Llevo puesto un vestido negro de lino que la verdad es que me queda bastante bien este verano. El año pasado me estaba demasiado estrecho de las caderas y se me subía para arriba.

–Tú también estás muy chic –le digo a Raphael.

–¿Tu crees? No sé, no sé –dice, mirando su ropa. Lleva puestas unas gafas de sol con los cristales de color rosa, unos pantalones caqui muy anchos y una especie de chaleco sin camisa debajo. Ropa de oficina, estilo Raphael–. Estoy deseando ponerme la ropa de otoño, Tracey. Los jerseys de colores vivos van a causar sensación esta temporada.

—¿De veras? Conmigo, el único color que causa sensación es el negro.

—Acuérdate de mis palabras, Tracey: cualquier día te vestirás de colorines —dice Raphael.

—Lo dudo —saco mi paquete de cigarrillos y me pongo uno entre los labios.

—Bueno, venga, cuéntame —dice Raphael, robándome un cigarro del paquete y quitándome el mechero de la mano—. ¿Qué tal la boda, Tracey?

—Fue genial —le digo mientras enciende mi cigarro y luego el suyo. Los dos inhalamos—. Llegamos tarde y nos perdimos la mitad de la ceremonia, pero por suerte no nos perdimos lo mejor.

—¡Los votos! ¿Lloraste, Tracey? —pregunta Raphael mientras sorteamos un charco dejado por la tormenta de esta mañana. Ahora luce el sol, pero hace un día bochornoso en la ciudad, como de costumbre.

—Lloré —admito yo—. Pero solo un poco.

—Yo siempre lloro en las bodas. Cuando yo celebre mi ceremonia de compromiso, Tracey, no sé qué voy a hacer. Seguramente me caeré redondo al suelo de la emoción.

—Cuando tú celebres tu ceremonia de compromiso, Raphael, yo me caeré al suelo redonda de la impresión.

—¡Tracey!

—Vamos, Raphael. Tú no eres hombre de un solo hombre.

—Eso es porque todavía no he encontrado a mi media naranja —nos paramos en la esquina de la Quinta y esperamos que la señal roja de No Pasar se convierta en la blanca de Pasar—. Entonces, ¿vamos a ese japonés de la Cuarenta y seis, Tracey?

—Por supuesto que sí.

El sushi adelgaza.

—¿Qué tal la comida de la boda?

—Estaba deliciosa, Raphael. Había varias mesas con distintos tipos de platos. Una de fondues, otra de carnes, otra con distintos tipos de patatas... Ah, por cierto, Buckley me dijo que te diera las gracias por darme plantón, porque se lo pasó en grande.

—¡Tracey! ¡Yo no te di plantón! —Raphael parece horrorizado—. Yo nunca haría eso.

—Por supuesto que no —yo me hago la enfadada.

—Por favor, Tracey, no te enfades. Me olvidé por completo de la boda y ya le había dicho a Wade que iría con él a Quogue y...

—No pasa nada, Raphael. Te perdono. ¿Qué tal en Quogue?

—Fue fabuloso, Tracey. Kate y Billy vinieron a cenar con nosotros. Wade preparó la cena. Hizo un *risotto* de marisco espectacular. En mi opinión se le fue un poco la mano con el orégano, pero a Kate le encantó.

—¿Y qué me dices de Billy?

Él sacude la cabeza.

—Tracey, tú lo conoces, ¿no? —yo asiento—. ¿Y qué te pareció? —pregunta con cara de fastidio.

—Que no esperaba menos de Kate. No lo conozco muy bien, pero, por lo que vi, es superinteligente, está como un tren y además tiene más pasta que...

—Tracey, siento decir esto, pero a Wade le pareció un gilipollas.

—¿De veras?

Como no conozco a Wade, no sé si lo dice en serio o no. Puede que a Wade todo el mundo le parezca gilipollas.

Entramos en el restaurante. Todas las mesas están ocupadas, pero conseguimos encontrar dos sitios en la barra del sushi.

—¿Y a ti que te parece Billy? —le pregunto a Raphael mientras nos limpiamos las manos con las toallitas calientes que la camarera nos ha traído en una bandeja.

—Para serte sincero, Tracey, me pareció que tenía pluma.

—Por favor, Raphael, para ti todo el mundo tiene pluma.

—Este no —dice Raphael con un murmullo teatral tapándose la boca con la mano mientras señala a un hombre con pinta de estibador portuario, sin afeitar, que sorbe sopa miso en el asiento de su derecha.

—Será la primera vez —pongo mi toalla caliente en la bandeja y abro la carta.

—Hablando de plumas, Tracey, ¿salió por fin Buckley del armario contigo el sábado por la noche?

—No.

—Vaya por Dios —Raphael parece decepcionado mientras estudia la carta de los tes.

—Raphael, Buckley no puede salir del armario porque no está dentro, porque no es gay —Raphael se encoge de hombros—. Créeme, Raphael. Buckley es hetero.

—¿Cómo lo sabes? ¿Te has acostado con él?

—Pues claro.

A Raphael se le cae al suelo la carta.

El sorbedor de sopa portuario la recoge.

Raphael le da las gracias con una risita de gatito, y luego me susurra:

—¿Sabes?, tiene un no sé qué atractivo, con esa pinta tan ruda y varonil.

—Raphael, ¿tú te pinchas?

Él vuelve al asunto que nos traemos entre manos y pregunta, asombrado:

—¿Te has acostado con Buckley?

—Sí —asiento vigorosamente—. En la misma cama. Dos veces.

—¡Tracey! ¿Por qué no me lo has dicho?

—Porque no pasó nada. A diferencia de ti, Raphael, yo puedo compartir la cama con un hombre atractivo sin que haya sexo de por medio.

—¡Tracey! Yo también puedo hacerlo.

—Solo si el hombre atractivo en cuestión fuese un pariente consanguíneo, Raphael.

Él asiente, divertido.

—Mira, Tracey, no tengo todo el día... —lo cual es mentira, porque en *Ella* Raphael es conocido por sus almuerzos de tres horas—... así que date prisa y cuéntame. ¿Cuándo dormiste con él?

—La primera vez fue la semana pasada, cuando salimos. Bebí demasiado y me quedé a dormir en su casa —eso suena mucho más agradable que la sórdida, vomitiva y maloliente verdad—. La segunda vez fue el sábado por la noche, después de la boda. Cuando volvimos a la ciudad hacía muchísimo calor y era muy tarde... y yo no tengo aire acondicionado. Así que cuando me dijo que me quedara a dormir en su casa, le tomé la palabra.

—Y no pasó nada entre vosotros.

—Absolutamente nada.

—Tracey, y luego dices que no está a punto de salir del armario...

—Raphael, yo tengo novio. Por eso no pasó nada con Buckley. Solo somos amigos. Toda la noche fue completamente platónica.

Y le estoy diciendo la pura verdad...

Salvo por una cosa.

En cierto momento, durante la boda, estábamos en la pista de baile. Bailábamos una canción pop y, de pronto, el DJ puso una lenta.

Era esa vieja canción, *No podría pedir más*, de Edwin

202

McCain. Le dije a Buckley que me encantaba y él me agarró de la mano y me estrechó en sus brazos, diciendo:

—Entonces, vamos a bailar.

Todo el mundo estaba bailando: la novia y el novio, Yvonne y Thor, Latisha y Antón...

Buckley y yo ya habíamos bailado unas cuantas lentas, pero eran distintas. Más tipo jazz. Como *The way you look tonight* y *Brisa de verano*. Bailé con él esas canciones como las bailé con mi padre y mi tío Cosmo en la fiesta de aniversario: dando pasitos garbosos y haciendo giros, con el contacto corporal limitado a un brazo alrededor de la cintura del otro, el codo opuesto doblado y las manos juntas.

Esto fue diferente.

Fue romántico.

Buckley me rodeó con sus brazos y me apretó con fuerza, y nos mecimos juntos, con los cuerpos unidos.

Como cuando estás en el instituto.

O, mejor dicho, como hacían todos los demás cuando estaba en el instituto. Porque a mí por aquel entonces nadie me pedía bailar.

El caso es que, bailando con Buckley (aparte del hecho que resultó, digamos, *obvio* que se siente por lo menos ligeramente atraído por mí), por unos minutos casi olvidé que no era mi novio. Y cuando acabó la canción y me acordé, me sorprendí pensando en cómo sería que lo fuera.

Porque Buckley siempre es muy dulce conmigo.

Y Will...

Bueno, Will a veces no lo es.

Pero eso es porque Buckley y yo apenas nos conocemos. Will y yo tenemos una relación, y en todas las relaciones hay problemas.

En cualquier caso, después de la lenta, el DJ puso la tarantela. Naturalmente, Brenda y Paulie se aseguraron de que todo el mundo la bailaba. Buckley y yo volvimos a nuestra relación platónica, y así estuvimos el resto de la noche.

Estuvimos especialmente platónicos a la mañana siguiente, cuando yo me fui a casa y Buckley se fue a patinar con Sonja.

Agarro un lapicerito de un vaso que hay sobre la encimera de cristal y me dispongo a marcar la casilla de lo que quiero comer. Opto por sashimi, o sea, láminas de pescado crudo sin arroz. He perdido otro kilo y estoy decidida a perder más antes de irme a ver a Will el sábado.

–¿Te he dicho que este fin de semana me voy a ver a Will? –le pregunto a Raphael después de darle la nota a uno de los chicos de detrás del mostrador.

–¡No me digas! ¡Eso es fantástico, Tracey!

–Eso espero.

–Oh oh. ¿Qué ocurre?

–Nada –digo rápidamente–. Es solo que Will ha estado un poco distante desde que se fue... y me preocupa que no sea lo mismo cuando volvamos a vernos.

La verdad es que lo que me preocupa es que las cosas sigan igual.

Pero no quiero admitirlo delante de Raphael.

Ni siquiera delante de mí misma.

Tengo que conseguir que lo mío con Will funcione.

No estoy preparada para dejarlo ir.

Nunca estaré preparada. Lo quiero.

Después de la comida, vuelvo a la oficina. Jake me ha dejado un Post-it amarillo pegado a la pantalla del ordenador. Dice *ven a verme*.

Entro en su despacho.

–Ya has vuelto –dice, sin levantar la mirada del impreso amarillo que está rellenando.

–Sí, ya he vuelto.

–Quiero que te asegures de que tus almuerzos se limitan a una hora, Tracey.

Miro mi reloj. He estado fuera una hora y diez minutos.

–Lo siento –digo.

Él asiente con la cabeza.

Está así conmigo desde el episodio de los bombones, la semana pasada. Creo que no ayudó mucho que al día siguiente llamara diciendo que estaba enferma. De hecho, cuando volví, apenas me habló en toda la mañana.

Supongo que no se creyó mi historia de que había pillado una intoxicación alimentaria por comer una almejas en mal estado. A mí me pareció una excusa razonable. La gente se pone mala por comer marisco crudo constantemente.

Jake me dice ahora:

–Necesito que me hagas un recado.

–De acuerdo.

–Quiero que te acerques a la tienda de Orvis y recojas una cosa que he encargado. Acaban de llamar para decirme que ya ha llegado.

–De acuerdo.

Otro recado personal.

Latisha e Yvonne me dicen todo el rato que tengo que dejar de hacerle de recadera. Me van a echar la bronca cuando se enteren de esto. Brenda lo entendería, pero está en Aruba, de luna de miel.

—Ya les he dado por teléfono el número de mi tarjeta de crédito —dice Jake—. Así que está pagado. Solo tienes que recogerlo.

—De acuerdo.

Ni siquiera me da las gracias cuando salgo.

Mientras voy andando hacia Orbis, fumándome un cigarro, pienso en la visita que pronto le haré a Will. Aún no me ha llamado, pero estoy segura de que lo hará esta noche. Será mejor que lo haga, porque mañana y el viernes voy a trabajar para Milos.

Cuando llego a la tienda y el dependiente me saca el encargo de Jake, me quedo pasmada.

Es una enorme caña de pescar.

La clase de caña de pescar que no se puede llevar por una calle de Manhattan sin atraer la atención de cada obrero de la construcción obsesionado con el sexo, de cada vendedor ambulante de mirada lasciva y de otras varias formas de vida rastrera de la ciudad.

La gigantesca pértiga fálica que porto no le pasa desapercibida a ninguno de ellos. Recibo un aluvión de comentarios obscenos, ruidos de besos varios, un par de pellizcos en el culo y hasta una proposición de matrimonio incoherente de un tío con visera de plástico y tartera.

Cuando llego a la oficina, estoy lívida.

Marcho con decisión hacia el despacho de Jake, caña en ristre.

Yvonne acaba de salir de su cubículo. Me echa un vistazo y llama a Latisha.

—Esto no puede ser verdad —dice Latisha, boquiabierta—. No puede ser verdad.

—Oh, sí que lo es —digo yo sin detenerme.

—Nena, tienes que ponerlo en su sitio.

—Eso es lo que voy a hacer.

—¿Vas a despedirte? —pregunta Yvonne.

—¿Despedirme? —me paro—. ¡No, mujer!

—Bien —dice Latisha—. Pero dile que esto no puede seguir así. Dile que informarás a recursos humanos si no se enmienda.

—Lo haré —prometo. Pero he perdido un poco de fuelle.

Estaba tan enfadada que no había pensado en qué iba a hacer al respecto.

–Vamos –dice Yvonne, dándome un empujoncito hacia el despacho de Jake.

Yo echo a andar otra vez con decisión. Tienen razón. Tengo que hacerme valer. Jake se está aprovechando de mí completamente.

Estoy decidida a cantarle las cuarenta (en sentido profesional, se entiende). Pero, cuando llego a su despacho, la puerta está cerrada.

En mi cubículo encuentro una nota suya diciendo que se ha ido a una reunión y que no volverá hasta mañana. La nota dice también que meta la caña de pescar en el armario del material y lo cierre con llave.

Me dan ganas de dejarla donde todo el mundo pueda verla y que Myron y compañía hagan lo que quieran con ella.

Pero me resulta imposible.

Guardo la pértiga en el armario del material.

Y salgo de la oficina a las cinco en punto.

Me voy andando a buen paso hasta casa.

Cuando llego, estoy sudando como un pollo. Me quito el vestido y lo tiro al montón de la ropa para la tintorería. Me pongo unos pantalones cortos y una camiseta.

Meto una patatita en el microondas. Luego la abro por la mitad, le pongo encima unas sobras de brócoli al vapor y un trocito de queso descremado y lo rocío todo con sal. Si le pongo bastante sal, no sabe tan mal.

Mientras como, leo un capítulo de *Los viajes de Gulliver*.

Después reviso mi armario, probándome cosas e intentando compaginar un par de atuendos decentes para el fin de semana. No se me ocurre nada. Ahora la mitad de la ropa me queda grande (no es que me queje), y la que no me está grande está pasada de moda.

Cuento el dinero de mi frasco de Prego. Todavía no lo he llevado al banco, pero lo haré. Esta semana. Sin falta.

He ahorrado casi mil cuatrocientos pavos hasta ahora.

Puedo permitirme invertir unos cuantos en ropa. Me lo merezco.

Saco doscientos dólares y los meto en el monedero. Mañana, iré a comprar a la hora de la comida. Puede que me pase por French Connection.

Mmm.

Saco otros cien pavos.

Luego, animada por la idea de comprarme ropa nueva, meto la cinta de aeróbic en el vídeo. Ahora que me sé los pasos, no me cuesta ningún esfuerzo. Y hasta me lo paso bien... cuando estoy de humor.

Esta noche, estoy de humor.

El teléfono suena justo cuando estoy acabando el calentamiento.

Pego un brinco, sabiendo que es Will.

—Eh, ¿qué pasa?

—¡Buckley!

Miro el reloj. Puede que Will esté intentando llamarme. Pero puedo hablar con Buckley unos segundos. No tengo llamada en espera, y Will volverá a intentarlo si comunica.

Naturalmente que sí.

Y, de todos modos, ¿qué probabilidades hay de que elija precisamente este momento para llamarme cuando llevo esperando que suene el teléfono toda la tarde?

—No sé nada de ti desde el sábado —dice Buckley.

—Llevo toda la semana liadísima. La verdad es que todavía lo estoy. Pero pensaba llamarte, aunque fuera solo para decirte hola.

—Me alegro de que lo pensaras.

Hablamos de su nuevo trabajo y, de pronto, no sé por qué, nos enzarzamos en una debate sobre si James Stewart está muerto. Buckley jura que no, y yo estoy convencida de que sí.

—Estoy segura de que murió hace un par de años, Buckley.

—Yo creo que no. Esa fue Donna Reed. Pusieron un reportaje sobre *Qué bello es vivir* en las noticias.

—Y cuando murió James Stewart, también.

—No puede ser, Trace. Lo vi hace poco en un programa de la tele.

—Y yo también. En el de Leno, ¿verdad?

—Creo que era en el de Letterman.

—Da igual. Era una repetición. Te estoy diciendo que se ha muerto.

—Voy a averiguarlo —dice Buckley—. Lo juro ante Dios. Te demostraré que te equivocas.

—¿Y qué vas a hacer para probarlo? ¿Presentarte en mi casa con James Stewart?

—Te crees muy graciosilla, ¿eh? Pues eso es precisamente lo que voy a hacer.

—¿Y quién va a ayudarte a desenterrarlo?

207

Los dos nos ponemos histéricos, imaginándonos toda la escena como si fuera un fragmento de la película *Fin de semana con Bernie*. Nos reímos tanto que a los dos nos salen bufidos, lo cual lo hace aún más divertido.

Había que vernos.

El caso es que me lo estoy pasando tan bien hablando con Buckley que me olvido completamente de Will.

Entonces me acuerdo.

Y dejo de reírme.

–¿Sabes qué? –le digo a Buckley–. Tengo que colgar. Estoy esperando una llamada...

–¿De quién? ¿De Will? –pregunta él.

Me sorprende que recuerde su nombre.

–Sí. Voy a ir a verlo este fin de semana.

–Eh, qué bien. Entonces, supongo que todo se ha arreglado, aunque, eh...

–¿Aunque hiciera el ridículo llamándolo la otra noche? Aún no lo sé. Parece que me ha perdonado, pero no estoy segura de que comprenda lo que me pasaba –ni yo estoy segura de qué me pasaba. Necesito cambiar de tema–. ¿Y tú? ¿Qué tal te fue con Sonja el domingo?

–Nos lo pasamos tan bien que quedamos otra vez el martes.

¿De veras? Pensaba que había estado liadísimo.

–¿Dónde fuisteis?

–A cenar, y luego a una conferencia sobre meditación. Yo era el único tío. Me sentí como si fuera Sean Connery.

–Pensaba que estabas liadísimo –me siento compelida a decir en broma.

Por lo menos, intento que parezca una broma.

Pero, por alguna razón, parece que ladro.

–Eh, que uno no puede vivir solo de escribir anuncios –dice Buckley alegremente–. Bueno, será mejor que colguemos. Supongo que Will...

–Sí, seguramente estará intentando llamarme. ¿Qué vas a hacer este fin de semana? ¿Vas a ver a Sonja otra vez? –pregunto como si tal cosa.

–No, qué va. Este fin de semana se va a la playa. Tiene una casa alquilada a medias con otra gente en Westhampton.

Cómo no.

–Bueno, pues que te lo pases bien con Will –dice Buckley sinceramente.

–Lo haré.

—¿Cómo vas a ir?

—¿Tú qué crees?

—¿En tu superbólido?

—La verdad es que está en el taller, así que tendré que ir en autobús.

Hay una pausa.

Sé lo que está pensando.

—Todo irá bien, Trace —dice suavemente.

—Eso espero.

—Oye, si te da otro ataque de ansiedad, deberías pensar seriamente en ver a un especialista.

—¿A un especialista? ¿Te refieres a un loquero?

—Me refiero a un terapeuta. Podría ayudarte. Yo puedo recomendarte a uno que a mí me ayudó mucho cuando murió mi padre.

—No puedo irme a Long Island a ver a un loquero —digo yo porque tengo que decir algo.

—Tiene la consulta aquí. En Park con la Veintinueve.

—Ah.

—Piénsatelo, Tracey.

—Vale, lo haré —digo rápidamente.

No es que esté avergonzada, porque, por extraño que parezca, no lo estoy. Si se tratara de otra persona, lo estaría. Pero hay algo en Buckley que hace caer todas mis defensas. Con él he sido yo misma desde el principio, sin preocuparme de lo que pensara de mí. Y no es solo porque no me interese salir con él, sino porque con él me siento más a gusto que con mis otros amigos. Más a gusto que con Kate, o con Raphael, o con la gente del trabajo.

Buckley y yo simplemente encajamos.

Y aunque solo hace unas semanas que nos conocemos, estoy segura de que va a ser un buen amigo, alguien en quien puedo confiar.

—Adiós —dice él—. Seguro que Will te está llamando y comunica todo el tiempo.

—¿Cómo sabes que no tengo llamada en espera, ni buzón de voz?

—Porque te he llamado un par de veces y estaba comunicando —dice él sin darle importancia—. Que te diviertas este fin de semana, Tracey. Y oye...

—¿Sí?

—Llámame si me necesitas. A cobro revertido.

—¡Qué tontería! Nunca llamaría a nadie a cobro revertido, a no ser que fuera una emergencia.

209

—Pues, si tienes una emergencia, llámame.

—Estaré bien, Buckley.

—Lo sé, pero, si pasa algo, yo estaré aquí escribiendo la contraportada de la última entrega de esa serie del detective parlanchín. Créeme, cualquier interrupción será bien recibida.

—Está bien.

Cuelgo.

Por un instante, me quedo con el teléfono inalámbrico en la mano como una tonta, mirándolo con expectación.

Pero no capta la indirecta y sigue sin sonar.

Tampoco suena cuando lo dejo y hago como que me interesa un especial informativo acerca de un accidente de avión en Japón.

De hecho, no suena hasta que estoy dando cabezadas delante de Conan O'Brien.

—Llamada a cobro revertido de Will McCraw —dice una voz robótica.

Y, por una décima de segundo, me entran ganas de no aceptarla.

Pero, naturalmente, la acepto.

—¿Trace? ¿Te he despertado? —pregunta la voz de Will como si tal cosa.

—Por supuesto que no. Los días de diario, nunca me acuesto antes de la una y media. Así me mantengo fresca como una lechuga.

Al menos tiene la decencia de decir:

—Perdona —sin ganas.

Se oye mucho ruido de fondo.

Más ruido que el del habitual jolgorio de la casa donde vive el reparto.

De hecho, yo juraría que se oye a un grupo tocando en directo.

—¿Dónde estás? —pregunto.

—En un bar —dice—. Hoy hemos tenido un ensayo general un poco duro, y necesitábamos desfogarnos un poco. Se me había olvidado completamente que tenía que llamarte.

Normalmente, yo me aguantaría por no molestarlo. Pero puede que esté de mal humor porque me ha despertado. Puede que no me guste la idea de que Will se desfogue en un bar con música en directo. O puede que esté harta de dejar que se vaya de rositas.

Sea como fuere, me oigo a mí misma decir:

—Genial. Muchísimas gracias.

210

—Pero ¿qué dices?

—No puedo creer que te hayas olvidado de llamarme sabiendo que tenemos que quedar para el fin de semana.

—Todavía faltan dos días para el fin de semana.

—Y sabes que mañana y pasado trabajo para Milos. Llegaré a casa muy tarde.

—¿Y qué pasa? Te habría llamado tarde.

—Está claro que para ti eso no es problema —odio mi tono de voz, pero no puedo remediarlo. Estoy cabreada.

—¿Por qué te pones tan gilipollas? —yo no respondo. Porque no puedo—. Mira, quizá sea mejor que lo olvidemos —dice él.

Punzada de pánico.

—¿Olvidar qué?

—Que vengas este fin de semana.

Ah. Gracias a Dios.

No es que quiera olvidarme del viaje pero pensaba que se refería a todo en general. A nosotros.

—No tengo por qué aguantar esto ahora. Estoy soportando mucha presión para intentar sacar adelante la función. Me estoy esforzando mucho y no necesito que...

Se interrumpe.

Me dan ganas de desafiarlo a que acabe la frase.

Pero lo cierto es que no quiero saber cómo acaba.

—Lo siento, Will —me fuerzo a decir.

Porque no puedo renunciar a ir a verlo este fin de semana. Si no nos vemos este fin de semana...

En fin, que necesito verlo. Y no hay más que hablar.

—Estoy agotada y me asusto cuando el teléfono suena a estas horas. No quería ponerme gilipollas.

Él dice:

—Vale.

Pero no enseguida.

Se queda callado unos segundos, y yo mientras tanto intento adivinar su reacción.

Me dice que ha hecho una reserva en el hostal donde estuvieron los padres de Esme. Dice que no está lejos de la casa de la compañía. También dice que cuesta casi doscientos dólares la noche.

—¿Te parece mal? —pregunta.

Y entonces me doy cuenta de que la habitación voy a pagármela yo.

Bueno, ¿y qué esperaba?

A él le pagan poco por estas funciones veraniegas. Mucho menos de lo que gana en Nueva York, trabajando para Milos.

Y ahora yo trabajo para Milos, así que tengo dinero extra. Comprendo su lógica.

Pero una parte de mí desearía que me dijera que no me preocupe del precio de la habitación, que él me lo paga.

O incluso que lo pagamos a medias.

Pero no lo dice.

Dice:

—¿Te parece mal?

Y yo digo:

—Claro que no. Estoy deseando verte.

Dieciocho

Cuando el autobús se detiene en North Mannfield, Will me está esperando exactamente donde me había dicho: en un banco, frente a la pequeña cafetería que hace las veces de estación.

Por supuesto, está guapísimo.

Pero yo también.

Llevo un vestido de verano nuevo, corto y ajustado. Negro, desde luego. Me probé algunos colores más claros, pero todavía no estoy preparada para ello. El negro adelgaza. Y aunque estoy más delgada que antes (he perdido otro kilo los últimos dos días, gracias a que prácticamente me he matado de hambre pensando en el fin de semana), todavía no estoy tan flaca como me gustaría. No estoy tan flaca como Esme.

¿Cómo lo sé si nunca la he visto?

Creedme, lo sé.

Lo sé del mismo modo que sé que es de ella de quien tengo que preocuparme. No es que Will haya mencionado su nombre más que una o dos veces, y de pasada. Pero algo en su modo de decir su nombre (o puede que el nombre mismo: *Esme*) ha hecho saltar mi radar. Estoy deseando ponerle la vista encima.

En cuanto salgo del autobús me arrojo en brazos de Will.

—Eh, pero ¿dónde te has dejado el resto del cuerpo? –pregunta, mirándome de arriba abajo.

Sé que debería sentirme halagada. Se ha fijado en mi nuevo yo.

Pero es el modo en que lo ha dicho.

«¿Dónde te has dejado el resto del cuerpo?»

Sé que es un cumplido, pero resulta vagamente insultante para mi yo pre estival, que sigue alentando más cerca de lo que quiero admitir. Y me siento como si estuviera traicionándolo cuando sonrío y digo:

—Me lo he quitado de encima a base de sudar en la ciudad. Dios sabe que necesitaba quitarme un poco de lastre.

—Estás realmente guapa —dice, y ahora sí que está siendo dulce, y ni siquiera se me encoge el estómago cuando me abraza. Normalmente solo puedo pensar en que sus manos están tocando mis michelines alrededor de los tirantes del sujetador. Pero esta vez me permito saborear la sensación de sus brazos alrededor de mi cuerpo.

Huele tan intensamente a Will que escondo la cabeza en su cuello e inhalo profundamente, deseando llenarme la nariz de su olor para poder llevármelo a Nueva York, conmigo.

Él se echa a reír.

—¿Qué haces?

—Te olfateo —digo yo—. Tu colonia siempre huele tan bien... Pero hueles a algo distinto... Como a leche de coco o algo así.

—A bronceador —dice él.

Entonces es cuando noto que está moreno.

Will nunca se pone moreno. Dice que se le arruga la piel, que le hace parecer más viejo y que así no lo llamarán para hacer papeles de joven.

—¡Estás moreno, Will! —le informo.

—No es de verdad —dice él con una sonrisa—. La verdad es que voy embadurnado de protección solar factor 45. Pero una de las chicas usa un autobronceador, y me lo ha puesto para darme un poco de colorcito.

¿Autobronceador? ¿Y una de las chicas se lo ha puesto?

Me imagino a Will untado de crema por una chica. No una mujer, sino una *chica*, como él dice con tanto salero.

Will recoge mi bolsa, que he tirado a sus pies sin ceremonias al abalanzarme sobre él.

Noto que el aire es mucho menos húmedo que en Nueva York, y más fresco. Podría acostumbrarme a esto.

—¿Qué tal el viaje? —pregunta Will, conduciéndome calle abajo.

Bueno, tuve un ataque de ansiedad más a menos a la altura de Albany. Pero por lo demás...

—Bien —digo alegremente—. He leído un montón.

Vamos andando a través de un pueblo que no parece tan pintoresco como me imaginaba. De hecho, es más bien feo.

Además de la cafetería, hay una lavandería, una comisaría-oficina de correos, un supermercado-gasolinera, un bar llamado La Gota Gorda, y un montón de casas viejas. Solo eso: viejas. Persianas torcidas. Barandillas melladas. Escalones hundidos.

—¿Y qué estás leyendo? —pregunta Will.

—*Los viajes de Gulliver* —anuncio yo.

Espero.

¿A qué?, os preguntaréis.

Pues a que se quede pasmado de asombro.

Se echa a reír.

—¿*Los viajes de Gulliver*? Vaya, ¿y eso por qué?

—Porque este verano me estoy leyendo todos los libros que debería haber leído hace mucho tiempo. Ya sabes, los clásicos.

En otras palabras, que estoy pasando el verano más aburrido de mi vida, mientras tú estás aquí, desfogándote y untándote de crema la entrepierna.

Ay, Dios. ¿Por qué no le habré dicho que estaba leyendo algún best-seller? ¿O, mejor aún, que no tengo tiempo para leer?

—Eso es fantástico, Trace —dice él—. Me alegro de que te mantengas ocupada.

«¿Me alegro de que te mantengas ocupada?»

«¿Me alegro de que te mantengas ocupada?»

Esa es la clase de cosa que se le dice a una viuda jubilada.

—La verdad es que he estado liadísima —le informo—. En el trabajo hay mucho jaleo y...

—¿Ah, sí? ¿Y eso? —me pregunta con aparente interés (es actor, ¿recordáis?).

Pero el caso es que pregunta, y yo se lo cuento (faltaría más), omitiendo, por supuesto, lo concerniente a los bombones y al incidente de la caña de pescar.

Al dejar atrás el decepcionante distrito comercial de North Mannfield, mientras caminamos por la carretera rural que discurre junto al lago, flanqueada de árboles, le cuento a Will lo del bautismo del desodorante de tal forma que el futuro de McMurray-White parece descansar sobre mis fuertes hombros.

—De momento se me han ocurrido un par de ideas que a mi jefe le gustan bastante —digo.

—¿Ah, sí? ¿Sabes qué nombre le iría bien a un producto así? —pregunta él.

Yo, naturalmente, cierro la boca cuando estaba a punto de hablarle de mis ideas, y pregunto:

—¿Cuál?

—*Mantén* —dice, asintiendo enfáticamente, como si acabara de revelarme con absoluta certeza el nombre del ganador de la nueva edición de *Supervivientes*.

—*Mantén* —repito yo, fingiéndome impresionada—. Vaya, es muy bueno, Will. Lo recordaré, por si *Persist* no funciona.

La verdad es que no es mal nombre para un producto.

Mantén.

Sigo contándole lo ocupada que he estado en mi glamourosa agencia publicitaria y trabajando para Milos. No me detengo mucho en este tema, no vaya a ser que me hable de Zoe. En cambio, me apresuro a hacerle un relato detallado de mis viajes finisemanales, de los Hamptons a la boda de Jersey, pasando por Brookside.

—¿Qué tal la boda? —pregunta Will—. ¿Te lo pasaste bien con...? ¿Cómo se llamaba?

—Buckley.

Buckley, el que se acuerda del nombre de Will.

Buckley, el que dijo que lo llamara a cobro revertido.

—Sí, lo pasamos muy bien —le digo—. Lo cual me recuerda... ¿Se ha muerto James Stewart?

—Sí —contesta él.

Noto que no me pregunta por qué quiero saberlo. Me pregunto si estará prestando atención a la conversación. O a mí.

Y, de pronto, me entran ganas de contarle cómo empezamos a hablar Buckley y yo de James Stewart. Quiero que sepa cuánto nos reímos juntos. Quiero que se ponga celoso, maldita sea.

—¿Seguro que ha muerto? —le pregunto.

—¿James Stewart? Sí, murió hace un par de años.

—Ah, es que...

—Ahí está —me interrumpe al doblar un recodo del camino.

Y ahí está. El Teatro del Valle. Delante de un grupo de edificios apartados de la carretera, hay un cartel de madera recién pintado y escrito a mano. No sé qué esperaba. Tal vez una pintoresca edificación de madera con tejado a dos aguas, o puede que hasta una construcción estilo art déco de los años treinta, con su marquesina y todo. Pero no este bloque macizo y gris, rodeado de lo que parecen ser dos barracones y un encantador bloque de hormigón, semejante

216

al primero, con pinta de colegio mayor. Seguramente debería alegrarme de que no sea un precioso albergue de montaña que Will pueda recordar con nostalgia en el futuro.

Pero lo que de verdad estoy pensando es...

¿Ha dejado Nueva York (y a mí) por *esto*?

En lugar de marquesina, clavado en el césped frente al teatro hay un panel acristalado, parecido a los que se ven delante de las iglesias o los colegios. En él dice: *Ahora resentando: Un domingo en el arque con George*.

—Parece que alguien se come las «pes» —le digo a Will.

—¿Eh?

—El cartel. Las «pes».

—Ah, sí —gruñe malhumorado, cambiándose mi bolsa de hombro.

Me siento impelida a disculparme porque pese tanto.

Will, por su parte, se siente impelido a gruñir otra vez.

—Esto parece muy tranquilo —comento mientras nos acercamos a la casa donde vive el reparto.

—Los sábados siempre es así. Es nuestro único día libre. Todo el mundo se va de compras, o a la lavandería.

—No me digas que esta semana vas a tener que ponerte calzoncillos sucios porque haya venido yo —bromeo.

—No. Le he encargado a alguien que me haga la colada.

—¿Aquí hay servicio de lavandería a domicilio?

Tal vez el pueblo no sea tan rústico como pensaba. Yo no sabía que se puede pagar a alguien para que te haga la colada hasta que me mudé a Nueva York.

—No, qué va. Una amiga de la compañía que iba a la lavandería me dijo que no le importaba llevarse también mi ropa.

—Vaya, menuda amiga.

Me imagino los calzoncillos de Will dando vueltas alegremente dentro de una secadora, entre las bragas de encaje de una chica... Tal vez de Miss Untadora de Bronceador en persona.

—Eso es el teatro —dice Will, señalando el edificio rectangular que no parece ni un barracón, ni un colegio mayor—. Y esta es la casa de los actores.

Pasamos junto a unos parterres de flores y subimos los escalones. La puerta da paso a una habitación oscura, tipo vestíbulo, que yo llamaría recibidor si fuera más acogedora. En el recibidor se encuentra el célebre teléfono público. Junto a él hay un tablón de anuncios lleno de mensajes.

—Ese es el tablón de anuncios —dice Will.

Vaya, menos mal que me lo ha dicho. Y yo que pensaba que era una fuente de beber...

—Ahí es donde nos dejamos los mensajes —añade sin necesidad alguna—. Ya sabes, recados telefónicos y cosas así.

Yo asiento.

Tardo un segundo en comprender lo que significan sus palabras. Para cuando por fin lo entiendo, estamos en el amplio cuarto que hay junto al vestíbulo, y dos chicas medio desnudas, que están sentadas en el sofá haciéndose la pedicura, levantan la vista hacia nosotros.

—Hola, chicas —dice Will.

Las chicas, muy pizpiretas ellas, llevan camisetas de tirantes que dejan al aire sus tripitas cóncavas, y pantalones cortos del tamaño de bragas de biquini. Sus bronceados son demasiado rojizos y pecosos para ser falsos. Al parecer, yo soy el único espectro que anda suelto por el pueblo.

«Nota mental: conseguir como sea que Kate me invite a la casa de la playa. Embadurnarme de crema y despanzurrarme al sol hasta tostarme».

—Eh, Wills —dice la morena del pelo liso, con la nariz roja y ligeramente pelada.

¿*Wills*? Yo no puedo evitar sonreír. La última vez que vi a Will, no era heredero al trono británico, que yo sepa.

Pero que mi novio parezca haber adquirido un ridículo diminutivo regio no es lo único que he de considerar cuidadosamente. Will ha dicho que se dejan mensajes telefónicos en el tablón de anuncios. Lo cual significa que el teléfono sí puede recibir llamadas exteriores.

Asumiendo que los derechos telefónicos de Will no fueran revocados antes incluso de su llegada, eso significa que me ha engañado. Está claro que podía recibir llamadas desde el principio. Pero prefirió que yo no lo llamara.

Empiezo a sulfurarme.

Sin embargo, me enorgullece decir que, pese a todo, saludo alegremente a las princesas de la pedicura cuando *Wills* me las presenta, y sus nombres se me olvidan en cuanto me cerciono de que ninguna de ellas es Esme.

—Esta es Tracey —les informa Will.

No añade el esperado (al menos, por mí): «mi novia». Cosa que me sulfura aún más.

¿Le habrá hablado a alguien de mí? ¿O será como en Come, Bebe y Cásate, donde sus compañeros me miraban como si acabara de salir de una cueva enarbolando mi ridícula proclama de soy-la-novia-formal de Will?

Me preguntan:

—¿Qué tal van las cosas por Nueva York?

Lo cual me tranquiliza un poco, porque por lo menos saben de dónde vengo.

—Hace un calor de muerte —digo yo.

—Me lo imagino. No me puedo creer que antes fuera tan pardilla como para pasar los veranos allí —dice la chica que se está pintando las uñas de los pies de azul eléctrico, a diferencia de la otra, que se las pinta de rojo sangre.

—Bueno, no es para tanto —afirma la única pardilla de la habitación. O séase, yo.

—Yo lo que sé es que el verano pasado, en Nueva York, iba con sandalias un día que llovió y me metí en un charco. Lo siguiente que recuerdo es que estaba en el hospital con una repugnante infección bacteriana —declara Rojo Sangre encogiéndose grácilmente de hombros.

Will le da una palmadita en el hombro desnudo y besado por el sol y dice... (no, no dice: «¿Y qué fue de sus escarpines, joven dama?»)... dice:

—Menuda gracia.

Ella asiente.

—Fue un asco.

—Lo que yo digo: los veranos en Nueva York son un asco —dice Azul Eléctrico, soltando una risita.

—Sí, un asco. Solo aptos para pardillos —digo yo.

Todos me miran.

Vaya, creo que el comentario me ha salido más mordaz de lo que quería. La verdad es que quería que me saliera mordaz, pero ahora que he conseguido atraer la atención de los demás, me doy cuenta de que estoy metiendo la patita (sin pedicura, he de añadir) delante de las nuevas amigas de Will, así que me encojo de hombros como si fuera una broma y digo como si tal cosa:

—Creedme, el verano que viene no pienso pasarlo allí. Bueno, Will, enséñame el resto de la casa.

En otras palabras, apártame de la vista de estas dos, que me miran como preguntándose por qué no me habrás dejado tirada en la cafetería-estación de autobuses del pueblo.

Entramos en el amplio comedor, que contiene varias mesas redondas de metal con superficie de formica marrón. Más allá está la cocina. Un chico larguirucho y desgarbado está haciendo algo en la placa. Si no me equivoco, está hirviendo sus calcetines. Imagino que entre las instalaciones de la casa no se cuenta una lavadora.

219

—¿Otra vez estás haciendo sopa de repollo, Theodore? —pregunta Will.

—Oh, cállate, Will —dice Theodore con un ademán tan florido que inmediatamente comprendo que sin duda no compite con Will por los favores de Esme (como si su nombre, su camiseta de un concierto de Barbara Streisand y su pendiente de oro no fueran indicios suficientes).

Le digo que yo también me alegro de conocerlo.

Noto que Will utiliza el fatídico nombre que empieza por «n» cuando me presenta a un hombre (y utilizo el término en sentido lato), y que lo ha evitado al presentarme al par de vampiresas de la habitación contigua.

Cuando salimos de la cocina, me informa en un susurro de que Theodore sufre un trastorno alimentario y vive a base de sopa de repollo, atufando la casa.

Naturalmente, Will el tiquismiquis no soporta los tufos de ninguna clase.

«Nota mental: no mencionar la pasada ingesta de sopa de repollo».

Volviendo al uso que hace Will de la palabra que empieza por «n»: mientras recorremos la casa, entrando y saliendo de las habitaciones tipo colegio mayor de la planta de arriba, yo voy llevando la cuenta. No, no es que me presente como su novia solo a los chicos. Únicamente utiliza el término una vez más, al presentarme a un compañero que obviamente está más interesado en él que en mí. Cuando nos encontramos con otros dos chicos (ambos aparentemente heterosexuales) y con otras tres chicas, solo les dice que soy Tracey.

Todos son muy amables.

Me digo a mí misma que estoy siendo demasiado suspicaz.

Pero cuando estamos bajando las escaleras, no puedo evitar preguntarle como quien no quiere la cosa:

—¿Cómo es que no he visto a Esme?

Y juraría que Will traga saliva antes de repetir inocentemente:

—¿Esme?

—Sí, como me has hablado tanto de ella... Pensaba que estaría por aquí.

La verdad es que casi no me ha hablado de ella. Pero las dos pintadoras de uñas acaban de entrar en el vestíbulo y, al oír de pasada mi pregunta, se lanzan una miradita la una a la otra. Y eso basta para confirmar lo que ya sospechaba. Que Will está ligoteando con Esme.

—Está en el pueblo, en la lavandería –dice Will.

—Ah, ¿es ella la que te está lavando la ropa? –consigo preguntarle entre un torbellino de histeria que amenaza con apoderarse de mí en cualquier momento.

—¿Cómo lo has sabido? –exclama él, haciéndose el sueco.

—Estoy haciendo un curso de habilidades deductivas por correspondencia –contesto.

—¿De veras? Mi compañera de piso también hizo ese curso –anuncia Rojo Sangre.

Yo le lanzo una mirada asesina. Pero ella no se entera. Está intercambiando otra miradita con su amiga. Casi las tomaría por lesbianas si no fuera porque intercepto la mirada y veo que dice claramente: «Será mejor que nos esfumemos antes de que Tracey la cornuda haga una escena porque Esme le está lavando los calzoncillos a Will».

Las dos desaparecen.

Will me dice que le ha pedido el coche prestado a alguien para llevarme al hostal y agarra una llave clavada al tablón de anuncios con una chincheta sobre una nota que dice simplemente *Wills*.

Wills. Pero ¿qué tontería es esa? Estoy empezando a ponerme de los nervios. Y lo peor de todo es que a él el diminutivo no parece molestarlo.

Yo jamás me atrevería a llamarlo *Wills*.

Una vez, cuando acabábamos de empezar a salir, se me ocurrió llamarlo *Willy* en broma. Pensaba que estaba haciéndose el enfadado, pero no: se enfadó de verdad. Igual que yo ahora, con todo esto del teléfono, el nombrecito y (cómo no) Esme. Porque no me olvido de ella ni un segundo. No. Yo he venido aquí con una misión.

«Nota mental: buscar y destruir a Esme lo antes posible».

Will nos lleva a mí y a mi maleta al aparcamiento de detrás de la casa. Allí subimos a un coche destartalado de color verde. Yo no entiendo mucho de coches, pero puedo afirmar con toda seguridad que no es ni un Mercedes, ni un BMW. También puedo afirmar con rotundidad que o bien pertenece a un hombre, o bien a una chica tirando a guarra. Lo cual significa que, aunque dicha chica tenga una relación lo bastante estrecha con Will como para prestarle el coche, no representa ninguna amenaza para nuestra relación.

Él arruga la nariz y sacude el asiento antes de sentarse. Luego busca un pañuelo de papel en la guantera llena de chismes y limpia una mancha del interior del parabrisas. El pequeño asiento de atrás está cubierto de ropa, guiones, paquetes de tabaco arrugados y envoltorios de comida rápida vacíos. En el suelo, a mis pies, hay un mechero Bic, y en el salpicadero un encantador cenicero lleno de colillas y ceniza.

Lo cual significa que no me siento culpable al encender un cigarro.

Hasta que Will me mira y dice:

—¿Te importaría no fumar aquí dentro, Trace?

—¿Aquí dentro? —repito yo—. Venga, Will, pero si esto es un fumadero móvil...

—Mi garganta —dice él suavemente—. Tengo que actuar esta noche.

—Ah, perdona —apago el cigarro, rezongando para mis adentros—. ¿Qué tal el estreno de anoche? Se me había olvidado por completo preguntarte.

—Estuvo bien —dice él—. Quiero parar a comprar el periódico local para leer la crítica. Ya debe de haber salido.

Mientras conduce la cafetera verde con ruedas por sinuosas carreteras rurales, casi todas ellas sin señalizar, noto que se maneja bastante bien por estos contornos. El lago aparece de vez en cuando, y Will me va indicando diversas atracciones locales a lo largo de su orilla.

Odio que este sitio sea tan familiar para él y tan ajeno para mí. Will tiene aquí una vida entera sin mí. Vive aquí. Y yo, no.

La idea de que falte poco más de un mes para que regrese a Nueva York ya no me consuela, porque ahora sé que cuando vuelva tendré que enfrentarme a lo que haga mientras estemos separados... y, posiblemente, también a lo que hacía cuando estábamos juntos.

Nos paramos delante de un colmadito, el primer lugar verdaderamente pintoresco que veo aquí. Me compro tres paquetes de tabaco, un bote frío de té de frambuesa sin azúcar y el último número de *People* para leerlo más tarde, cuando Will vaya a prepararse para la función. En este momento, no estoy de humor para *Los viajes de Gulliver*.

Will se compra un periódico llamado *El heraldo del lago*, y empieza a hojearlo ansiosamente nada más montarnos en el coche. Por fin encuentra lo que busca mientras yo abro la lata de té y doy un largo trago.

De pronto noto que tengo hambre.

—¿Vamos a parar a comer en algún sitio? —pregunto, pensando que tiene que haber algún sitio por aquí dónde pueda comerse una ensalada decente. Al fin y al cabo, esto es el campo. Hortalizas frescas. Lechuga casera. Tomates rojos, madurados al sol...

Me suenan ferozmente las tripas, insatisfechas con el té.

Patatas fritas grasientas con toneladas de sal, vinagre y ketchup... Doble hamburguesa de beicon con queso... Batido de chocolate...

–¿Will? –insisto, aturdida por el hambre.

–¡Chist!

Está absorto leyendo la crítica.

Como parece que nos vamos a quedar aquí parados, voy a salir a fumarme un cigarro para engañar el hambre. Salgo del coche y enciendo un pitillo.

Mientras estoy apoyada en el coche, en medio del aparcamiento de gravilla, mirando los setos de arizónicas y a los tipos con pinta de veraneantes que vienen y van, empiezo a pensar otra vez en las mentiras de Will. Y me lo imagino aquí en el campo, a la luz de la luna, junto al lago, con otra.

Entonces me doy cuenta de que me he fumado el cigarro entero y Will sigue sentado en silencio dentro del coche.

–Debe de ser una crítica larguísima –digo, pisando la colilla y asomando la cabeza por la ventanilla abierta.

Will tiene mala cara. La página que contiene la crítica está arrugada en el suelo, detrás de su asiento.

Está claro que no era como para tirar cohetes.

–¿Estás bien? –le pregunto. Se encoge de hombros–. ¿Qué decía?

–Léelo tú misma –él mira fijamente hacia delante.

Vuelvo a subirme al coche y pesco la hoja entre un lecho de servilletas pringadas de ketchup y pañuelos manchados de carmín.

Will McCraw, en el papel de George, es una incorporación reciente al reparto de Teatro del Valle, pero imprime escasa energía al papel protagonista.

Uy, no me extraña que esté cabreado.

Sigo leyendo mientras busco atropelladamente palabras de consuelo.

Su insípida actuación no logra atrapar el oscuro enigma que encarna su personaje, un artista atormentado. A su voz, débil y aguda, parece con frecuencia faltarle el ímpetu ne-

cesario. En cambio, la deslumbrante Esme Spencer encarna a la perfección a la melancólica Dot, que, locamente enamorada de ese George obsesionado por su carrera, debe finalmente decidir si ha llegado o no el momento de «Seguir adelante», en el número musical más emocionante de la obra. Spencer logra generar chispas románticas convincentes en los momentos en los que comparte escenario con el inexpresivo McCraw.

Me siento como si alguien hubiera arrojado un secador de pelo enchufado dentro de mi bañera.

La deslumbrante Esme Spencer.

De modo que ella es la actriz principal.

De modo que, cuando están juntos en el escenario, saltan chispas románticas.

«No lo hagas».

Eso me dice una voz de advertencia en algún lugar dentro de mí.

Pero no sirve de nada.

Me vuelvo hacia Will.

Y veo que de repente se ha convertido en el oscuro enigma que encarna su personaje, el artista atormentado. Tiene los brazos cruzados sobre el pecho, la mandíbula tensa y mira fijamente por el parabrisas manchado.

En otras palabras, probablemente este no es buen momento para hablar de nuestra relación.

Pero yo ya no puedo más.

Esto ha ido creciendo en las últimas horas, desde que llegué.

No, en los últimos días, desde que me llamó a cobro revertido desde un bar.

No, en las últimas semanas, desde que se fue.

Bueno, está bien, lleva creciendo desde que lo conozco.

Respiro hondo y por fin lo dejo salir todo de una vez, afortunadamente con la presencia de ánimo suficiente como para empezar con un obligado:

—Will, siento mucho lo de esa crítica. Pero solo es una crítica. Y, además, qué sabrá la que lo ha escrito. El caso es que he estado pensando y me he dado cuenta de que tengo que hacerte unas preguntas, y necesito que me contestes con franqueza.

Él ni siquiera se inmuta.

Me pregunto si me estará escuchando.

Me apresuro a añadir:

—Es que tengo una sensación extraña, y puede que sea completamente injustificada. Quiero decir que puede que solo sea yo (mi inseguridad, o mi imaginación), pero necesito saber si... Will, ¿tú me eres fiel?

Ahora sí que se inmuta.

No solo se inmuta, sino que se vuelve hacia mí echando fuego por los ojos.

—¿Qué? ¿Y me lo preguntas ahora?

De pronto, la rabia brota a borbotones dentro de mí. Mi voz, cuidadosamente controlada hasta ahora, surge en un chillido.

—¿Y cuándo quieres que te lo pregunte, si no? Llevas un mes fuera. Y nunca me llamas, así que por teléfono no puedo preguntártelo.

—¿Que nunca te llamo?

—Bueno, sí, me has llamado un par de veces en mitad de la noche. ¿Se supone que tengo que contentarme con eso? No estás siendo justo conmigo, Will.

—Tracey, ahora mismo, en este momento de mi vida, no hay nada que me importe más que esto. Nada.

—Ni siquiera yo —digo tranquilamente, aunque por dentro estoy que ardo.

Él no dice nada. Se limita a alzar ligeramente la barbilla y a mirarme a los ojos.

—Llévame al hostal —digo de pronto, sintiendo que se me saltan las lágrimas.

Él enciende el motor.

Pero no me lleva al hostal.

Sollozando en mi asiento, con la cara vuelta hacia la ventanilla abierta, sin ver nada, no me doy cuenta de dónde estamos hasta que paramos bruscamente frente a la puerta de la parada de autobuses.

Incrédula, me vuelvo para mirarlo.

—Vete —dice, asqueado.

—¿Quieres que me vaya...?

—Eso parece, ¿no?

—Will...

Pero no hay nada más que decir.

Nada que hacer.

Nada, salvo irme.

Diecinueve

Cuando el autobús llega a Nueva York, está lloviendo. Rayos, truenos, lluvia torrencial... Todo al completo.

Desciendo a las profundidades de Autoridad Portuaria y me encuentro los húmedos y pestilentes andenes del metro atestados de pasajeros abstraídos, mientras los altavoces farfullan anuncios indescifrables.

En lugar de embutir mi ser lloroso y mi prominente maleta en ese fétido enjambre de humanidad, asciendo mecánicamente hasta la calle.

Apenas noto la lluvia mientras recorro la primera manzana tras salir de Autoridad Portuaria.

Mi mente es una borrasca en sí misma. Crepita llena de *quizás*, de *tal vez*, de *acaso si*... Gira en un torbellino, aturdida e incrédula, empapada en dolor.

Pero cuando llego a la esquina de la Cuarenta y dos con la Séptima, me doy cuenta de que esto no es un benigno chubasco de verano.

La apocalíptica realidad: charcos como arroyos; asfalto recién horneado soltando vaharadas; tráfico cacofónico abarrotando calles semiinundadas.

He estado caminando sin rumbo, cargada con la bolsa, fumando un cigarro mojado que finalmente el diluvio que cae ha extinguido. La lluvia que me empapa el pelo y la ropa se mezcla con las lágrimas que llevan tres horas corriéndome por la cara. Me duele la cabeza casi tanto como las cuencas de los ojos, y siento los pómulos en carne viva.

Me paro en la esquina y dejo caer la bolsa a mis pies, en medio de un repugnante charco urbano, caliente y polucio-

nado, que me cubre los pies con sus negras aguas veraniegas y salpica mis tobillos.

Se acabó.

He tocado fondo.

Ya no puedo más. Ya no me importa lo que me ocurra. Si
un taxi descarriado aterriza sobre mí como un hidroavión,
mejor que mejor.

Porque Will me ha echado.

Porque Will me odia.

Porque después de esto lo nuestro no tiene salvación.

Y sin embargo... Dos cosas: la primera, que esto era inevitable. La segunda, que aún lo quiero.

Lo quiero tanto que, por un instante, me parece lógico
regresar a Autoridad Portuaria, tomar el próximo autobús
hacia el norte e intentar arreglar las cosas con él.

Me limpio las lágrimas con el dorso de la mano, como
hago desde hace horas, y al mirar abajo veo que tengo la
muñeca manchada de rímel.

Vale.

Está claro que a estas alturas parezco Marilyn Mason.

En algún momento, en medio de mi histeria y mi sufrimiento, comprendo al fin que seguramente no es buena
idea volver a North Mannfield a reconquistar el amor de
Will. De hecho, puede que sea una pésima idea.

Lo que ahora mismo necesito es un cigarro.

Un cigarro y una copa.

Un cigarro, una copa y un techo.

Un cigarro, una copa, un techo y un hombro en el que
llorar.

Necesito un cigarro, una copa, un techo, un hombro en
el que llorar y...

Un anillo de oro.

No. Eso no tiene gracia, ni aunque sea una amarga iro-
nía.

Pero...

Un anillo de oro...

Sí, con eso me conformaría.

Y las probabilidades de que Will me regale alguna vez
uno son prácticamente nulas.

Bueno, nulas del todo.

«Pero ya lo sabías, Tracey. Lo sabías desde el principio».

«Vamos, Tracey».

«¿Acaso no lo sabías?».

Echo a andar otra vez.

Hacia el centro.

Porque puede que esto no sea el fin.

Puede que sea una encrucijada.

O sea, que haya que elegir un camino.

Y yo ya lo he elegido.

Tal vez lo que de verdad necesite ahora (aparte de un cigarro, una copa, un techo, un hombre en el que llorar y un anillo de oro) sea...

A Buckley O'Hanlon.

Aunque Kate y Raphael estuvieran libres esta noche (cosa improbable ahora que Billy y Wade han aparecido en escena), no estoy de humor para oír sus «Ya te lo decía yo», «Estás mejor sin él» y «Oye, ¿ese rímel no era indeleble al agua?».

Buckley me reconfortará sin hacerme demasiadas preguntas ni darme consejos. A diferencia de Kate, no hablará por los codos. Me escuchará a su manera callada y masculina (habilidad de la que, por desgracia, carece Raphael, a pesar de su sexo). Me dejará fumar y beber y llorar, y al final me sentiré mejor, y a él no le habrá importado.

Sé todo esto instintivamente, a pesar de que somos amigos desde hace menos de un mes y nos conocemos desde poco antes.

Cuando llego al edificio de apartamentos de Buckley, se me ocurre de pronto que tal vez debería haber llamado antes. Aprieto el botón del portero automático que hay junto al cartelito con su nombre, y espero.

La voz de Buckley surge del intercomunicador medio averiado: una sola sílaba chillona e incomprensible.

¿Estará cabreado? ¿O es solo que el telefonillo distorsiona su voz?

Vacilo solo el tiempo justo para darme cuenta de que ya soy demasiado mayor para llamar a los timbres y salir corriendo, y al fin digo:

—Soy yo, Tracey.

La puerta se abre.

Atravieso el destartalado vestíbulo en penumbra y subo tres tramos de escalera. El descansillo del segundo piso huele a coles. Al parecer, alguien bajo este techo está haciendo la dieta del repollo. En un edificio como el de Will, los olores a comida rara vez traspasan la puerta de los apartamentos. Pero el inmueble de Buckley es solo un poco más glamouroso que el mío. Y yo siempre me entero de qué van a cenar mis vecinos con solo pasar por delante de sus puertas.

Cuando llego al piso de Buckley, veo que está asomado a la puerta, esperándome. Tiene un aspecto desaliñado, con sus pantalones cortos, demasiado genéricos para describirlos, su camiseta y su barba incipiente.

—¡Tracey! ¿Qué haces aquí? ¿Te ha dado otro ataque de ansiedad?

Yo sacudo la cabeza. Cosa rara: no me ha dado un ataque de ansiedad. Ni siquiera en el autobús, cuando volvía hacia Nueva York. Intento no pensar en ello, no vaya a ser que me dé ahora.

—¿Estás bien? —pregunta Buckley—. Dios mío, mira cómo estás. Parece que te has caído al río East.

Yo me acerco a la puerta, abro la boca para contarle lo que me ha pasado y, en vez de hacerlo, me derrumbo llorando en sus brazos.

Cinco minutos después, estoy en su sofá tras contarle la sórdida historia de principio a fin. Estoy arropada con una manta, con un Jack Daniel's *on the rocks* en una mano y un cigarro recién encendido en la otra.

—Sabía que, si venía aquí, me ayudarías —digo, sorbiéndome los mocos—. No sabía qué hacer.

—Me alegro de que hayas venido —dice Buckley, sentado a mi lado con la botella de cerveza que, al parecer, se estaba bebiendo antes de mi llegada—. Me imaginaba que pasaría algo así.

—¿De veras? —él asiente—. ¿Por qué? —inhalo temblorosa el humo calmante del cigarrillo—. Ni siquiera conoces a Will —digo, teniendo cuidado de no echarle el humo en la cara.

—Sí, pero me has hablado mucho de él. Y, además, todo esto es culpa del mundo del espectáculo. Estas cosas siempre acaban mal. Fíjate en Bruce y Demi, en Alec y Kim, en Tom y Nicole...

—Sí, pero Will no es una estrella de cine —protesto yo—. No es más que un jodido actor de tercera que hace funciones de verano en un pueblucho. Esto no tenía por qué pasar. Ah, y por cierto, James Stewart está muerto.

Buckley ni siquiera parpadea cuando se lo digo. Ni me pregunta de qué estoy hablando. Lo mejor de él es que siempre parece entenderlo todo.

Yo me pongo a llorar otra vez como una magdalena.

Buckley me da palmaditas en la espalda y murmura «ya, ya».

Me siento profundamente reconfortada.

Hasta que suena el teléfono.

Hasta que Buckley contesta y comprendo que está hablando con Sonja. Se lleva el teléfono a un rincón y baja la voz, pero oigo lo suficiente como para saber que está deshaciendo una cita con ella. Soy tan egoísta (o tan posesiva) que no lo detengo.

Cuando cuelga, pregunto haciéndome la inocente:

—¿Quién era?

—Sonja.

—¿Está en la playa? —pregunto esperanzada, pensando que tal vez me haya equivocado.

—No, ha vuelto antes de lo previsto, por el tiempo. Dicen que mañana también se va a pasar todo el día lloviendo.

—¿Y habías quedado con ella esta noche?

—Sí, pero lo he anulado. Da igual. Solo íbamos a ir a ver una película.

—¿Cuál?

—*Muerte punto com.*

—Ah —me niego a sentirme culpable. Por lo que dicen las críticas, le estoy haciendo un favor. Aun así, le digo con escasa convicción—: Vete con ella. Yo estoy bien.

—Ya iremos al cine mañana —dice encogiéndose de hombros—. De todas formas, con esta lluvia, es mala noche para salir. Además, no podría dejarte en esta hora de necesidad.

—¿No?

—No. Yo soy un tío decente.

—Sí que lo eres —le digo—. Yo pensaba que Will también lo era, pero...

Pero, en realidad, ¿he pensado alguna vez que Will era un tío decente? Siempre ha sido egocéntrico, distante y escurridizo.

—Sé que seguramente teníamos que romper —le digo a Buckley sacando otro pañuelo de la caja que ha puesto junto al futón—. Quiero decir que esto se veía venir desde hace tiempo. ¿Por qué me atormento tanto? ¿Por qué me siento como si me hubiera pillado por sorpresa?

—Porque hasta cuando es inevitable, duele. Pero es un dolor benigno. Como cuando haces ejercicio. Hay que sentir dolor para desarrollar los músculos —yo le lanzo una mirada incrédula y él se encoge de hombros—. Algún día, le agradecerás a Will que te haya dejado. Querrás darle las gracias.

—Por dejarme.

—Por dejarte.

—No te ofendas, Buckley, pero si eso es lo único que se te

ocurre, debo decirte que como consuelo es una birria. Lo digo por si acaso pensabas que estabas haciendo que me sintiera mejor, o algo.

–Hablo en serio, Tracey –acerca su cara a la mía y me mira fijamente a los ojos–. Lo superarás. Y te encontrarás mejor. Todo esto es para bien.

–¿Para bien? –agarro un cojín y se lo tiro a la cara–. He venido a verte porque creía que eras el único amigo que tengo que iba a cerrar el pico y a dejarme llorar.

–Entonces, cerraré el pico y te dejaré llorar –dice poniéndome el cojín tras la cabeza y agarrando el mando a distancia–. Pero no te importará que vea la tele mientras lloras, ¿verdad? Porque llevo todo el día pegado al ordenador, escribiendo anuncios, y lo único que me apetece es un poco de telebasura.

Acurrucada a su lado en el sofá, yo sigo llorando mientras él ve un concurso.

Al final, empiezo a reírme con sus bromas. Y cuando el Jack Daniel's comienza a producirme un agradable calorcillo en la tripa, me sorprendo preguntándome cómo sería ser la novia de Buckley.

–¿Te encuentras mejor? –pregunta, mirándome durante una anuncio de cerveza.

Yo asiento y miro mi reloj.

–Un poco. Creo que debería irme.

–No hace falta que te vayas, Tracey. Puedes pasar la noche aquí, si quieres.

–No, no importa.

–Puedes quedarte –repite él.

–Si me quedo otra noche, tendrás que hacerme un hueco en el soporte de los cepillos de dientes –le digo.

–Bueno, tengo tres libres, así que eso no será problema.

–¿Y Sonja? –le pregunto de pronto.

Él alza una ceja.

–¿Qué pasa con ella?

–¿Es tu nueva novia, Buckley?

Él se encoge de hombros.

–No. Todavía no, por lo menos.

Fantástico.

Aquí está Buckley, dispuesto a reconocer la posibilidad de un noviazgo con Sonja tras un par de citas, y allí está Will, que se niega a utilizar el término «novia» tras tres años conmigo.

–Eso es genial, Buckley –murmullo.

—¿Que no sea mi novia? —pregunta, sorprendido.

—¿Mmm? Ah, no, no me refería a eso. Estaba pensando que es genial que hayas encontrado a alguien después de pasar por una ruptura dolorosa.

—Eso es lo que intento decirte, Tracey —dice él—. Que es bueno que hayas roto con Will.

—Pero no hemos roto exactamente —digo yo—. Solo me dijo que me fuera, y me fui.

—Entonces, ¿todavía consideras que estáis juntos? —pregunta.

—Hasta que la ruptura sea oficial, sí.

Lo cual seguramente sucederá en cuanto llegue a casa y revise el contestador.

Por eso posiblemente debería quedarme esta noche con Buckley.

Es mejor que estar sola.

Cualquier cosa es preferible a estar sola.

Por lo menos, eso he pensado siempre.

Aunque es posible que esté empezando a cambiar de opinión.

Veinte

Las semanas pasan.

Esto es lo que ocurre:

Julio se convierte en agosto.

El tiempo se vuelve más caluroso y húmedo cada día que pasa.

La ciudad se vuelve más agobiante, más pútrida e insoportable cada día que pasa.

Kate tiene un nuevo compañero de piso: Billy. Están locamente enamorados.

Raphael tiene un nuevo compañero de piso: Wade. También están locamente enamorados.

Buckley sale regularmente con Sonja. Si están locamente enamorados, ni se lo he preguntado, ni me lo ha dicho.

Una Brenda resplandeciente vuelve de su luna de miel.

Una Latisha resplandeciente conoce a un cartero marchoso y padre soltero que adora a los Yanquis tanto como ella, y al fin manda a paseo a Anton.

Una Yvonne resplandeciente está pensando en la posibilidad de casarse con Thor.

Mary Beth la atolondrada y Vinnie el capullo están yendo a terapia matrimonial y hablan de reconciliarse.

En cuanto a mí...

He perdido cinco kilos más.

No me apetece ir de tiendas, pero me he comprado unos vaqueros de la talla treinta y seis. Solo un par. Solo porque puedo.

Continúo leyendo los prolijos *Viajes de Gulliver*. Lucho contra los ataques de ansiedad, pero siguen presentándose de vez en cuando.

Sin embargo, con frecuencia le digo a Buckley que no necesito llamar a su antiguo psicoanalista.

He abierto una cuenta de ahorros en la que hago ingresos regulares gracias a que trabajo a menudo para Milos.

Sigo haciendo recados personales para Jake, quien a fines de agosto me informa de pasada de que el nuevo desodorante (el que dura toda la semana), se va a llamar *Toda la semana*.

Toda la semana, sí.

Ese es el nombre que le han puesto.

La noticia está a punto de desquiciarme del todo, pero curiosamente sigo estando operativa.

Y eso a pesar de que aparentemente La Ruptura Que No Lo Era... lo es.

Lo digo porque Will no me ha llamado.

Ni una sola vez.

De todas las posibilidades que había imaginado, esta era sin duda la que me parecía más improbable... y quizá también la más dolorosa, aunque ninguna de las otras era halagüeña.

Pero esto...

Este silencio...

Es angustioso.

Y no puedo hacer nada al respecto.

Nada.

Salvo esperar.

Esperar.

Y esperar.

Veintiuno

La noche del martes después del Día del Trabajo hace cuarenta grados en la calle.

La ciudad lleva semanas inmersa en una ola de calor que no remite.

Mataría por tener una máquina de aire acondicionado de esas que se colocan en las ventanas. La semana pasada hasta saqué dinero del banco para comprarme una, solo para descubrir que había un pequeño inconveniente: todas las tiendas están cerradas.

Ahora, tras una cena frugal a base de brócoli al vapor y queso chedar de imitación, libre de grasa, estoy sentada en el sofá frente al inútil ventilador de mi ventana, empapada en sudor y comiéndome el postre (un yogur de marca desconocida, desnatado, que no está tan delicioso como promete la etiqueta). También intento leer *Los viajes de Gulliver* mientras veo uno de esos lamentables programas de cotilleos de la tele en el que están despellejando a un actor de Hollywood, presumido y adúltero, que me recuerda mucho a Will.

Pero la verdad es que últimamente todo me recuerda a Will.

El teléfono suena.

Últimamente, todo me recuerda a Will, salvo el teléfono cuando suena.

Hace tiempo que dejé de pensar que podía ser él.

Le quito el volumen a la tele y marco la página de *Gulliver*, preguntándome si lograré pasar la parte de los dichosos liliputienses y si el argumento se resolverá alguna vez.

Levanto el teléfono inalámbrico y aprieto el botón de «hablar».

–¿Diga? –me quito una gota de sudor de un lado de la nariz.

Hay un silencio al otro lado de la línea. Lo cual significa que es otra de esas llamadas electrónicas de televenta.

Mi mal humor empeora.

Pero la voz que surge de la línea no pertenece a un ordenador.

Pertenece a Will.

Y lo único que dice la voz es mi nombre. De forma vacilante.

Lo único que respondo yo es su nombre. Incrédula.

Ahora le toca a él otra vez.

–Siento no haberte llamado –dice suavemente.

Lo digo en serio.

Eso dice.

Después de tres años juntos y de pasar todo el verano separados...

Después de un encuentro fugaz que acabó cuando me ordenó que volviera a subirme en el autobús y regresara allí de donde venía...

Después de no dignarse siquiera a llamar para dejarme oficialmente tirada...

Va y me dice eso.

Suavemente.

–¿Sientes no haberme llamado? –repito yo.

–Tenemos que hablar.

¿Lo dirá en serio?

De pronto me entran ganas de insultarlo, pero él no me da oportunidad.

–Volví anoche. ¿Puedes pasarte por mi casa para que hablemos? –me pregunta.

–¿Ahora?

–No. Mañana.

–Tengo que ir a trabajar –digo en un tono mordaz reservado a actores egocéntricos que ignoran que las personas normales trabajamos de nueve a cinco... y que abandonan a sus novias para irse a hacer funciones de verano por los pueblos.

–¿Mañana por la tarde, entonces? –pregunta Will.

«No.

Mañana por la tarde, no.

Ni nunca.

Hemos terminado».

Eso es lo que debería decirle.

236

Y esto es lo que le digo:

–De acuerdo.

–¿Puedes venir a las siete?

–De acuerdo –maldita sea, ya estoy otra vez.

–Estupendo –exhala él, y me doy cuenta de que tal vez haya estado conteniendo el aliento mientras hablábamos.

Lo cual debería resultarme reconfortante, si no fuera porque yo también he estado conteniendo el aliento desde que empezamos a hablar.

O, más bien, desde que me fui de North Mannfield hace casi dos meses.

–Hasta mañana, entonces –cuelgo. Dejo escapar el aire.

Enciendo un cigarro, temblando.

Marco el número de Buckley.

–¿Qué pasa? –pregunta en cuanto me oye. Hace media hora que hablamos, como hacemos cada noche, siguiendo una especie de ritual.

–Me ha llamado Will –croo yo.

–¿Te ha llamado Will?

–Ha vuelto y quiere que vaya a verlo mañana por la tarde.

–¿Le has dicho que se vaya a tomar por culo?

–Sí.

Pausa.

–No se lo has dicho –dice Buckley.

–No.

–¿Qué le has dicho?

–Que estaré allí a las siete.

–Tracey...

–Voy a dejarlo, Buckley. Quiero decírselo a la cara.

–Tracey...

–¿Qué? Crees que a la que van a dejar es a mí, ¿no?

–No. Creo que seguramente intentará convencerte de que sigas con él.

–Oh, venga, por favor –suelto una risa amarga e incrédula.

Pero, en el fondo, entre los restos fríos y quebradizos de mi corazón cansado, algo se agita. Esperanza. Buckley cree que hay esperanza.

–Si intenta convencerte de que le des otra oportunidad, sé fuerte, Tracey. Dile cuánto daño te ha hecho.

–No te preocupes, lo haré.

–No te rindas.

–Confía en mí.

Pero soy yo quien no confía en sí misma. Si Will me suplica que vuelva con él... En fin, no sé qué haré, ni qué diré.

¿Y si me asegura que va a cambiar?

—Si te dice que va a cambiar, no lo creas —me advierte Buckley, el telepático.

—No lo haré.

—Porque nadie cambia.

—Cierto.

Pero ¿lo es? Cierto, digo. ¿Es verdad que nadie cambia?

Fijaos en mí. Yo he cambiado. He perdido peso. He ahorrado. He ordenado la casa. He leído a los clásicos.

Sin embargo, sé que sigo siendo la misma. Sigo sintiéndome insegura y llena de temores.

Pero ¿de qué demonios tengo miedo?

De estar sola.

Eso es lo que me da miedo.

—¿Tracey?

—¿Sí?

—Estabas muy callada. Solo quería asegurarme de que seguías ahí.

—Sigo aquí.

—Estás pensando en volver con Will, ¿verdad?

—¡No! —digo como si acabara de sugerir que estoy pensando en tomar un ascensor hasta el mirador del Empire State Building y arrojarme al vacío.

—Mañana, cuando salgas de casa de Will, quiero que te vengas derecha aquí, Tracey —dice Buckley.

—¿Por qué?

—Porque quiero que me mires a los ojos y me digas que lo has dejado. Que se ha acabado para siempre. Si sabes que tienes que hablar conmigo justo después, no vacilarás cuando estés con él.

Eso es lo que él cree.

Pero, cuando estoy con Will, me resulta muy difícil pensar en las consecuencias de mis actos.

—Está bien, iré a verte —le digo para contentarlo.

—¿A qué hora has quedado con él?

—A las siete.

—Entonces, te espero a las siete y media.

—¡Buckley! ¿A las siete y media? Venga, hombre...

—¿Cuánto tiempo se tarda en dejar a alguien y recorrer un par de manzanas?

—Llegaré cuando pueda.

—Vale. Te estaré esperando. Puedes hacerlo, Tracey.

Sí, seguramente puedo hacerlo.

Por Buckley.

Por mí misma.

Pero sería más fácil si tuviera alguna garantía de que, si dejo a Will, encontraré a otra persona; de que no estaré sola el resto de mi vida; de que conoceré a un hombre estupendo, me casaré, tendré hijos y viviremos felices y comeremos perdices. Si supiera que me espera todo eso...

Entonces podría dejar a Will.

—Algún día darás las gracias por esto, Tracey —dice Buckley.

—Ya lo hago, Buckley. Eres un amigo estupendo.

—No me refería a que dieras las gracias por mí, sino por Will. Porque sea tan capullo y te haya dejado.

Buckley siempre me dice lo mismo. Que el hecho de que Will destruya nuestra relación acabará siendo lo mejor que me ha pasado.

Ojalá pudiera creerlo.

—Será mejor que cuelgue —le digo—. Tengo que irme prontito a la cama, si quiero estar guapa para mañana.

—Tracey... —dice en tono de advertencia.

—Solo para que vea lo que se está perdiendo —prometo.

—La gente como Will nunca sabe lo que se está perdiendo. Ni siquiera cuando lo están perdiendo. A veces, no se dan cuenta nunca.

—Qué asco.

—Sí —dice Buckley—. Pero tú piensa, Tracey, que el mundo está lleno de tíos que no son como Will. Y, si estás libre, tarde o temprano encontrarás uno.

—¿Me lo prometes?

—Te lo prometo.

—Porque yo no quiero estar sola.

—No lo estarás. Al menos, no siempre.

Esto último no me resulta tan reconfortante, porque yo no quiero estar sola ni un minuto.

Tal vez, pienso irracionalmente, mañana, cuando rompa con Will, Buckley y yo nos enamoremos.

Nunca se sabe.

Por eso mañana por la tarde iré a casa de Will con la mente abierta. Escucharé lo que tenga que decirme. Y, si no me convence, lo dejaré.

Y si me convence...

En fin, como decía, nunca se sabe.

Veintidós

Al día siguiente, a la hora de la comida, me voy a Bloomingdales a comprarme de todo para esta noche.

Un body de satén y encaje con corchetes que permanecen cerrados.

Un vestidito corto, negro, de Tahari (un robo hasta rebajado al cincuenta por ciento, pero me hace parecer más delgada, y eso no tiene precio).

Y unas sandalias negras con taconcito de aguja para que mis piernas parezcan más largas y delgadas.

Sí, me lo compro todo negro.

¿Qué esperabais? El negro adelgaza.

Esto, naturalmente, ya no me importa tanto como antes. Pero apenas me detengo a mirar los jerseys entallados de colores vivos que hay por todas partes, como predijo Raphael.

Todavía hace demasiado calor para pensar en jerseys.

Y, además, no estoy preparada para ponerme un color de moda. Aún no.

De vuelta a la oficina, me paso la tarde preparando un dossier para una presentación comercial que Jake va a hacer mañana en Chicago. Tiene que tomar el avión esta tarde, a las seis, en el aeropuerto de La Guardia, así que no hay riesgo de que tenga que quedarme hasta tarde en la oficina, como sucede últimamente cada vez con mayor frecuencia.

Poco después de las cinco, Latisha se asoma a mi cubículo.

—Me voy, Tracey —dice—. Buena suerte esta noche.

—Gracias, voy a necesitarla.

—Sé fuerte.

—Sí.

Brenda aparece tras ella, vestida con traje y deportivos, un gran bolso colgado del hombro y un walkman.

—Yo también me voy —dice—. Le he dicho a Paulie que esta noche iba a hacerle empanadillas.

Empanadillas. Dios mío, ¿cuánto tiempo hace que no las como?

Empiezan a sonarme las tripas. Hoy me he saltado la comida. Y el desayuno también. Quiero estar tan flaca como sea posible para ponerme el vestidito nuevo.

—Recuerda, Tracey —dice Brenda—. Si intenta convencerte de que vuelvas con él, piensa en lo mal que te lo ha hecho pasar.

—Lo haré —prometo solemnemente.

Oigo una rociada de Binaca y, un momento después, Yvonne asoma su moño color frambuesa por encima del panel que separa su cubículo del mío.

—Hagas lo que hagas —dice con su voz rasposa—, asegúrate de plantar a ese cabrón.

—Lo haré —las miro a las tres—. De veras, chicas —digo dándome cuenta de que no me creen—, lo haré. Voy a dejar a Will.

—La verdad es que no es fácil —dice Latisha—. Lo mío con Anton se había acabado hacía mucho tiempo cuando por fin le di la patada, y aun así me costó ponerme firme cuando me suplicó que no lo dejara.

—Bueno, yo no permitiré que eso me ocurra a mí —le aseguro, apagando el ordenador—. Mañana cuando venga, seré una mujer libre.

—¿Qué vas a hacer hasta que llegue la hora de encontrarte con Will? —pregunta Brenda mirando su reloj.

—Pues meterme en el cuarto de baño y ponerme guapa, ¿qué si no? —abro un cajón de mi mesa y les enseño la bolsa de maquillaje y el moldeador eléctrico que me he traído esta mañana.

Las tres me desean suerte, me abrazan y se van.

Yo me dirijo al aseo de señoras con mi neceser, mi moldeador y mis bolsas de ropa nueva, y casi una hora después regreso a mi cubículo con el convencimiento de que nunca en mi vida he estado más guapa.

Sea lo que sea lo que me espera, por lo menos...

—¿Tracey? Menos mal. Sabía que no te habías ido porque he visto tu bolso en el perchero.

—¿Jake? —me doy la vuelta y veo que está allí de pie, mirándome con impaciencia—. Creía que ya estarías en el aeropuerto.

—He cambiado el vuelo. Me voy mañana por la mañana

—se pasa la mano por el pelo encrespado. Está claro que no ha tenido un buen día–. Tenemos trabajo que hacer.

A mí se me encoge el estómago.

–¿Ah, sí?

–Hay que rehacer el dossier entero. Los creativos quieren darle un enfoque completamente distinto.

–¿Ahora?

Él asiente secamente y tira un mazacote de hojas amarillas encima de mi mesa.

–Esta es la primera parte del nuevo dossier. Empieza a copiarlo.

«Empieza a copiarlo».

Es su modo de decirlo.

No, no es solo eso.

Es el hecho de que me haga copiar todas sus cosas cuando podría mecanografiarlas él mismo. Ninguna de las demás secretarias mecanografía tanto como yo. Sus jefes tienen ordenadores y escriben sus propios documentos.

Pero Jake, no.

–¿Qué haces? –pregunta Jake.

–Estoy pensando –digo secamente.

–Pues ahora no hay tiempo para eso. Va a ser una noche muy larga. Venga, ponte en marcha.

La multa de aparcamiento.

La caña de pescar.

Monique.

Los bombones.

–¿Por qué cojones te quedas ahí pasmada? –ladra él.

Se acabó.

–Hoy no puedo quedarme –le digo.

–¿Qué significa que no puedes quedarte?

–Esta tarde tengo cosas que hacer. No puedo quedarme.

–Pues no tienes elección. Necesito que me pases esto.

–No, no lo necesitas, Jake. Tú también sabes escribir a máquina.

–Escribir a máquina no es mi trabajo, Tracey. Es el tuyo.

–Ya no –le suelto–. Me despido.

–¿Cómo que te despides?

Ni siquiera me molesto en contestarle. Sencillamente agarro mis cosas y me voy.

Afuera, en la calle bochornosa, me incorporo al tropel de oficinistas y currantes.

¿Y ahora qué?

Acabo de dejar mi trabajo.

¿Cómo se me habrá ocurrido?

¿Y qué más da?

Me siento extrañamente audaz.

Extrañamente libre.

Ya me preocuparé más tarde.

Ahora, tengo casi una hora hasta que me encuentre con Will. Si camino por la ciudad, llegaré a su apartamento empapada en sudor y hecha una birria.

Supongo que tardaré una eternidad en encontrar un taxi libre, pero tengo tiempo de sobra.

Por suerte, paro uno enseguida, y cinco minutos después me deposita a una manzana del edificio de Will.

¿Y ahora qué?

Puedo irme a casa de Buckley, que tiene aire acondicionado, y pasar el rato con él hasta que sea la hora. O puedo meterme en ese pequeño pub con aire acondicionado del otro lado de la calle y beberme una copa y fumarme un cigarro para calmar los nervios.

Opto por esto último.

En efecto, el tabaco y la copa de vino me calman los nervios. Y, como tengo el estómago vacío, el alcohol hace que me sienta un poco osada.

Dos tíos trajeados, bastante guapos, me tiran los tejos. Quieren invitarme a otra copa de vino, pero tengo la suficiente entereza como para rehusar. Me digo a mí misma que, cuando deje a Will, habrá muchas oportunidades de aceptar copas de vino de ejecutivos guapos.

Intento convencerme de ello.

Y lo consigo.

O casi.

Puede que no me quede sola para siempre, pienso con determinación al salir del bar y echar a andar hacia la casa de Will con el tiempo justo. Enciendo otro cigarro, recordando que no podré fumar cuando llegue allí.

Llevo mi vestidito negro, mis zapatos de tacón negros y mis gafas de sol negras. Varios tipos vuelven la cabeza al verme pasar. Para darme nuevos ánimos, en la esquina de la calle un par de obreros de la construcción me hacen una radiografía y concluyen que estoy de buen ver.

Empiezo a pensar que, en cuanto Will me ponga los ojos encima, caerá rendido a mis pies.

Si quiero dejarlo, puedo dejarlo.

Pero si quiero quedarme con él...

En fin, Buckley me matará.

243

Y mis demás amigos también.

Pero tal vez no tenga que quedarme con él para siempre. Tal vez pueda quedarme con él sólo un tiempo. O solo esta noche.

Porque el caso es que quiero que me mire como me miran esos desconocidos calenturientos que pasan por la calle. Después de tres años sin sentirme lo bastante atractiva para él, quiero ver lujuria en sus ojos.

Quiero que me vea con mi vestidito.

Quiero que me arranque el vestidito y vea mi body de encaje y satén.

Quiero que me quite el body y me vea a mí. Toda entera. A mí, sin muslos fofos, ni tripa, ni michelines. A mí, sin celulitis, ni tetas colgonas, ni pistoleras.

Y qué demonios, lo admito: tras tres meses de celibato, sencillamente me apetece acostarme con él.

Al llegar a su edificio, respiro profundamente para darme ánimos y entro con decisión en el vestíbulo.

—¿Sí? ¿Qué desea?

James, el portero, no me reconoce. Cosa que resulta halagadora hasta que, al decirle mi nombre, sigue sin reconocerme. Entonces recuerdo que nunca se molestó en saber cómo me llamaba. Supongo que para él era invisible.

James llama al apartamento de Will, anuncia mi llegada y obtiene el visto bueno para dejarme subir.

Entro en el ascensor con espejo y aprieto el botón del piso de Will. Observo mi reflejo, sin importarme que probablemente haya cámaras de seguridad registrando todos mis movimientos.

Estoy estupenda.

Will no me está esperando en la puerta de su apartamento, asomado al pasillo, como hace siempre Buckley.

Llamo a la puerta con el corazón en un puño. Me siento aturdida. Estoy hecha un manojo de nervios. El vino no me ha servido de nada. Solo ha conseguido que me entren unas ganas tremendas de hacer pis.

Aunque Will sabía por James que estaba subiendo, tarda más de un minuto en abrir la puerta.

Pero no me sorprende, ni me lo tomo como una mala señal.

Cuando la puerta se abre, veo que Will está guapísimo. Moreno, fibroso y saludable, con reflejos de sol en el pelo castaño. Lleva unos pantalones cortos caquis y un polo de color crema, metido por dentro.

Pero yo también estoy guapísima, me digo. Él me mira de arriba abajo y lo nota (¿y cómo no iba a notarlo?).

—Has perdido peso —comenta.

—Sí.

Casi veinte kilos.

—Tienes buen aspecto.

Buen aspecto.

No «estás preciosa».

Ni siquiera «qué guapa estás».

Empiezo a sulfurarme otra vez.

—Vamos, pasa —abre la puerta de par en par.

Paso a su lado, pero no nos abrazamos.

Esto me duele. Esperaba que fuera doloroso, pero tal vez no tanto.

Es una agonía insoportable encontrarme aquí, en este apartamento tan familiar para mí, y saber que tal vez sea la última vez que vengo. La última vez que veo a Will.

—He preparado unas copas —dice él.

—¿Ah, sí?

Puede que me haya equivocado. Tal vez Will esté planeando una velada romántica.

Él asiente.

—Gin-tonic. Te gusta el gin-tonic, ¿no?

—Sí.

Se acerca a la zona de la cocina, toma dos vasos que hay sobre la encimera y me ofrece uno. Yo bebo un trago inmediatamente y dejo el vaso sobre la mesita baja.

—Tengo que ir al baño.

—Ya sabes dónde está.

Sí, lo sé. Sé dónde está todo en esta casa. Y nada parece haber cambiado. Nerissa no se ha apoderado del apartamento, no ha hecho ningún cambio. Así que a Will no se le habrá hecho difícil el regreso. No le darán ganas de mudarse. De irse a vivir conmigo.

Aunque, de todos modos, después de lo que ha pasado, no hay ni la más remota posibilidad de que eso ocurra.

Pero aun así...

Voy al baño.

Me lavo las manos.

Observo mi cara en el espejo.

Me digo que he de ser fuerte.

Que he venido a dejar a Will.

Que se lo he prometido a todo el mundo.

Pero entonces recuerdo que, si por casualidad me acuesto con él antes de dejarlo, solo será asunto mío. Nadie tiene por qué enterarse.

245

La verdad es que Will sigue gustándome muchísimo a pesar de todo. Y no puedo evitar preguntarme si no me habré equivocado con él. Puedo que no me haya engañado. Puede que la culpa sea mía por ser tan insegura. Puede que vea en nuestra relación (y en la relación de Will con otras mujeres) cosas que no existen. Puede que lo haya acusado falsamente.

Cuanto más lo pienso, más me convenzo de ello.

Y también me convenzo de que, si me pide otra oportunidad, debería dársela.

Salgo del baño.

Recupero mi copa.

—Siéntate —dice Will desde el sofá, palmeando el asiento a su lado. Pero no muy cerca.

Me siento.

No muy cerca.

Bebemos un trago de nuestras copas.

—Lo siento.

Probablemente, dadas las circunstancias, cualquiera pensaría que es Will quien dice esto.

Pero cometería un triste error.

Yo nunca dejo de sorprenderme a mí misma.

Porque soy yo quien lo dice.

Le digo a Will:

—Lo siento.

Y él me mira.

Cualquiera pensaría que mi disculpa lo sorprende.

Cualquiera esperaría que respondiera a su vez con otra disculpa.

Dos lamentables errores más.

Will no dice nada. Sencillamente, aguarda a que yo siga. Y, naturalmente, yo sigo. Porque no soporto el silencio. Porque quiero que sepa que le estoy concediendo el beneficio de la duda.

—No quise remover todo ese asunto cuando fui a visitarte, Will —le digo entre dos tragos.

—Elegiste un momento pésimo, Trace —dice él.

—No debí hablarte de ese tema después de esa horrible crítica... Por cierto, ¿qué tal han ido las funciones? —pregunto.

—Bien.

La expresión de su cara me dice que no quiere hablar de ello.

—Verás, es que como llevabas todo el verano fuera y no me llamabas, empecé a imaginar cosas. Empecé a pensar que no me estabas siendo fiel.

Will no dice nada.

Me escucha.

Así que yo, por supuesto, sigo hablando.

Y bebiendo.

Bebo porque estoy nerviosa y porque tengo sed, y porque no puedo fumar (maldita Nerissa).

—Empecé a convencerme de toda clase de cosas —le digo—. Estaba segura de que te habías enrollado con Zoe, la de Come, Bebe o Cásate.

Will no dice nada.

Esto empieza a ser angustioso.

—Luego, cuando te oí hablar de Esme... y cuando leí en la crítica que vuestro amor resultaba muy convincente en el escenario...

—Yo soy actor —dice Will secamente—. Y ella actriz. Deberías saber que no tienes por qué sentir celos de lo que ocurra en el escenario entre otra mujer y yo, Tracey.

—Lo sé. Y lo siento. Es que...

Pero estoy observándolo.

Y hay algo en sus ojos.

Algo que me hace preguntarle, solo para asegurarme:

—Así que, ¿Esme y tú nunca...?

Él no contesta.

Entonces lo comprendo.

No eran cosas de mi imaginación.

Nunca lo han sido.

—¿Te has acostado con Esme? —pregunto con voz temblorosa.

Él asiente.

Esto no puede estar pasando.

Lo sabía desde el principio y, sin embargo, no lo sabía. Me negaba a creerlo.

—Pero no hasta después de que fueras a verme —dice Will rápidamente, poniéndose a la defensiva—. Antes de eso, procuré mantenerme apartado de ella, hasta que pudiera decírtelo...

—¿Hasta que pudieras decírmelo? —lo interrumpo yo, sintiéndome a punto de estallar a pesar de que hablo con extraña coherencia—. ¿Quieres decir que me invitaste a ir allí para poder decirme que querías estar con otra?

—No podía decírtelo por teléfono.

Parece triste y compungido.

Yo estoy muda de dolor y perplejidad.

—Pero cuando te fuiste... Estaba muy cabreado, Tracey. Y también dolido. No podía creer que me hubieras tratado así.

Pensaba que a esas alturas los dos sabíamos que lo nuestro se había acabado.

—No me has llamado ni una sola vez —digo yo, llorando.

—Lo sé. Y lo siento. No sabía qué decir. Y no quería hacerlo por teléfono.

—Y por eso lo estás haciendo ahora, cara a cara.

Él se encoge de hombros.

No puedo permitir que esto ocurra.

No puedo consentir que me deje.

Estoy frenética. Esto ha escapado a mi control de algún modo.

Tengo que ser yo la que lo deje a él. Pero solo después de acostarnos juntos por última vez. Porque puede que esta sea mi última oportunidad de mostrarle mi nuevo yo. Tal vez así cambie de idea.

Y si no...

En todo caso, puede que sea mi última oportunidad de echar un polvo. Con cualquiera. En toda mi vida.

—Will, no me hagas esto —me oigo decir.

—Tengo que hacerlo, Tracey. Esme y yo... En fin, tenemos más en común.

—¿Esme? ¿Es que sigues con ella? —él asiente—. ¿Está en Nueva York?

Vuelve a asentir.

—Entre función y función, trabaja para una empresa de catering. Es una empresa mucho más grande que la de Milos. Organiza fiestas para gente muy famosa. Será fantástico para hacer contactos. Esme va a conseguirme trabajo allí.

Increíble. No solo va a dejarme a mí. También va a dejar a Milos.

¿Cómo puede ser así? ¿Qué le pasa?

¿Qué me pasa a mí?

¿Y a Milos?

¿Por qué no somos suficiente para Will?

Extiende una mano y me toca el brazo, pero yo lo aparto bruscamente.

—¿Esme es la única con la que te has...?

Él vacila.

Oh, Dios. Este dolor es insoportable.

—¿Con Zoe también?

—Solo una vez —contesta—. Pero no significó nada.

No como Esme.

—Solo una vez con Zoe —digo yo, sollozando abiertamente—. ¿Fuiste a ver *Vuelo de fantasía* con ella?

248

–¿Y eso qué importa ahora?

–¿Lo hiciste? –chillo yo. Él se encoge de hombros–. Que te jodan, Will –grito. Después le pregunto–. ¿Con quién más? ¿Con quién más te has acostado?

–No hagas esto, Tracey.

–¿Con quién más?

–Da igual, Tracey. Tú y yo no estábamos hechos el uno para el otro. Tú siempre has querido más de lo que yo podía darte. Nunca me has visto como realmente soy. Tú querías a alguien con quien casarte y fundar una familia. Y yo no puedo darte eso.

–¡Yo nunca te he pedido nada!

–Claro que sí. Cada vez que me mirabas, sabía lo que estabas pensando. No podía soportar la presión, Tracey. No era justo para mí. Ni para ti tampoco.

–¡Te odio! –la histeria hace áspera mi voz, que me raspa la garganta cuando las palabras sobrepasan el bolo que noto en la laringe–. ¡Te odio! ¡Me has utilizado!

–Yo nunca te he utilizado.

–Sí, lo has hecho. Yo he alimentado tu ego todo este tiempo. Solo seguías conmigo porque estaba tan loca por ti como lo estás tú mismo.

Ay, Dios.

Soy Mary Beth.

¿Cómo no me había dado cuenta antes?

Soy Mary Beth, solo que sin casa, ni acuerdo de separación, ni niños.

Ella, por lo menos, tiene esas cosas.

Yo no tengo nada.

Will va a dejarme sin nada.

–Ya basta, Tracey –dice él cansinamente–. Esto es inútil. Voy a meterte en un taxi y...

–No, de eso nada –digo yo, dejando con un golpe mi vaso vacío sobre la mesa.

Voy a salir de aquí con la cabeza bien alta.

Voy a salir de aquí sola.

Y estaré a gusto sola.

Porque no necesito a Will.

Me levanto.

Doy un paso.

Un solo paso.

Y entonces el mundo gira y se vuelve negro.

Veintitrés

Hace frío.

¿Por qué hace tanto frío?

Busco a tientas una manta y encuentro una bajo mis pies.

Acurrucada bajo ella, abro lentamente los ojos.

Es por la mañana.

Por la ventana abierta de mi apartamento entra a raudales el sol y una brisa helada que agitaría las cortinas, si las hubiera. Pero yo no tengo cortinas.

Porque este apartamento es temporal.

Miro el reloj.

Es casi mediodía.

¿Qué día es hoy? ¿Jueves?

¿Y el trabajo?

De pronto, recuerdo lo que pasó ayer.

Me despedí del trabajo.

Espero a que llegue el arrepentimiento.

Pero no llega.

Solo llega la extraña certeza de que soy libre.

Libre...

Will...

El recuerdo de la noche de ayer se abalanza sobre mí de golpe, como un asesino en serie saliendo de un armario en un *thriller* barato.

Recuerdo que me desperté aturdida, en el suelo, y que Will se inclinaba sobre mí con expresión preocupada.

—Te has desmayado —me informó.

Me desmayé.

¿Fue por beber con el estómago vacío? ¿O por el pavor que me producía lo que estaba pasando?

Aún no lo sé.

–¿Estás bien? –me preguntó Will, preocupado.

Le dije que sí.

Pero no lo estaba. Ni en ese momento, ni después, cuando me llevó del brazo por el vestíbulo y le pidió a James, que nos miraba con curiosidad, que parara un taxi.

Will me acompañó en el taxi.

Fue él quien insistió.

Y así nos dijimos adiós, con el taxímetro en marcha.

–Mantente en contacto –dijo él.

Yo no respondí.

Así que...

¿Estoy bien?

Mira a mi alrededor, observando mi apartamento.

No hay cortinas.

Debería haberlas.

Los viajes de Gulliver sobresalen de mi bolso, tirado junto a la puerta, donde anoche lo dejé. Mi ropa nueva está hecha un ovillo en el suelo, junto al futón. El teléfono está descolgado. Lo descolgué anoche porque no quería hablar con Buckley.

Lo llamaré más tarde, pienso mientras me levanto.

Me estremezco de frío.

De pronto, comprendo que la ola de calor ha pasado.

Miro afuera, a la calle. Hay peatones. Y tráfico. La vida sigue pasando, como siempre, bajo mi ventana.

A partir de ahora, la vida seguirá adelante. Pase lo que pase. Sin Will.

Estaré sola.

Mi corazón empieza a latir con más fuerza.

Me está dando un ataque de ansiedad.

Ay, Dios mío.

Pero esta vez, sé qué hacer.

Espero.

Espero a que se me pase.

Doy vueltas por el apartamento, fumando un cigarrillo tras otro y diciéndome que no voy a morir.

Y cuando se me pasa, saco la agenda del bolso y busco el teléfono del psicoanalista de Buckley. Antes de cambiar de idea, marco el número.

–Hola, llamo por recomendación de un antiguo paciente, Buckley O'Hanlon –le digo a la recepcionista–. Quisiera que me diera hora para ver al doctor.

Espero a que me pregunte qué me pasa.

No sé qué voy a decirle.

Pero no me lo pregunta. Dice que han cancelado una cita para mañana por la mañana y que si me viene bien.

Le digo que sí.

Cuelgo.

Me siento mejor.

Lo bastante como para darme una ducha.

El teléfono suena cuando estoy saliendo de la bañera. Miro el visor, temiendo que sea Will. Pero no es él.

—¿Tracey? ¿Estás viva? Te he estado esperando toda la noche. Cada vez que te llamaba, estaba comunicando. Llámame. Estoy preocupado por ti.

Llamaré a Buckley.

Más tarde.

El teléfono suena otra vez mientras me pongo, tiritando, mis pantalones nuevos de la talla treinta y seis y un jersey negro que el año pasado me quedaba ajustado. Ahora me está grande. Grandísimo. Necesito ropa nueva.

Miro el visor otra vez, por su fuera Will. Pero no es él.

—¿Tracey? Soy Brenda. Estoy en la oficina. ¿De veras te despediste ayer? Llámame, por favor. Estamos preocupadas por ti.

Llamaré a Brenda.

Y a Milos.

Más tarde.

A Brenda, para narrarle el jugoso relato de mi despedida.

A Milos, para decirle que a partir de ahora estoy libre veinticuatro horas al día, siete días por semana. Puede que no quiera pasarme la vida sirviendo canapés en las bodas de otros, pero a fin de cuentas es una forma de ganarse la vida como otra cualquiera. Y puede que algún día pueda montar mi propio servicio de catering. O quizás otro negocio. Quién sabe. Ahora mismo, solo quiero ganar dinero suficiente para pagar el alquiler y las facturas.

Ah, y la ropa nueva que me hace falta.

Lo cual me recuerda una cosa: he de ir a un sitio.

Recojo el bolso y me dirijo a la puerta sin preocuparme del teléfono, que sin duda volverá a sonar una y otra vez, y nunca será Will.

Fuera, en la calle, el sol deslumbra.

¿Estoy bien?

Me pongo las gafas de sol. Sobre mi cabeza, una brisa áspera agita las ramas tupidas del único árbol de la calle. Miro hacia arriba, casi esperando que las hojas hayan cambiado de color de la noche a la mañana. No veo aún ese deslumbrante dosel de rojo, naranja y oro.

Pero pronto lo veré.

¿Estoy bien?

Echo a andar calle abajo.

De pronto, me encuentro frente a una pequeña tienda de ropa. Los maniquíes del escaparate llevan jerseys entallados de colores vivos (lo último en ropa de otoño, dijo Raphael).

Entro en la tienda.

Salgo cinco minutos después, con un costoso jersey entallado de color vivo.

Es rojo.

Voy vestida de rojo.

Llevo otros dos jerseys metidos en una bolsa. Uno es amarillo. El otro, naranja.

Me apetece volver a casa y llamar a Raphael.

Quiero contarle lo de los jerseys.

Y lo de Will.

También quiero llamar a Buckley.

Pero antes tengo que hacer otra cosa.

Voy a pie hasta la gran tienda de muebles que vi en junio. Los carteles que anunciaban la gran inauguración han desaparecido hace tiempo, pero la enorme cama sigue en el escaparate. Sus ligeras sábanas de flores han sido sustituidas por otras de franela.

Pienso en el hecho de que no tengo trabajo.

En el hecho de que no tengo a Will.

En el hecho de que no tengo cama.

Solo tengo un futón.

Y una cuenta de ahorros.

¿Estoy bien?

Entro en la tienda.

Cuando salgo, quince minutos después, sigo sin tener trabajo.

Y sin tener a Will.

Ya no tengo cuenta de ahorros.

Pero tengo una cama.

Me la llevarán el sábado que viene.

Una gran cama de madera de roble.

Estoy bien.

De veras.

La bolsa de los jerseys pesa, y el bolso me tira del hombro.

Pero aguanto el peso.

Sigo caminando.

En la esquina, saco impulsivamente *Los viajes de Gulliver* y tiro el libro a una papelera llena.

Ahora nunca sabré cómo acaba, pienso con cierta melancolía cuando cambia el semáforo y cruzo la calle.

Siempre quiero saber cómo acaban los libros. Normalmente, salto al último capítulo para averiguarlo.

Pero puede que esta vez, para variar, no necesite saberlo.

Puede que, al fin, aprenda a vivir con la duda.

¿Quién pensaba que desnudar tu alma podía ser tan bueno?

Confesiones de una ex novia

Lynda Curnyn

Emma Carter tenía demasiadas cosas en la cabeza. Su ex novio se había mudado a Los Ángeles y su peluquero había encontrado a Dios. El problema era que los cinco kilos que había engordado durante su relación con aquel tipo con fobia al compromiso habían conseguido desanimarla para buscar un nuevo romance... o eso creía ella. Pero antes de poder seguir adelante con su vida, Emma tiene que afrontar algunos de los aspectos de ser una mujer soltera en Nueva York...

Confesión: De repente, el matrimonio parecía una epidemia. Hasta mi madre me había puesto a trabajar al servicio de su boda. Pero, ¿qué pasaba con las no-futuras-novias?, me preguntaba. De mi trabajo en el desquiciado mundillo de la parafernalia nupcial, había extraído una conclusión: en esta vida, si no te casas, no eres nadie. Una vez, en una reunión editorial, se me ocurrió sugerir en broma que toda mujer debería organizar una despedida de soltera al cumplir los treinta, aunque no fuera a casarse. Todos me miraron como si estuviera loca. Tengo treinta y un años. ¿Acaso no tengo ya derecho a una batería de cocina gratis?

En tu punto de venta